TUDO AQUILO QUE NOS SEPARA

ROSIE WALSH

TUDO AQUILO QUE NOS SEPARA

Tradução
Márcio El-Jaick

3ª edição

EDITORA RECORD
RIO DE JANEIRO • SÃO PAULO
2024

CIP-BRASIL. CATALOGAÇÃO NA PUBLICAÇÃO
SINDICATO NACIONAL DOS EDITORES DE LIVROS, RJ

W19t
3ª ed.
Walsh, Rosie
  Tudo aquilo que nos separa / Rosie Walsh; tradução de Márcio El-Jaick. – 3ª ed. – Rio de Janeiro: Record, 2024.
  336 p.; 23 cm.

  Tradução de: The Man Who Didn't Call
  ISBN 978-85-01-11377-1

  1. Romance inglês. I. El-Jaick, Márcio. II. Título.

18-51274
CDD: 823
CDU: 82-31(410.1)

Vanessa Mafra Xavier Salgado – Bibliotecária – CRB-7/6644

Título original: The Man Who Didn't Call

THE MAN WHO DIDN'T CALL © Rosie Walsh, 2018

Texto revisado segundo o novo Acordo Ortográfico da Língua Portuguesa.

Todos os direitos reservados. Proibida a reprodução, no todo ou em parte, através de quaisquer meios. Os direitos morais da autora foram assegurados.

Editoração eletrônica: Abreu's System

Imagem de capa: Jill Ferry/Trevillion Images

Foto da autora: Anna Pumer

Direitos exclusivos de publicação em língua portuguesa somente para o Brasil adquiridos pela
EDITORA RECORD LTDA.
Rua Argentina, 171 – Rio de Janeiro, RJ – 20921-380 – Tel.: (21) 2585-2000, que se reserva a propriedade literária desta tradução.

Impresso no Brasil

ISBN 978-85-01-11377-1

Seja um leitor preferencial Record.
Cadastre-se no site www.record.com.br e receba informações sobre nossos lançamentos e nossas promoções.

Atendimento e venda direta ao leitor:
sac@record.com.br

*Este livro é dedicado a todas as pessoas
que já ficaram sem chão pela falta de um telefonema.*

Sobretudo àquelas que achavam que não se importariam.

Talvez só seja possível nos apaixonarmos sem conhecer bem a pessoa por quem nos apaixonamos.

Alain de Botton
Ensaios de amor

Parte I

CAPÍTULO 1

Oi,

Faz exatamente dezenove anos desde aquela manhã luminosa em que nos despedimos com um sorriso. Jamais houve dúvida de que nos veríamos de novo, houve? Era uma questão de "quando", não de "se". Na verdade, não era nem uma questão. O futuro pode ter parecido etéreo como as molduras esfumaçadas de um sonho, mas com certeza nos continha. Lado a lado.

E, no entanto, não foi assim que aconteceu. Mesmo depois de todos esses anos, isso ainda me atordoa.

Dezenove anos desde aquele dia. Dezenove anos inteirinhos! E eu ainda procuro por você. Jamais deixarei de procurar.

Em geral, você aparece quando menos espero. Hoje, mais cedo, eu estava nas garras de um pensamento sombrio qualquer, meu corpo contraído como um punho de metal. E de repente você surgiu: uma folha cintilante de outono girando no gramado. Relaxei o corpo e senti o cheiro da vida, senti o orvalho nos pés, notei os tons de verde. Tentei segurar você, aquela folha vívida se mexendo, saltando, rindo. Tentei segurar sua mão, olhar direito para você, mas, como uma fugidia ilusão de ótica, você se afastou. Ficou fora de alcance.

Jamais deixarei de procurar por você.

CAPÍTULO 2

Sétimo dia: quando ambos soubemos

O orvalho havia deixado a grama molhada. Molhada, escura e cheia de atividade. Estendendo-se em direção ao bosque, trepidava com exércitos de formigas, vagarosos caracóis e minúsculas aranhas em teias flutuantes. Abaixo de nós, a terra puxava para si os últimos resíduos de calor.

Eddie, deitado ao meu lado, cantarolava a música-tema de *Star Wars*. Seu polegar roçava o meu. Vagarosa e delicadamente, como as nuvens que se deslocavam em frente ao fiapo de lua acima de nós.

"Vamos procurar alienígenas", propusera ele mais cedo, quando o céu violeta evoluíra para roxo.

Continuávamos ali.

Ouvi o suspiro distante do último trem desaparecendo no túnel mais adiante na montanha e sorri, me lembrando de quando Hannah e eu acampávamos aqui quando crianças. Num descampado neste mesmo vale, escondidas do que ainda parecia ser um mundo pequeno.

Ao primeiro sinal do verão, Hannah implorava a nossos pais que armassem a barraca.

"Tudo bem", diziam eles. "Desde que vocês acampem no jardim."

O jardim era plano. Ficava em frente à nossa casa, de onde podia ser avistado por quase todas as janelas. Mas nunca foi o suficiente para Hannah, cujo espírito aventureiro sempre superou o meu, embora ela fosse cinco anos mais nova. Hannah queria o campo. O campo subia pela encosta íngreme atrás da nossa casa, ficando plano no topo apenas o suficiente para acomodar a barraca. Ele não podia ser avistado por nada além do céu. Era tão alto que quase conseguíamos ver a parte de dentro da nossa chaminé.

Meu pai e minha mãe não eram muito fãs do campo.

"Mas não tem perigo nenhum", insistia Hannah, naquele tom de voz de mandona. (Como eu sentia falta daquela voz.) "A Alex vai estar comigo." A melhor amiga da Hannah passava a maior parte do tempo na nossa casa. "*Além da* Sarah. Ela pode nos proteger, se algum assassino aparecer." Como se eu fosse um homem forte, com um gancho de direita. "E vocês não vão precisar fazer nosso jantar se acamparmos. *Nem* nosso café da manhã..."

Hannah era como um tratorzinho — jamais lhe faltavam contra-argumentos —, e nossos pais acabavam cedendo. No começo, acamparam conosco no campo, mas um dia, quando eu já ia abrindo caminho pela mata cerrada da adolescência, eles passaram a deixar Hannah e Alex dormirem lá sozinhas, comigo de guarda-costas.

Nós nos deitávamos na antiga barraca do meu pai — um negócio desajeitado, feito de uma lona laranja, parecendo um pequeno bangalô — e ficávamos ouvindo a sinfonia de ruídos que vinha do mato. Com frequência, eu permanecia acordada por muito tempo depois de minha irmã e sua amiga terem pegado no sono, imaginando que tipo de proteção eu seria capaz de oferecer se alguém surgisse ali de repente.

A necessidade de proteger Hannah — não só quando ela dormia naquela barraca, mas sempre — parecia uma pedra fundida em meu estômago, um vulcão quase incontido. E, no entanto, o que eu poderia fazer? Dar golpes de caratê com meus punhos adolescentes? Atacar o invasor com os espetos de assar marshmallows?

Quase sempre hesitante, não muito convicta da própria capacidade, foi como uma professora havia me descrito num relatório no boletim.

"Ah, isso ajuda muito mesmo", dissera minha mãe, no tom de voz que geralmente reservava para ralhar com meu pai. "Ignore-a, Sarah. Hesite o quanto quiser! É para isso que serve a adolescência!"

Exausta, depois de um tempo, pela ação das forças antagônicas do instinto protetor e da sensação de impotência, eu caía no sono, acordando cedo para montar o infame "sanduíche de café da manhã" de Hannah e Alex com qualquer que tivesse sido a combinação repulsiva de itens que as duas haviam levado.

Pousei uma das mãos no peito; reduzi a intensidade das luzes que iluminavam a memória. Aquela não era uma noite para a tristeza; era uma noite para o agora. Para mim e Eddie, e para a coisa grande, e ainda crescente, que estávamos compartilhando.

Eu me concentrei nos ruídos da clareira à noite. O farfalhar dos invertebrados, o passo lento dos mamíferos. O sussurro verde das folhas em movimento, o sobe e desce tranquilo da respiração de Eddie. Fiquei escutando o coração dele batendo compassado através do suéter, admirada com a regularidade das batidas.

"As pessoas se revelam com o tempo", meu pai gostava de dizer. "É só observar e esperar, Sarah."

Mas eu vinha observando esse homem por uma semana e não tinha percebido nenhuma inquietação. De muitas maneiras, ele me lembrava a pessoa que eu havia me treinado para ser no trabalho: forte, racional, sem me deixar afetar pelas marés inconstantes do setor das organizações não governamentais — mas eu era alguém que havia passado anos treinando, enquanto o Eddie parecia, simplesmente, ser daquele jeito.

Fiquei me perguntando se ele conseguia ouvir a empolgação correndo desgovernada pelo meu peito. Apenas poucos dias atrás, eu estava separada, quase concretizando o divórcio, quase completando quarenta anos. E então isso. Ele.

— Ah! Um texugo! — exclamei, quando um pequeno vulto se deslocou pela minha visão periférica enegrecida. — Será que é o Cedric?

— Cedric?

— Sim. Mas não deve ser ele. Quanto tempo vive um texugo?

— Acho que uns dez anos.

Eddie sorria: eu podia sentir o sorriso na voz dele.

— Então, com certeza, não é o Cedric. Mas poderia ser o filho dele. Ou talvez o neto. — Fiz uma pausa. — Nós amávamos o Cedric.

A vibração da risada atravessou o corpo dele e penetrou o meu.

— Quem é "nós"?

— Eu e minha irmã mais nova. Nós acampávamos perto daqui.

Ele se virou de lado, o rosto próximo ao meu, e pude ver em seus olhos.

— Cedric, o texugo. Eu... você — disse ele baixinho. E percorreu com o dedo a linha fronteiriça entre minha testa e meu cabelo. — Eu gosto de você. Gosto de você e eu. Na verdade, gosto muito de você e eu.

Sorri. Fitando aqueles olhos ternos, sinceros. Fitando as marcas de expressão, o ângulo bem delineado do queixo. Segurei sua mão e beijei a ponta dos dedos, ásperos e sarapintados de farpas após duas décadas de marcenaria. Parecia que eu o conhecia fazia anos. Uma vida inteira. Parecia que alguém tinha nos dado *match*, talvez quando nascemos, e tinha nos empurrado, alinhando nossos caminhos, arquitetando e planejando tudo até finalmente nos conhecermos, seis dias atrás.

— Acabei de pensar uma coisa superpiegas — admiti, depois de uma longa pausa.

— Eu também. — Ele suspirou. — A sensação que dá é que a última semana teve como trilha sonora uma orquestra de violinos.

Dei uma risada, ele beijou meu nariz, e eu me perguntei como a gente pode passar semanas, meses — *anos*, até —, só se arrastando, sem nada mudar, e, de repente, no intervalo de algumas horas, o roteiro da sua vida ser completamente reescrito. Se eu tivesse saído mais tarde naquele dia, teria pegado o ônibus direto e nunca o teria conhecido, e essa nova sensação de certeza não passaria de um sussurro inaudito de oportunidades perdidas e falta de sincronia.

— Me conta um pouco mais sobre você — pediu ele. — Ainda não sei o bastante. Quero saber tudo. A história de vida completa, sem cortes, de Sarah Evelyn Mackey, incluindo as partes ruins.

Prendi a respiração.

Não é que eu não tivesse imaginado que isso aconteceria em algum momento, mas ainda não havia resolvido o que iria fazer quando acontecesse. *A história de vida completa, sem cortes, de Sarah Evelyn Mackey, incluindo as partes ruins.* Ele aguentaria, muito provavelmente. Havia uma armadura nesse homem, uma força silenciosa que me lembrava um antigo quebra-mar, ou um carvalho, talvez.

Ele estava passando uma das mãos na curva entre meu quadril e minha barriga.

— Adoro essa curva — murmurou.

Um homem tão confiante e desencanado que é provável que se possa atirar qualquer segredo nele, qualquer verdade, e ele vá segurar com tranquilidade o que vier sem sofrer nenhum abalo estrutural.

É claro que eu podia contar para ele.

— Tenho uma ideia — propus. — Vamos acampar aqui essa noite. Fingir que ainda somos jovens. Podemos fazer uma fogueira, assar linguiça, contar histórias. Supondo que você tenha barraca, claro. Você parece ser o tipo de homem que teria uma barraca.

— Sou o tipo de homem que tem uma barraca — confirmou ele.

— Ótimo! Então vamos fazer isso, e eu te conto tudo. Eu...

Virei o corpo, contemplando a noite. As últimas flores do castanheiro-da-índia brilhavam no limiar do bosque. Um ranúnculo pendia da escuridão perto de nossos rostos. Por motivos que jamais se dignou a declarar, Hannah sempre detestou ranúnculo.

Senti algo expandir no peito.

— É tão gostoso ficar aqui. Traz tantas recordações.

— Tudo bem. — Eddie sorriu. — Nós vamos acampar. Mas antes venha aqui, por favor.

Ele beijou minha boca e, durante algum tempo, o resto do mundo foi silenciado, como se alguém tivesse apertado ou girado um botão.

— Não quero que amanhã seja nosso último dia — disse ele quando o beijo chegou ao fim.

Ele me abraçou mais forte, e senti o calor agradável de seu peito e sua barriga, a leve cosquinha do cabelo curto sob minhas mãos.

Esse tipo de intimidade já havia se tornado uma lembrança remota para mim, pensei, inalando o cheiro limpo da pele dele. Quando Reuben e eu terminamos, já estávamos dormindo como aparadores de livros nas duas extremidades da cama, a extensão do lençol intocado entre nós um tributo ao nosso fracasso.

"Até que o colchão nos separe", brinquei um dia. Reuben não riu.

Eddie se afastou para que eu pudesse ver seu rosto.

— Eu... Olha, eu fiquei me perguntando se não deveríamos cancelar nossos planos individuais. Minhas férias e sua viagem a Londres. Para passar mais uma semana rolando nos campos.

Eu me apoiei em um dos cotovelos. *Quero isso mais do que você seria capaz de imaginar*, pensei. *Passei dezessete anos casada e nunca me senti do jeito que me sinto com você.*

— Mais uma semana assim seria perfeito — respondi. — Mas você não deve cancelar suas férias. Vou estar aqui quando você voltar.

— Não vai, nada. Você vai estar em Londres.

— Você está começando a parecer meio rabugento.

— Estou mesmo — disse ele. E beijou meu pescoço.

— Pois pode parar com isso. Vou voltar para Gloucestershire logo depois que você chegar.

Ele ainda parecia insatisfeito.

— Se você parar com a rabugice, eu posso até vir antes e me encontrar com você no aeroporto — acrescentei. — Posso ser uma daquelas pessoas com cartaz na mão com seu nome e tudo.

Ele pareceu considerar a possibilidade por um instante.

— Isso seria muito legal — respondeu. — Muito legal mesmo.

— Combinado.

— E... — Ele se deteve, parecendo hesitar de repente. — E eu sei que talvez seja meio cedo, mas, depois que você me contar a história da sua vida e eu assar linguiças que poderão ou não ficar comestíveis, quero que tenhamos uma conversa séria sobre o fato de você morar na Califórnia e eu na Inglaterra. Essa sua visita é curta demais.

— Eu sei.

Ele puxou uma grama na mata escurecida.

— Quando eu voltar das férias, nós vamos ter... o quê, uma semana juntos? Antes de você voltar para os Estados Unidos?

Fiz que sim com a cabeça. A única nuvem negra sobre nossa semana juntos tinha sido essa, a inevitabilidade da despedida.

— Bem, então, acho que precisamos... sei lá. Fazer alguma coisa. Decidir alguma coisa. Eu só não posso simplesmente abrir mão disso. Não posso saber que você está num canto do mundo e não estar com você. Acho que deveríamos dar um jeito nisso.

— Sim — respondi num murmúrio. — É, eu também acho. — Enfiei a mão na manga do suéter dele. — Eu vinha pensando a mesma coisa, mas perdia a coragem sempre que tentava tocar no assunto.

— Sério? — Havia riso e alívio em sua voz, e me dei conta de que ele deve ter tido de reunir alguma coragem para puxar o assunto. — Sarah, você é uma das mulheres mais confiantes que eu já conheci.

— Hummm.

— É, sim. É uma das coisas de que gosto em você. Uma das muitas coisas de que gosto muito mesmo em você.

Vários anos haviam se passado desde que eu tivera que começar a adquirir confiança em mim mesma como uma placa na fachada de uma loja. Mas, embora fosse algo que agora me vinha naturalmente — embora eu fizesse palestras em congressos médicos no mundo inteiro, desse entrevistas para meios de comunicação e gerenciasse uma equipe inteira —, ainda me sentia desconfortável quando as pessoas comentavam sobre isso. Desconfortável ou talvez exposta, como alguém no alto de uma montanha sob uma tempestade de raios.

Então Eddie me beijou de novo e senti tudo se dissipar. A tristeza do passado, a incerteza do futuro. Isto era o que estava destinado a acontecer em seguida. *Isto*.

CAPÍTULO TRÊS

Quinze dias depois

— Aconteceu alguma desgraça com ele.
— Tipo o quê?
— Tipo a morte. Talvez não a morte. Embora, por que não? Minha avó caiu morta aos quarenta e quatro anos.

Jo se virou no banco do carona.
— Sarah.

Não a encarei.

Ela se voltou para Tommy, que nos conduzia pela rodovia M4.
— Você ouviu isso? — perguntou ela.

Ele não respondeu. Sua mandíbula estava cerrada, a pele pálida da têmpora pulsando como se houvesse alguém ali dentro tentando sair.

Jo e eu não devíamos ter vindo, pensei mais uma vez. Tínhamos achado que Tommy desejaria o apoio de suas grandes amigas — afinal, não é todo dia que se precisa ficar lado a lado com o valentão que infernizava sua vida na escola enquanto a imprensa tira fotos —, mas, a cada quilômetro monótono e açoitado pela chuva que passava, ficava mais evidente que só estávamos aumentando a ansiedade dele.

O que ele precisava hoje era da liberdade de vender uma falsa confiança sem ser observado pelas pessoas que melhor o conheciam.

Fingir que eram tudo águas passadas. *Vejam como me tornei um consultor esportivo bem-sucedido, lançando um programa na minha antiga escola! Vejam como estou feliz de estar trabalhando com o coordenador da educação física — o mesmo sujeito que me dava socos na boca do estômago e ria quando eu enterrava o rosto na grama e chorava!*

Para piorar, Rudi, o filho de sete anos da Jo, estava ao meu lado no banco de trás. O pai tinha uma entrevista de emprego, e Jo não teve tempo de arrumar uma babá. Ele vinha ouvindo com grande interesse a nossa conversa sobre o sumiço do Eddie.

— Então a Sarah acha que o namorado dela morreu e a mamãe está ficando irritada — conjecturou Rudi.

Ele estava na fase de resumir as conversas estranhas dos adultos em uma única frase simples e direta, e era muito bom nisso.

— Ele não é namorado dela — objetou Jo. — Eles passaram sete dias juntos.

O silêncio tomou conta do carro de novo.

— Sarah. Acha que namorado de sete dias estar morto — disse Rudi, com seu jeito russo de falar. Ele tinha feito um novo amigo na escola, Aleksandr, que chegara a Londres havia pouco tempo, vindo de algum lugar próximo à fronteira ucraniana. — Morto por serviço secreto. Mamãe não concorda. Mamãe irritada com Sarah.

— Não estou irritada — protestou Jo, irritadiça. — Só preocupada.

Rudi pensou sobre isso e completou:

— Acho que você fala mentira.

Jo não podia negar, por isso ficou calada. Eu não queria confrontar Jo, portanto permaneci em silêncio também. E Tommy não dizia nada havia duas horas, então continuou de boca fechada. Rudi perdeu o interesse e voltou de novo a atenção para seu jogo no iPad. Os adultos viviam cheios de problemas que não faziam o menor sentido.

Fiquei observando Rudi destruir o que parecia ser um repolho e fui imediatamente invadida por uma saudade imensa dessa inocência, da visão de mundo de uma criança de sete anos. Imaginei como seria o

Mundo de Rudi, onde os celulares eram estações de jogos, não instrumentos de tortura psicológica, e a certeza do amor materno era tão concreta quanto um batimento cardíaco.

Se havia algum sentido em nos tornarmos adultos, hoje esse sentido me escapava. Quem não preferiria ficar matando repolhos e imitando russos falando? Quem não preferiria ter o café da manhã preparado e a roupa do dia escolhida por outra pessoa, quando a alternativa era o desespero eterno por causa de um homem que parecia ser tudo e de algum modo virou nada? E não o homem com quem fui casada por dezessete anos; um homem com quem convivi por exatamente sete dias. Não é à toa que todo mundo nesse carro acha que estou louca.

— Olha, eu sei que parece coisa de adolescente — acabei falando. — E não duvido nada que você esteja irritada comigo. Mas aconteceu alguma coisa com ele, tenho certeza.

Jo abriu o porta-luvas para pegar uma barra de chocolate e partiu um pedaço com força.

— Mãe — disse Rudi. — O que é isso?

Ele sabia muito bem o que era. Jo entregou ao filho um quadradinho sem falar nada. Rudi abriu um sorriso de muitos dentes para ela, e, apesar da impaciência crescente, Jo retribuiu o sorriso.

— Não peça mais — avisou. — Você vai acabar passando mal.

Rudi não respondeu, seguro de que ela acabaria cedendo.

Jo se virou para mim.

— Olha, Sarah. Eu não quero ser cruel, mas acho que você precisa aceitar que o Eddie não está morto. Não está ferido, o celular dele não quebrou, e ele não está tentando sobreviver a uma doença terminal.

— Jura? Você telefonou para os hospitais para verificar? Conversou com os médicos-legistas?

— Ai, meu Deus — exclamou ela, olhando para mim. — Me diz que você não fez nada disso, Sarah! Jesus Cristo!

— Jesus Cristo — sussurrou Rudi.

— Pare com isso — pediu Jo.

— Foi você que começou.

Jo deu mais chocolate ao Rudi, e ele voltou a atenção para o iPad. O tablet havia sido meu presente dos Estados Unidos para ele, e Rudi me disse que gostava mais dele do que de qualquer outra coisa no mundo. O que me fez dar uma risada e depois, para perplexidade de Rudi, chorar um pouco, porque eu sabia que ele havia aprendido a frase com a mãe. Joanna Monk havia se tornado uma mãe maravilhosa, apesar do jeito como tinha sido criada.

— Então?

— Claro que não telefonei para nenhum hospital — suspirei. — Qual é, Jo!

Observei uma fileira de corvos pousados num fio de alta-tensão.

— Tem certeza?

— Claro que tenho certeza. O que eu queria dizer é que você não tem como saber muito mais do que eu o que aconteceu com o Eddie.

— Mas os homens fazem isso o tempo todo! — explodiu ela. — Você sabe disso!

— Não sei mais nada sobre essa dinâmica do namoro. Passei os últimos dezessete anos casada.

— Pois acredite em mim: nada mudou — afirmou Jo, amargurada. — Os homens continuam não ligando depois.

Ela se virou para Tommy, mas ele não reagiu. Qualquer confiança residual que ele tivesse simulado sobre o grande evento de hoje havia se dissipado como a névoa matutina, e ele mal dissera uma palavra desde que havíamos pegado a estrada. Uma breve demonstração de bravata tinha ocorrido no posto da Chieveley Services, quando ele recebeu uma mensagem informando que três jornais da cidade confirmaram presença, mas poucos minutos depois ele tinha me chamado de "Sarah" na fila da WHSmith, e Tommy só me chamava de Sarah quando estava ansioso. (Eu tinha sido "Harrington" desde que completamos treze anos e ele começou a fazer flexões e a usar loção pós-barba.)

O silêncio ficou mais pesado, e perdi a luta que vinha travando desde que saímos de Londres.

Estou a caminho de Gloucestershire, digitei para Eddie no celular, rápido como um piscar de olhos. Dando uma força para o meu amigo Tommy; ele vai lançar um grande projeto esportivo na nossa antiga escola. Se você quiser me encontrar, posso ficar na casa dos meus pais. Seria bom poder conversar. Bjs, Sarah.

Sem orgulho, sem vergonha. Eu já havia passado dessa fase de orgulho e vergonha. Fiquei tocando a tela do celular a cada poucos segundos, esperando ver a notificação de entrega.

Entregue, anunciou o aparelho alegremente.

Observei a tela, esperando um balãozinho de texto. O balãozinho de texto indicaria que ele estava respondendo.

Nada de balãozinho de texto.

Olhei de novo. Nada de balãozinho de texto.

Olhei de novo. Ainda nada de balãozinho de texto. Guardei o celular na bolsa, longe dos olhos. Isso era o que as meninas faziam durante os agoniantes anos da adolescência, pensei. Meninas, ainda aprendendo a se amar, esperando notícias, num ligeiro estado de histeria, do garoto que beijaram num canto qualquer na última sexta-feira. Esse não era o comportamento de uma mulher de trinta e sete anos. Uma mulher que tinha viajado o mundo, sobrevivido a uma tragédia, que estava à frente de uma ONG.

A chuva ficou mais fraca. Pela janela entreaberta, eu sentia o cheiro de asfalto empoçado e terra molhada. *Estou desesperada.* Contemplei os fardos de palha redondos num campo, enfiados em sacos pretos como pernas roliças metidas numa meia-calça. Estava prestes a surtar. Eu surtaria de verdade e perderia totalmente a cabeça se não descobrisse o que tinha acontecido.

Verifiquei o celular. Já fazia vinte e quatro horas que eu havia tirado o chipe e reiniciado o aparelho.

Hora de tentar de novo.

* * *

Meia hora depois, estávamos na estrada de pista dupla entrando em Cirencester quando Rudi perguntou à mãe por que as nuvens estavam todas se deslocando em direções diferentes.

Estávamos a poucos quilômetros de onde eu o havia conhecido. Fechei os olhos, tentando me lembrar da minha caminhada naquela manhã quente. Aquelas poucas horas descomplicadas "Antes de Eddie". A doçura leitosa das flores de sabugueiro. Sim, e mato seco. O zanzar de borboletas atordoadas pelo calor. Havia uma plantação de cevada, um tapete verde felpudo palpitando no ar quente. O salto ocasional de um coelho assustado. E a estranha sensação de expectativa que pairava sobre o vilarejo naquele dia, a quietude ebuliente, os segredos espalhados por todos os lados.

Involuntariamente, minha memória avançou alguns minutos para o momento em que vi Eddie pela primeira vez — um homem simples, simpático, de olhar terno e expressão franca, conversando com um carneiro desgarrado —, e sofrimento e confusão se enredaram como ervas daninhas em tudo o que veio depois.

— Vocês podem dizer que estou me iludindo — falei para o carro silencioso. — Mas não foi um caso sem importância. Foi... foi tudo. Nós dois sabíamos. É por isso que tenho certeza de que aconteceu alguma coisa com ele.

Esse pensamento fez minha respiração ficar presa na garganta.

— Diga alguma coisa para ela — Jo pediu ao Tommy.

— Eu trabalho com consultoria esportiva — murmurou ele. O constrangimento tingiu de vermelho seu pescoço. — Cuido de corpos, não de cabeças.

— Quem cuida de cabeças? — perguntou Rudi.

Ele ainda estava registrando nossa conversa.

— Os terapeutas cuidam das cabeças — respondeu Jo, cansada. — Os terapeutas e eu.

Nascida e criada em Bow, Jo tinha um sotaque cockney típico da zona leste de Londres. E eu a adorava; adorava sua franqueza e seu temperamento inconstante, adorava seu destemor (falta de limites, outros poderiam dizer), e sobretudo adorava a paixão desenfreada que ela sentia pelo filho. Eu adorava tudo na Jo, mas ainda assim preferiria não estar no carro com ela hoje.

Rudi me perguntou se já estávamos chegando. Respondi que sim.

— Aquela é sua escola? — perguntou ele, apontando para o prédio de uma fábrica.

— Não, embora haja alguma semelhança arquitetônica.

— *Aquela* é sua escola?

— Não. Aquele é o supermercado Waitrose.

— Quanto tempo falta para chegar?

— Não muito.

— Quantos minutos?

— Uns vinte, talvez?

Rudi se recostou no banco, aflito.

— Isso é *muito tempo!* — murmurou ele. — Mãe, preciso de jogos novos. Posso comprar alguns jogos novos?

Jo respondeu que não, e Rudi se pôs a comprá-los mesmo assim. Admirada, observei-o digitar sem cerimônia o ID Apple e a senha da Jo.

— Ei, o que você está fazendo? — sussurrei.

Ele ergueu o olhar para mim, o cabelo louro encaracolado uma auréola improvável, os olhos amendoados se revirando com malícia. Ele simulou um zíper se fechando na boca e ergueu um dedo de advertência para mim. E, como eu amava esse menino mais do que gostaria, obedeci.

A mãe dele voltou a atenção para a outra criança no banco de trás.

— Olha só — disse ela, botando a mão roliça na minha perna. Suas unhas estavam pintadas de uma cor chamada Cascalho. — Acho que você precisa encarar os fatos. Você conheceu um cara, passou uma semana com ele, então ele viajou e não te ligou mais.

Os fatos eram dolorosos demais; eu preferia as teorias.

— Ele teve quinze dias para entrar em contato, Sarah. Você tem mandado mensagens, telefonado, feito uma série de coisas que sinceramente eu nunca esperaria de alguém como você... e, mesmo assim, nada. Já passei por isso, querida, e dói. Mas só para de doer quando você aceita a verdade e segue em frente.

— Eu seguiria em frente se soubesse de fato que ele não está interessado. Mas não sei.

Jo suspirou.

— Tommy. Por favor, me ajude aqui.

Fez-se uma longa pausa. Haveria humilhação maior que essa?, fiquei me perguntando. Uma conversa assim, aos quase *quarenta anos*? A essa mesma hora, três semanas atrás, eu era uma adulta funcional. Havia presidido uma reunião de diretoria. Havia escrito um relatório para o hospital pediátrico com o qual minha ONG logo começaria a trabalhar. Tinha me alimentado e me arrumado naquele dia, feito brincadeiras, retornado telefonemas, respondido a e-mails. E agora aqui estava eu, com menos controle sobre minhas emoções do que o menino de sete anos sentado ao meu lado.

Verifiquei as sobrancelhas do Tommy pelo retrovisor, para ver se era provável que ele fosse fazer algum comentário. Suas sobrancelhas, que tinham ganho vida própria quando ele perdeu o cabelo aos vinte e poucos anos, eram agora um barômetro mais confiável de seus pensamentos do que a boca.

As sobrancelhas estavam unidas.

— A questão... — começou Tommy. Mas parou, e eu senti o esforço que estava sendo, para ele, afastar da cabeça os próprios problemas. — A questão, Jo, é que você deduziu que eu concordo com sua opinião. Mas não sei se concordo.

A voz saiu baixa, cautelosa, como um gato se esquivando do perigo.

— O quê?

— Acho que vai ter briga — cochichou Rudi.

As sobrancelhas do Tommy prepararam a frase seguinte.

— Tenho certeza de que quase todos os homens que não ligam simplesmente não estão interessados, mas me parece que tem alguma coisa a mais aqui. Quer dizer, eles acabaram passando uma semana juntos. Esse tempo todo, dá para imaginar? Se Eddie só estivesse atrás de você-sabe-o-quê, teria sumido depois de uma noite.

— Por que ir embora depois de uma noite se você pode ter sete dias de você-sabe-o-quê? — perguntou Jo, bufando.

— Ah, Jo, qual é! Isso é o que caras de vinte anos fazem, não homens de quase quarenta!

— Vocês estão falando de sexo? — perguntou Rudi.

— Hã, não? — Jo ficou desconcertada. — O que você sabe sobre sexo?

Apavorado, Rudi voltou a atenção para sua atividade fraudulenta no iPad.

Jo o observou por um tempo, mas ele estava debruçado atentamente sobre a tela, murmurando com seu jeito russo de falar.

Respirei fundo.

— A coisa que mais fica martelando na minha cabeça é ele ter sugerido cancelar a viagem de férias. Por que ele faria...

— Preciso fazer xixi — anunciou Rudi, de repente. — Acho que tenho menos de um minuto — acrescentou, antes que Jo tivesse tempo de perguntar.

Paramos junto à faculdade agrícola, do outro lado da estrada onde fica a escola que Eddie havia frequentado. Senti a angústia apertar quando fitei o letreiro, tentando imaginá-lo aos doze anos cruzando aquele portão. O rostinho redondo; o sorriso que no futuro iria conferir à sua pele aquelas marcas de expressão.

Acabei de passar pela sua escola, digitei para ele, sem conseguir me conter. Como eu queria saber o que aconteceu com você.

Jo estava estranhamente animada quando Rudi e ela voltaram para o carro. Disse que o dia estava começando a ficar lindo e que se sentia muito feliz por estar ali com todos nós.

— Eu disse pra mamãe que ela estava tratando você mal — cochichou Rudi para mim. — Quer um queijo?

Ele deu tapinhas no Tupperware de fatias de queijo descartadas dos sanduíches que Jo havia lhe dado mais cedo.

Passei a mão no cabelo dele.

— Não — respondi também num cochicho. — Mas eu te amo. Obrigada.

Jo fingiu não ouvir o diálogo.

— Você estava dizendo que o Eddie sugeriu cancelar a viagem de férias — falou ela, animada.

E senti as rachaduras do meu coração aumentarem, pois é claro que eu sabia por que ela estava achando tão difícil ser paciente. Eu sabia que, dos muitos homens para os quais Jo entregara a alma e o coração (e, com frequência, o corpo) nos anos que antecederam Rudi, quase nenhum havia ligado para ela depois. E os que ligavam sempre acabavam tendo uma série de outras mulheres envolvidas. E todas as vezes ela se permitira ser enganada, porque não conseguia abrir mão da esperança de ser amada. Então Shawn O'Keefe entrara em cena, Jo engravidara, e Shawn se mudara para a casa dela, sabendo que Jo o sustentaria. Ele não teve um único emprego durante todo esse tempo. Às vezes sumia noites inteiras, sem dizer a ela onde estava. A "entrevista de emprego" de hoje era pura ficção.

Mas fazia sete anos que Jo permitia isso, porque de algum modo convencera a si mesma de que o amor floresceria se ela e Shawn se esforçassem apenas um pouco mais, se ela esperasse que ele amadurecesse apenas um pouco mais. Convencera a si mesma de que eles podiam se tornar a família que ela nunca teve.

Sim, Jo sabia tudo sobre negação.

Mas minha situação parecia ser demais para ela. Desde que Eddie sumira da face da Terra, ela havia tentado me relevar, se obrigando a escutar minhas teorias, dizendo que ele talvez ligasse no dia seguinte. Mas não acreditara numa única palavra disso e agora estourara. *Não se deixe ser usada como eu fui*, estava me dizendo. *Afaste-se agora, Sarah, enquanto você pode.*

O problema era que eu não podia.

Eu já havia avaliado a possibilidade de Eddie simplesmente não estar interessado. Durante cada um dos quinze dias que meu telefone tinha permanecido mudo. Eu havia esquadrinhado cada momento glorioso que passara com ele, procurando fissuras, pequenos sinais de alerta de que ele podia não estar tão certo quanto eu, e não encontrara nada.

Eu quase não usava Facebook nessa época, mas de repente estava lá o tempo todo, vasculhando o perfil dele em busca de sinais de vida. Ou, pior — de outra pessoa. E nada.

Liguei, mandei mensagens de texto; cheguei até a escrever um tweet patético para ele. Baixei o Facebook Messenger e o WhatsApp e ficava verificando tudo ao longo do dia para ver se ele tinha aparecido. Mas todos sempre me informavam a mesma coisa: Eddie David tinha sido visto on-line mais de duas semanas atrás, no dia em que deixei sua casa para ele fazer a mala da viagem para a Espanha.

Tomada ao mesmo tempo por vergonha e desespero, baixei até alguns aplicativos de paquera para descobrir se ele estava cadastrado.

Não estava.

Eu ansiava por controle nessa situação incontrolável. Não conseguia dormir; só de pensar em comida, meu estômago embrulhava. Não conseguia me concentrar em nada e me lançava sobre o celular com o ímpeto de um animal faminto sempre que ele vibrava. A exaustão pesava sobre mim o dia inteiro — uma massa fibrosa dela; uma sensação de asfixia às vezes —, mas mesmo assim eu passava a maior parte da noite acordada, fitando a escuridão do quarto de hóspedes na casa do Tommy, na zona oeste de Londres.

O estranho era que eu *sabia* que aquela não era eu. Sabia que aquilo não era um comportamento sadio. Sabia que estava piorando, não melhorando, mas não tinha nem vontade nem energia para realizar uma intervenção em mim mesma.

Por que ele não me ligou?, digitei no Google um dia. A resposta foi como um furacão *online*. Para manter o mínimo de sanidade mental, fechei a página de resultados.

Então pesquisei o Eddie no Google, de novo, entrei na página de marcenaria dele procurando por... A essa altura, eu já nem sabia o que estava procurando. E evidentemente não encontrei nada.

— Você acha que o Eddie te contou tudo sobre ele? — perguntou Tommy. — Tem certeza de que não está com outra mulher, por exemplo?

A estrada mergulhou numa pequena rotatória gramada, onde carvalhos imponentes se dispunham como homens reunidos numa área reservada para fumantes.

— Ele não está com outra mulher — afirmei.

— Como você sabe?

— Eu sei porque... sei. Ele estava solteiro; estava disponível. Não apenas literalmente, mas emocionalmente também.

O lampejo de um cervo desaparecendo num bosque de faias.

— Tudo bem. Mas e todos os outros sinais de alerta? — insistiu Tommy. — Havia alguma incoerência? Você percebeu que ele estava escondendo alguma coisa?

— Não. — Fiz uma pausa. — Embora, talvez...

— O quê? — perguntou Jo, virando para mim. Suspirei.

— No dia em que nos conhecemos, ele recebeu algumas ligações no celular, que ignorou, não atendeu. Mas foi o único dia em que isso aconteceu — acrescentei depressa. — Dali em diante ele atendeu a todas as ligações. E também não parecia ser nenhuma pessoa estranha telefonando; eram sempre amigos, a mãe, perguntas de trabalho...

E o Derek, pensei, de repente. Nunca cheguei a saber de fato quem era Derek.

As sobrancelhas de Tommy estavam envolvidas numa complicada triangulação.

— O que foi? — perguntei a ele. — O que você está pensando? Foi só no primeiro dia, Tommy. Depois disso ele atendia sempre que qualquer um ligava.

— Eu acredito em você. É só que... — a voz foi morrendo.

Jo estava ruidosamente calada, mas eu a ignorei.

— É só que eu sempre achei namoro de internet arriscado — disse Tommy, por fim. — Eu sei que você não o conheceu *online*, mas é uma situação parecida: vocês não têm nenhum amigo em comum, não têm uma história em comum. Ele pode ter se reinventado como qualquer pessoa.

Eu franzi a testa.

— Mas ele ficou meu amigo no Facebook. Por que faria isso se tivesse alguma coisa a esconder? Ele está no Twitter e no Instagram por causa do trabalho e tem um site profissional. Que contém uma foto dele. E eu passei uma semana na casa dele, lembra? A correspondência chegava endereçada a Eddie David. Se não fosse o marceneiro Eddie David, eu teria sabido.

Estávamos passando agora no meio do antigo bosque que se estendia pelo Cirencester Park. Lampejos de luz brilhavam nas coxas nuas da Jo enquanto ela olhava pela janela, aparentemente sem saber o que fazer ou o que dizer. Logo sairíamos do bosque e em seguida chegaríamos à curva na estrada onde o acidente havia acontecido.

Ao pensar nisso, senti a respiração mudar, como se a quantidade de oxigênio disponível no carro tivesse sido reduzida.

Poucos minutos depois, emergimos na luminosidade dos campos depois da chuva. Fechei os olhos, ainda sem conseguir, depois de todos esses anos, olhar para o ponto na beira do gramado onde me disseram que o pessoal da ambulância a havia deitado, tentando impedir o inevitável.

Jo pousou a mão no meu joelho.

— Por que você está fazendo isso? — A antena do Rudi estava ligada. — Mãe? Por que você está com a mão na perna da Sarah? Por que tem flores amarradas naquela árvore? Por que todo mundo está...

— Rudi — interveio Jo. — Rudi, vamos brincar de Eu Espio? Eu espio com meus olhinhos uma coisa que começa com a letra B!

Houve um momento de silêncio.

— Estou velho demais para isso — disse Rudi, emburrado.

Ele não gostava de ser excluído.

Meus olhos continuavam fechados, embora eu soubesse que já tínhamos passado do local.

— Uma baleia — começou Rudi, relutante. — Um balanço. Um belefone celular.

— Tudo bem, Harrington? — perguntou Tommy, depois de uma pausa respeitosa.

— Tudo. — Abri os olhos. Plantações de trigo, muros de pedra, trilhas parecendo raios de relâmpago através da grama aparada pelos cavalos. — Tudo bem.

Nunca ficava mais fácil. Dezenove anos haviam polido as arestas, abrandado os piores nós, mas a dor continuava ali.

— Que tal conversarmos mais sobre o Eddie? — sugeriu Jo. Tentei responder que sim, mas perdi a voz. — Quando você quiser — acrescentou ela, dando tapinhas na minha perna.

— Bem, eu fico me perguntando se ele teria sofrido um acidente — falei quando consegui me recuperar. — Ele estava indo para o sul da Espanha praticar windsurfe.

As sobrancelhas do Tommy consideraram isso.

— Acho que é uma teoria razoável.

Jo argumentou que eu era amiga do Eddie no Facebook.

— Ela teria visto algo no perfil dele, caso tivesse se acidentado.

— Mas não podemos desprezar a possibilidade de o celular dele ter parado de funcionar — falei. Minha voz murchava a cada porta de esperança que se fechava. — Estava com a tela quebrada e...

— Gata — Jo me interrompeu delicadamente. — O celular dele não parou de funcionar. Ele *toca* quando você liga.

Assenti, em desalento.

Rudi, comendo batatas *chips*, chutou o banco da Jo.

— Que tédiooooo!

— Para com isso — pediu ela. — E o que já conversamos sobre você falar de boca cheia?

Sem que Jo visse, Rudi se virou para mim, me oferecendo uma bela visão de suas batatas chips semimastigadas. Infelizmente, e por algum motivo que não havia ficado claro, ele chegara à conclusão de que essa era uma brincadeira nossa.

Enfiei a mão no compartimento lateral da bolsa, fechando os dedos em torno da última esperança que me restava.

— Mas a Ratinha... — murmurei, pateticamente. Estava à beira das lágrimas. — Ele me deu a Ratinha.

Segurei-a na palma da mão; lisa, desgastada, menor que uma noz. Eddie a havia esculpido de um pedaço de madeira quando tinha apenas nove anos. *Ela passou poucas e boas comigo*, dissera. *É meu talismã.*

Ela me lembrava o pinguim de bronze que meu pai havia me dado para me fazer companhia durante as provas de qualificação do ensino médio. Era um bichinho de aparência severa que começava a me encarar sem piedade no instante em que eu abria as provas. Mesmo agora eu adorava aquele pinguim. Não conseguia imaginar emprestá-lo a ninguém.

A Ratinha significava a mesma coisa para o Eddie, eu sabia — e, no entanto, ele a havia me emprestado. *Guarde-a até eu voltar*, dissera. *Ela é muito importante para mim.*

Jo se virou no banco e suspirou. Ela já sabia da Ratinha.

— As pessoas mudam de ideia — observou, baixinho. — Talvez tenha sido mais fácil para ele perder o chaveiro do que entrar em contato.

— Ela não é só um chaveiro. Ela... — Desisti.

Quando Jo recomeçou, o tom de voz era mais delicado ainda.

— Olha, Sarah. Se você tem certeza de que aconteceu alguma desgraça com ele, que tal interromper essas tentativas de comunicação no privado e escrever alguma coisa no mural do Facebook dele? Onde todo mundo possa ver? Diga que você está preocupada. Pergunte se alguém tem notícias dele.

Engoli em seco.

— Como assim?

— Isso mesmo que eu acabei de dizer. Recorra aos amigos dele à procura de informação. O que a impede de fazer isso?

Olhei para fora da janela, sem conseguir responder.

Jo insistiu:

— Acho que a única coisa que *poderia* impedi-la é a vergonha. Mas, se você sinceramente, de verdade, do fundo do coração, acredita que aconteceu uma desgraça com ele, não teria por que dar a mínima para a vergonha.

Estávamos passando pelo antigo aeródromo do Ministério da Defesa. Uma biruta laranja tremulava acima da pista de decolagem vazia, e de repente me lembrei da gargalhada da Hannah quando meu pai comentou que parecia um grande pinto laranja.

"Um pinto biruta!", gritara ela, e minha mãe ficara dividida entre rir de se acabar e repreender os dois.

Rudi abriu a pasta de músicas do iPad da Jo e selecionou uma playlist chamada *"rap da Costa Leste"*.

Se eu de fato estava tão preocupada quanto dizia estar, *por que* não havia escrito nada no mural do Eddie? Será que Jo tinha razão?

Já dava para avistar os *cottages* de pedra amarela de Chalford, agarrados com determinação à encosta do morro, como se à espera de resgate. Depois de Chalford, viria Brimscombe, em seguida Thrupp e finalmente Stroud. E em Stroud, um enorme grupo de professores, alunos e repórteres aguardava Tommy em nossa antiga escola. Eu precisava me recompor.

— Peraí — disse Tommy, de repente. Ele baixou o volume do rap do Rudi e me encarou pelo retrovisor. — Harrington, você contou ao Eddie que era casada?

— Não.

As sobrancelhas dele estavam tresloucadas.

— Eu achei que você tinha dito que tinha contado tudo a ele!

— Eu contei! Mas não desfiamos nossas listas de ex. Teria sido... bem, brega. Quer dizer, nós dois temos quase quarenta anos... — perdi a voz de novo. Será que deveríamos ter feito isso? — Nós combinamos de contar um para o outro a história das nossas vidas, mas nem chegamos a conseguir fazer isso. Embora tenhamos deixado claro que éramos ambos solteiros.

Tommy continuava me observando pelo retrovisor.

— Mas você e Reuben atualizaram o site de vocês?

Franzi a testa, me perguntando aonde ele queria chegar.

Até a ficha cair.

— Ah, *não*! — murmurei. E senti um frio na barriga.

— O que foi? — perguntou Rudi. — Do que vocês estão falando?

— O site da ONG da Sarah — respondeu Jo. — Tem uma página inteira sobre a Sarah e o Reuben, explicando que eles fundaram os Doutores da Palhaçada na década de noventa, quando se casaram. E que ainda estão à frente dessa organização juntos.

— Ah! — disse Rudi. Ele deixou o iPad de lado, maravilhado por finalmente ter conseguido solucionar o mistério. — O namorado da Sarah leu isso e o coração dele partiu! É por isso que ele está morto, porque você não pode ficar vivo se o seu coração não funciona.

Mas:

— Foi mal, não dá para engolir essa — murmurou Jo. — Se Eddie passou uma semana com você, Sarah, se estava tão interessado quanto você, isso não seria motivo suficiente para ele desaparecer de repente. Ele a confrontaria. Não fugiria simplesmente como um gato ferido.

Mas eu já estava no maldito Messenger, escrevendo para ele.

CAPÍTULO QUATRO

Primeiro dia: quando nos conhecemos

Estava um forno no dia em que conheci Eddie David. O campo parecia ter começado a derreter e a se fundir; os pássaros se mantinham enfurnados em árvores totalmente imóveis, e as abelhas voavam tontas por causa do calor. Não parecia ser o tipo de tarde ideal para se apaixonar por um completo desconhecido. Parecia ser um dia 2 de junho como outro qualquer em que eu já havia feito essa mesma caminhada. Silencioso, triste, carregado. Familiar.

Ouvi o Eddie antes de vê-lo. Eu estava no ponto de ônibus, tentando lembrar que dia da semana era — quinta-feira, concluí, o que significava que eu tinha quase uma hora de espera. Ali no calor abrasador do dia, esperando por um ônibus dentro do qual eu certamente iria assar. Comecei a andar pela estrada em direção ao vilarejo, à procura de sombra. Numa corrente de ar fervente, ouvi as vozes das crianças na escola de ensino fundamental.

As vozes foram interrompidas por um balido vindo de algum ponto adiante. MÉÉÉÉ, fez o bicho. MÉÉÉÉ!

A resposta veio na forma de uma gargalhada masculina, que irrompeu no calor comprimido como um jato de ar frio. Comecei a sorrir antes mesmo de ver o homem. A risada dele resumia tudo que eu achava desses animais, com suas carinhas tolas e olhos laterais insanos.

Os dois estavam um pouco afastados, no gramado do pequeno parque central do vilarejo. Um homem sentado de costas para mim, um carneiro a poucos metros dele. Fitando o homem com aqueles olhos laterais. O carneiro arriscou outro mééé, e o homem disse algo que não ouvi.

Quando cheguei perto da grama, os dois estavam entretidos numa conversa.

Parei à beira do gramado seco, observando os dois, e tive um lampejo familiar de reconhecimento. Eu não conhecia esse homem, mas ele era uma réplica charmosa de tantos dos garotos com quem eu havia frequentado a escola: uma coisa grandalhona e agradável ao olhar; o cabelo cortado rente e a pele morena; o uniforme típico do sudoeste da Inglaterra: bermuda cargo e camisa de malha desbotada. Ele com certeza sabia pregar prateleiras, com certeza sabia surfar, e muito provavelmente dirigia um Golf meio avariado, uma doação da mãe simpática, mas tola.

O tipo de cara com quem — conforme eu havia escrito em meus diários na adolescência — me casaria um dia. (Esse "um dia" se referia a um momento indeterminado no futuro, quando, como uma borboleta saindo de um casulo insignificante, eu renunciaria ao meu cargo de sombra da Mandy e da Claire, com minha aparência comum e falta de traquejo social, e emergiria como uma mulher audaciosa e bonita com o poder de atrair qualquer homem que eu tivesse tempo de notar.) O marido seria deste vilarejo — Sapperton, ou algum outro próximo — e sem dúvida dirigiria um Golf. (O Golf era imprescindível, por algum motivo. Na fantasia, pegávamos o carro e dirigíamos até a Cornualha para passar a lua de mel, onde eu o surpreendia entrando destemidamente no mar com uma prancha de surfe debaixo do braço.)

Em vez disso, eu me casei com um delicado palhaço americano. Um palhaço de verdade, com caixas de narizes vermelhos, ukeleles e chapéus engraçados. Dali a poucas horas, ele estaria acordando, quando o luminoso sol californiano começasse a clarear as paredes do nosso apartamento. Decerto ele bocejaria, rolaria para o lado e se aconchegaria à nova namorada antes de se levantar para diminuir a temperatura do ar-condicionado e fazer para ela um suco verde medonho.

— Oi — falei.

— Ah, oi — respondeu o homem, virando-se. *Ah, oi.* Como se ele me conhecesse há anos. — Arrumei uma ovelha para mim.

O animal soltou outro *mééé* estridente, sem nunca despregar os olhos do rosto do homem.

— Faz só alguns minutos — acrescentou o homem —, mas já estamos perdidamente apaixonados.

— Estou vendo. — Sorri. — Isso não é contra a lei?

— Não se pode legislar sobre o amor — respondeu ele, irônico.

Um pensamento inusitado me ocorreu: *sinto falta da Inglaterra.*

— Como vocês se conheceram? — perguntei, dando um passo à frente e pisando na grama.

Ele sorriu para o animal.

— Bem, eu estava sentado aqui, sentindo pena de mim mesmo, quando essa jovem dama apareceu do nada. Começamos a conversar. E, de uma hora para outra, já estávamos falando em morar juntos.

— *Esse* jovem — falei. — Não entendo muito de ovídeos, mas até eu consigo ver que não se trata de uma dama.

Depois de alguns instantes, o homem se inclinou para trás e conferiu as partes íntimas do animal.

— Ah.

O carneiro o encarava.

— Seu nome não é Lucy? — perguntou ele. O carneiro permaneceu em silêncio. — Ele disse que o nome dele era Lucy.

— O nome dele não é Lucy — afirmei.

O carneiro fez *mééé* de novo e o homem riu. Uma gralha delirante voou de uma árvore na estradinha atrás de nós.

De repente, eu me vi ao lado deles. O homem, o carneiro e eu juntos no ensolarado gramado em forma de praça no centro do vilarejo. O homem olhava para cima, para mim. Seus olhos tinham a cor de oceanos longínquos, pensei, cheios de calor e boas intenções.

Ele era bem bonito.

Serão necessários muitos meses até você se permitir nutrir sentimentos autênticos por outro homem, haviam me informado pela manhã. A advertência foi cortesia de um aplicativo ridículo chamado BreakUp Coach, que minha melhor amiga de Los Angeles, Jenni Carmichael, havia baixado (sem minha permissão) no meu celular, um dia depois de Reuben e eu anunciarmos nossa separação. Toda manhã o aplicativo me mandava notificações terríveis sobre o estado de trauma emocional pelo qual eu estava passando, afirmando que era assim mesmo.

Só que eu não estava passando por nenhum trauma emocional. Mesmo quando Reuben me disse que sentia muito mas achava que deveríamos nos divorciar, precisei me forçar a chorar para não ferir os sentimentos dele. Quando o aplicativo me falou sobre meu coração despedaçado e sobre minha dor profunda, senti como se eu estivesse recebendo mensagens destinadas a outra pessoa.

Mas Jenni ficava feliz quando me via lendo as mensagens, por isso mantive o aplicativo. O bem-estar emocional da Jenni — cada vez mais frágil, à medida que se aproximava dos quarenta, trazendo consigo o fim das esperanças de reprodução — dependia muito de sua capacidade de defender os fracos e oprimidos.

O homem se virou para o carneiro.

— Bem, é uma pena. Achei que tivéssemos futuro, Lucy e eu.

O celular dele começou a tocar.

— Você vai ficar bem?

Ele puxou metade do celular para fora do bolso e cancelou a ligação.

— Ah, imagino que sim. Pelo menos, espero que sim.

Corri os olhos ao redor procurando outro carneiro, um fazendeiro, um cão pastor.

— Acho que deveríamos fazer alguma coisa em relação a ele, você não acha?

— Provavelmente. — O homem se pôs de pé. — Vou ligar para o Frank. Ele é dono da maioria dos carneiros das redondezas.

Ele digitou um número no celular, e eu engoli em seco, subitamente hesitante. Quando a situação do carneiro fosse resolvida, teríamos de parar de brincar e passar para uma conversa propriamente dita.

Não arredei pé do gramado e esperei. O carneiro arrancava sem muito entusiasmo a grama à sua volta, porém sempre de olho na gente. Ele havia sido tosquiado recentemente, mas mesmo a lã curta parecia esquentar demais.

Fiquei me perguntando por que eu estava ali. E por que o homem estaria sentindo pena de si mesmo antes. Além disso, por que eu não parava de passar a mão no cabelo? Ele agora conversava com Frank ao celular, rindo à toa.

— Tudo bem, cara. Vou fazer o possível. Beleza — disse ele, olhando para mim.

Ele tinha mesmo uns olhos lindos.

(Para com isso!)

— O Frankie vai levar pelo menos uma hora para chegar aqui. Contou que Lucy fugiu de uma área cercada perto do pub. — Ele se virou para o carneiro. — Você andou um bom pedaço. Estou impressionado.

O carneiro continuou comendo, então o homem olhou para mim.

— Vou tentar fazer com que ele volte para a estrada. Quer me dar uma mãozinha?

— Claro. Eu estava indo para lá almoçar mesmo.

Eu não estava indo para lá almoçar. Na verdade, estava esperando o ônibus da linha 54 para Cirencester, porque havia gente em Cirencester e não havia ninguém na casa dos meus pais. Na noite anterior, uma enfermeira do Royal Infirmary, em Leicester, havia telefonado para dizer que meu avô tinha dado entrada no hospital com uma fratura de quadril. Meu avô tinha 93 anos. Era notoriamente agressivo e não tinha ninguém além da minha mãe e da irmã dela, Lesley, que no momento estava nas Maldivas com o terceiro marido.

"Podem ir", eu tinha dito para minha mãe, quando ela hesitou.

Mamãe não gostava de me deixar na mão. Todo mês de junho ela se empenhava em uma enorme produção para me receber: logística impecável, a casa cheia de flores, comida maravilhosa. Tudo para me convencer de que a vida na Inglaterra era muito melhor do que qualquer coisa que a Califórnia pudesse oferecer.

"Mas..." Ela pareceu murchar. "Você vai ficar sozinha."

"Vou ficar bem", garanti. "Além do mais, o vovô vai ser expulso do hospital se você não estiver lá para se desculpar por ele."

Da última vez que meu avô tinha sido internado, ele se envolveu numa briga feia com um médico a quem ficava se referindo como "estudante de medicina idiota".

Houve então uma pausa, durante a qual minha mãe ficou dividida entre suas responsabilidades como filha e como mãe.

"Deixa eu me livrar dos próximos dois dias", prossegui. "Depois sigo para Leicester."

Ela voltou os olhos para meu pai, nenhum dos dois conseguindo tomar uma decisão. E pensei: *Quando vocês ficaram tão indecisos?* Eles pareciam mais velhos dessa vez, menores. Principalmente minha mãe. Como se já não coubesse mais em seu corpo. (Seria culpa minha? Será que de algum modo eu a havia encolhido, por causa da minha insistência em morar em outro país?)

"Mas você não gosta de ficar aqui em casa", disse meu pai, sem conseguir encontrar uma maneira melhor de falar isso.

E sua incapacidade de encontrar algo engraçado para dizer — o que era inédito — fez minha garganta inchar até dar a impressão de que não havia espaço para passar nada.

"Claro que gosto! Que absurdo!"

"E não podemos deixar o carro aqui. Como você vai fazer para se locomover?"

"De ônibus."

"O ponto de ônibus fica a quilômetros de distância."

"Eu gosto de andar. Sério, podem ir. Vou descansar, como vocês vivem dizendo para eu fazer. Vou ler alguns livros. Comer essa montanha de comida que vocês compraram."

E assim, pela manhã, eu havia me despedido deles e me visto subitamente sozinha, numa casa onde — sim — eu não gostava de ficar. Muito menos sem alguém por perto.

O que significava que eu não estava indo ao Daneway almoçar.

A verdade é que eu estava tentando coagir esse completo desconhecido a beber comigo, apesar da notificação matutina do aplicativo me advertindo de que paquerar outros homens só acabaria em lágrimas. *Não se esqueça, você está estratosfericamente vulnerável no momento*, afirmara o app, ilustrando a frase com a imagem de uma menina chorando numa montanha de travesseiros.

O celular do homem tocou de novo.

Dessa vez, ele deixou tocar.

— Tá, vamos dar logo um jeito em você — disse ele, aproximando-se de Lucy, que o encarou antes de se virar e fugir. — Você, vá para lá — me ordenou o homem. — Assim a gente pode direcionar Lucy para a estrada. Ai! Merda!

Ele pulou num pé só e voltou correndo para pegar os chinelos.

Girei e fui para a esquerda, o mais depressa que consegui naquele calor intenso. Lucy desviou para a direita, onde o homem aguardava, às gargalhadas. Aceitando o fato de estar encurralado, Lucy seguiu resmungando para a estradinha que levava até o pub, volta e meia lançando um mééé de protesto.

Obrigada, Deus, ou universo, ou destino, pensei. Por esse carneiro, por esse homem, por essa paisagem inglesa de cercas vivas.

Que alívio conversar com alguém que não sabia nada da tristeza que eu deveria estar sentindo. Que não inclinava a cabeça para o lado sentindo pena quando falava comigo. Que simplesmente me fazia rir.

* * *

Lucy fez várias tentativas de fuga na estradinha que ia dar no pub, mas, com um belo trabalho de equipe, nós conseguimos fazer com que voltasse à sua área cercada de origem. O homem quebrou um galho de uma árvore e prendeu-o em diagonal na abertura da cerca por onde o carneiro havia escapado, em seguida virou-se para mim e sorriu.

— Missão cumprida.

— Com louvor — falei. Estávamos parados ao lado do pub. — Você me deve uma bebida.

Ele riu e disse que achava justo.

E foi isso.

CAPÍTULO CINCO

Sete dias depois, Eddie e eu tínhamos nos despedido. Mas foi uma despedida francesa: um *au revoir*. Um *até breve!* Não foi um adeus. Não foi nem de longe um adeus. Desde quando "adeus" envolve as palavras "acho que me apaixonei por você"?

Eu tinha caminhado pela margem do rio Frome em direção à casa dos meus pais, feliz da vida e cantarolando. A água estava transparente naquele dia, adornada por cascalhos brilhantes e pelo que pareciam almofadas verdes e musgosas, sendo contemplada da margem pela vegetação de folhagens de hastes compridas e espigões amarronzados. Passei pelo local onde Hannah tinha caído um dia enquanto tentava colher ranúnculos e me peguei rindo alto. Meu coração estava em festa, dançando com as lembranças da última semana: conversas até tarde da noite, sanduíches de queijo, gargalhadas sonoras, toalhas de banho secando no varal. O corpulento do Eddie, o vento soprando suavemente entre as árvores do lado de fora do celeiro dele como fiapos de farinha passando pelos buraquinhos de uma peneira, e, repetidas vezes, as palavras que ele tinha dito quando me despedi.

Eu havia chegado a Leicester naquela noite. No táxi para o hospital, uma tempestade tinha despencado do céu; a cidade escureceu, e as luzes vermelhas do pronto-socorro deslizavam no para-brisa feito sopa. Eu havia encontrado meu avô numa ala quente, ranzinza mas comovido, e meus pais exaustos.

Não tinha havido nenhum telefonema do Eddie naquela noite. Nenhuma mensagem me informando os detalhes do voo da volta. Por um instante, enquanto vestia o pijama, eu havia me perguntado por quê. *Ele devia estar com muita pressa*, pensei. *Estava acompanhado de um amigo*. E: *Ele me ama. Não teria por que não ligar!*

Mas Eddie David não havia ligado. E não havia ligado, e não havia ligado.

Durante alguns dias, eu me convenci de que estava tudo bem. Seria absurdo — loucura, até — duvidar do que havia acontecido entre nós. Mas, quando os dias dolorosamente somaram uma semana, tive mais dificuldade em manter afastado o mar crescente do pânico.

"Ele está curtindo a Espanha", menti, quando cheguei a Londres para minha planejada estada na casa do Tommy.

Alguns dias depois, durante o almoço com Jo, eu desabei.

"Ele não ligou", admiti. Meus olhos se encheram de lágrimas de desespero e humilhação. "Deve ter acontecido alguma coisa com ele. Não foi um casinho qualquer, Jo; mudou tudo."

Tommy e Jo foram gentis comigo; eles me ouviram, disseram que eu estava "reagindo muito bem", mas tive a sensação de que estavam perplexos com a desintegração da Sarah que conheciam. Então eu não era a mulher que havia mudado completamente de vida depois de fugir para Los Angeles em meio a uma nuvem negra de tragédia? A mulher que havia criado uma ONG infantil genial e se casado com um americano padrão; a mulher que agora viajava pelo mundo dando palestras?

Essa mesma mulher passou duas semanas escondida no apartamento do Tommy, reduzida a "stalkear" um homem com quem havia passado sete dias.

Nesse meio-tempo, o Reino Unido tinha quase explodido na panela de pressão do referendo da União Europeia, meu avô havia se submetido a duas cirurgias, e meus pais tinham se tornado praticamente prisioneiros na casa dele. Minha instituição de caridade tinha recebido um subsídio considerável, e Jenni estava no último ciclo da fertilização *in vitro* que seria pago pelo seu plano de saúde. Eu estava num terreno de altos e baixos humanos bem reais, mas mesmo assim tive dificuldade em registrar todas essas coisas.

Já vira amigas passando por isso. Já havia assistido boquiaberta a elas argumentando que o celular dele estava quebrado; que a perna dele estava quebrada; que *ele* estava quebrado, enterrado numa vala como indigente. Elas insistiam que algum comentário descuidado que haviam feito devia ter "assustado" o cara, daí a necessidade de "esclarecer qualquer mal-entendido". Eu as testemunhara rasgando e jogando fora seu orgulho, partindo o coração em mil pedaços, perdendo a sanidade, tudo por causa de um homem que jamais ligaria. Pior, por causa de um homem que elas mal conheciam.

E ali estava eu. Sentada no carro do Tommy, o orgulho rasgado e jogado fora, o coração partido em mil pedaços, a sanidade perdida. Escrevendo uma mensagem desesperada para explicar que eu não era mais casada. Que tinha sido uma *separação muito amigável*.

Tommy parou o carro perto do portão da nossa antiga escola no exato instante em que a chuva começou a pintar desenhos suaves no para-brisa. Ele estacionou inusitadamente mal, com uma roda no meio-fio, mas — o que foi ainda mais inusitado — não fez nenhuma tentativa de endireitar o carro. Contemplei a volumosa cerca viva, os zigue-zagues amarelos na estrada, o letreiro acima do portão, e uma velha melodia de inquietação foi dedilhada em minha barriga. Guardei o celular na bolsa. Mandar mensagens para Eddie teria de esperar.

— Então, chegamos! — O peso do entusiasmo fingido fez a voz do Tommy afundar no meio como um varal sobrecarregado. — É melhor irmos para lá logo. Meu discurso está marcado para daqui a cinco minutos!

Ele não foi para lá logo, então nós também não. Rudi nos encarou.

— Por que vocês não estão saindo do carro? — perguntou, incrédulo.

Ninguém respondeu. Depois de alguns segundos, Rudi saltou do banco de trás, correndo em direção ao portão da escola. Em silêncio, nós o observamos diminuir a intensidade da corrida até caminhar com as mãos nos bolsos, parando casualmente na entrada da escola para avaliar a possibilidade de se divertir no campo. Depois de passar alguns segundos exibindo um olhar semicerrado, ele retornou ao carro. Não estava satisfeito.

Pobre Rudi. Eu não sabia o que a Jo tinha dito para convencê-lo sobre hoje, mas duvidava que ela tivesse dito toda a verdade. O lançamento de um programa esportivo numa escola de ensino médio poderia ter algum apelo se ele fosse ter a chance de usar um dos relógios esportivos cheios de funções ou uma das regatas com monitor de frequência cardíaca que faziam parte do projeto, ou mesmo se fosse haver outras crianças da idade dele para brincar. Mas os brinquedos tecnológicos que compunham a base do programa do Tommy seriam exibidos por um grupo de "atletas promissores" escolhidos pelo coordenador da educação física, e o participante mais novo tinha catorze anos.

Rudi ficou em pé ao lado do carro, emburrado. Jo saltou para conversar com ele, e Tommy, subitamente mudo, inclinou-se para conferir sua imagem no retrovisor. *Ele está apavorado*, pensei, sendo tomada por uma onda de pena.

Os garotos da nossa escola não tinham sido muito legais com o pequeno Thomas Stenham. Um deles, Matthew Martyn, havia acusado Tommy de ser gay logo que completou doze anos e a mãe espalhafatosa dele inventou um penteado modernoso para o filho. Tommy chorou e por isso, evidentemente, a coisa continuou. Diariamente Matthew e companhia passavam na carteira de Tommy um produto invisível que contribuiria para sua "cura gay"; colavam fotos de homens nus na parte interna da tampa da carteira. Ele havia começado a sair com Carla Franklin aos catorze anos; os garotos disseram que era para disfarçar. Tommy havia passado a ficar horas na academia que a mãe tinha em casa, mas os músculos adquiridos só pioraram a situação: os garotos começaram a bater nele no campo da escola. Quando a família se mudou para os Estados Unidos, em 1995, ele tinha compulsão por exercícios físicos, uma leve gagueira e nenhum amigo do sexo masculino.

Anos mais tarde — bem depois de ele voltar para a Inglaterra —, uma advogada rica chamada Zoe Markham o havia contratado para ser seu personal trainer. Na época, Tommy já havia trabalhado para várias mulheres londrinas bem-sucedidas, muitas das quais o paqueravam abertamente.

"Acho que é uma espécie de fantasia", observara ele, dividido entre a lisonja e o asco. "Sou como um faz-tudo sexy com aqueles cintos de ferramentas. Um trabalhador braçal com músculos."

Aparentemente, Zoe Markham era diferente. Eles se deram "bem à beça", tinham uma "conexão especial", e ela o enxergava "por inteiro", não apenas como um prestador de serviços com a capacidade de deixá-la magra e bonita. (Ela já era as duas coisas.)

Depois de alguns meses de paquera, ela havia oferecido ajuda para que ele entrasse no ramo da consultoria esportiva, por intermédio de um amigo. Tommy a levara para jantar, a fim de agradecer. Ela o levara para casa e tirara a roupa.

"Acho que está na hora de termos um tête-à-tête de verdade, você não acha?", perguntara a ele.

Ela foi a primeira namorada de importância real para Tommy; sem dúvida a primeira que ele acreditava ser areia demais para seu caminhãozinho. Para ele, ela era uma deusa, uma maravilha — o remédio para todas as suas antigas feridas.

"Eu queria poder contar àqueles idiotas da escola", ele havia me confidenciado no dia em que ela sugeriu que ele se mudasse para seu apartamento com vista para o Holland Park. "Queria poder mostrar a eles que sou capaz de atrair uma mulher como a Zoe."

E eu havia respondido: "É, não seria incrível?" Porque jamais imaginei que isso pudesse acontecer. Esse tipo de coisa nunca acontecia. Só que, no caso do Tommy, aconteceu.

Mais ou menos um ano atrás, ele havia mandado um folheto de seu programa esportivo de ensino médio para todos os diretores de escola do Reino Unido. O programa incluía uma doação de aparatos tecnológicos — os tais relógios esportivos cheios de funções ou aquelas regatas com monitor de frequência cardíaca, coisas assim — de um dos maiores clientes da Zoe, uma multinacional do ramo da tecnologia, e era o orgulho e a alegria do Tommy. Quando recebeu um telefonema da diretora da nossa antiga escola, ele ficou extasiado.

— Ela quer que eu vá conhecer o coordenador da educação física! — exclamou durante uma de nossas conversas por Skype. — Não é *fantástico*?

Ele achou a situação um pouco menos fantástica quando descobriu que o coordenador da educação física era o cara que fazia bullying com ele na adolescência, Matthew Martyn.

Mas havia sido uma boa conversa, Tommy me garantiu. Um pouco constrangida de início, mas Matthew tinha dito algo sobre como todos haviam sido uns idiotas quando eram adolescentes, dando um soco no braço do Tommy e o chamando de "camarada". Depois, como dois velhos amigos, eles conversaram sobre a vida: Matthew mostrou a Tommy um retrato da família, e Tommy — sem conseguir acreditar em sua sorte — mostrou a Matthew um retrato da namorada linda, extremamente elegante e toda sarada, na esplêndida cozinha de sua casa londrina.

Quando cheguei ao apartamento do Tommy e da Zoe, no começo de junho, já atormentada por causa de Eddie, Tommy havia fechado com a escola. Ele me disse que os antigos fantasmas eram coisa do passado; que havia superado o que havia acontecido com ele na escola; que na verdade ele não via a hora de ver Matthew Martyn de novo no evento de lançamento do programa.

Então: "A Zoe também vai", acrescentou, como se fosse algo sem importância do qual se lembrasse por acaso. "Vai ser ótimo poder apresentá-la ao Matt."

Senti vontade de abraçá-lo na ocasião. De dizer que ele era maravilhoso do jeito que era. Que não precisava da Zoe a tiracolo para valorizá-lo. Mas concordei, evidentemente, porque ele precisava que eu concordasse.

Zoe acabou debandando quatro dias antes do evento.

"Preciso ir a Hong Kong a pedido de um cliente", anunciara ela. "É muito importante. Foi mal, Tommy."

Foi muito mal, pensei. Ela sabia o que aquilo significava. O rosto do Tommy ficou da cor de papel reciclado.

"Mas... mas a escola está esperando você!"

Ela franziu a testa.

"Tenho certeza de que vão sobreviver. Estão querendo se exibir para a imprensa do interior, não para mim."

"Você não pode viajar um dia depois?", implorou ele.

Eu mal conseguia assistir àquilo.

"Não", respondeu ela, secamente. "Não posso. Mas você vai me agradecer por fazer essa viagem. Vai ter uma delegação do Departamento de Cultura, Mídia e Esportes. Ainda acho que tenho uma boa chance de botar você num comitê de consultoria deles."

Tommy sacudiu a cabeça.

"Mas eu já te falei que não estou interessado."

"E *eu* já *te* falei, Tommy, que você *está*."

Jo e eu nos oferecemos para ir no lugar dela.

Eu queria voltar à minha antiga escola? De jeito nenhum. Esperava jamais ter de ver aquele lugar de novo na vida. Mas o Tommy, pensei, precisava de mim, e dar a mão a quem precisa era a única distração decente que eu conhecia. Além disso, o que eu tinha a temer? Mandy e Claire tinham deixado a escola nos anos noventa. Nem elas nem nenhuma das pessoas de quem eu havia fugido estariam lá.

— *Harrington*. — Tommy se virou para olhar para mim. — Você está aí?

— Desculpe. Estou.

— Olha, preciso te dizer uma coisa.

Fiquei olhando para ele. As sobrancelhas do Tommy não traziam nenhuma boa notícia.

— Quando recebi aquela mensagem avisando sobre a imprensa local hoje cedo, o Matthew também disse outra coisa. Ele... — Tommy titubeou, e foi nessa hora que entendi que o negócio era sério. — O Matthew se casou com a Claire Peddler. Não mencionei isso antes porque imaginei que você não fosse gostar de ouvir o nome dela. Mas, quando me mandou essa mensagem sobre a imprensa, ele também disse...

Não.

— ... que a Claire tinha resolvido ir. E ela vai...

Levar a Mandy.

— ... levar um grupo de amigas, da nossa turma. Incluindo a Mandy Lee.

Deixei o corpo cair para a frente e apoiei a cabeça no encosto do banco dele.

CAPÍTULO SEIS

Primeiro dia: a bebida que durou doze horas

— Sarah Mackey — falei. — M-A-C-K-E-Y.
O dono do pub me entregou um copo de sidra.
O homem que conheci no gramado do parque central do vilarejo apenas riu.
— Por acaso eu sei como se escreve "Mackey". Mas obrigado. Meu nome é Eddie David.
— Perdão. — Sorri. — Moro nos Estados Unidos. É um sobrenome mais americano, acho: quando estou aqui, quase sempre preciso soletrar. Além do mais, gosto de esclarecer as coisas.
— Dá para ver — disse Eddie.
Ele estava inclinado de lado sobre o balcão, me observando. Uma nota de dez libras entre os grandes dedos morenos. Eu gostava do tamanho desse homem. Do fato de ele ser tão mais alto, tão mais corpulento, tão mais forte que eu. Reuben e eu éramos da mesma altura.
Nós nos sentamos no jardim do pub, um oásis de flores e mesas de piquenique no pequeno vale ao lado do vilarejo de Sapperton. A estreita faixa do rio Frome corria além do alcance da visão do outro lado do campo que rodeava o estacionamento do pub; rosas rubiginosas pendiam de uma árvore. Dois homens com roupa de

caminhada estavam debruçados sobre copos de cerveja, um cocker spaniel arfante me encarando sob as pernas deles. Assim que me acomodei sob um enorme guarda-sol, o cachorro se aproximou e se sentou aos meus pés, acomodando-se com um bufar de autocomiseração.

Eddie riu.

Em algum lugar do vale, o barulho desagradável de uma motosserra começou e parou. Alguns pássaros assustados chilrearam das árvores acima de nós. Tomei um gole da sidra gelada e gemi.

— Delícia — murmurei.

— Delícia — concordou Eddie.

Batemos nossos copos num brinde, e senti um desabrochar de prazer. Ficar sozinha na casa vazia dos meus pais pela manhã havia sido mais desgastante do que eu estaria disposta a admitir, e a caminhada pela Broad Ride não bastara para melhorar meu ânimo. Mas aqui, pondo de lado a intensidade de tudo, havia sidra gelada e um homem muito agradável. Talvez fosse ser um bom dia.

— Adoro esse pub — comentei. — Vínhamos aqui quando eu era pequena. Minha irmã mais nova e eu corríamos livremente pela margem do rio enquanto meus pais e seus amigos ficavam alegrinhos.

Eddie tomou um gole demorado da cerveja dele.

— Eu cresci em Cirencester. É um pouco mais difícil correr livremente no meio da cidade. Mas vínhamos aqui de vez em quando.

— Ah, jura? Quando foi isso? Quantos anos você tem?

— Vinte e um — respondeu Eddie, de um jeito blasé. — Mas as pessoas dizem que pareço menos.

Ele não se importou quando eu ri.

— Trinta e nove — disse, por fim. — Eu me lembro de correr por esse jardim quando tinha uns... o quê, dez anos? Aí minha mãe se mudou para cá no fim da década de noventa, por isso comecei a visitar com mais frequência. Quantos anos você tem? Talvez tenhamos corrido livremente juntos.

Uma leve insinuação. Meu aplicativo devia estar enlouquecendo.

— Ah, com certeza não. Eu me mudei para Los Angeles quando ainda era adolescente.

— Sério? É uma mudança e tanto.

Assenti.

— Seus pais foram transferidos para lá, por causa do trabalho?

— Algo assim.

— E eles ainda estão por lá?

— Não. Moram aqui perto. Quase em Stroud.

Desviei o rosto, esperando que isso me ajudasse a me safar de ser pega na mentira.

— Então. Eddie. Me diga o que você estava fazendo naquele gramado em Sapperton num dia de semana à tarde.

Ele se inclinou para passar a mão no cachorro.

— Visitando minha mãe. Ela mora perto da escola. — Falou como se pisando em ovos. — E o que você estava fazendo? — perguntou.

— Vim andando de Frampton Mansell.

Indiquei com a cabeça a direção do vilarejo dos meus pais.

Ele franziu a testa.

— Mas você não veio andando pelo vale. Veio da montanha.

— Bem... Eu queria me exercitar para valer, por isso subi a montanha e caminhei pelo alto. Na verdade, pela Broad Ride. Ela mudou muito — acrescentei, depressa. *Isso está virando um campo minado.* — Tão coberta de mato! Antes era descampada e majestosa; as pessoas traziam seus cavalos de todos os lugares para um galope. Agora quase não passa de uma trilha.

Ele assentiu.

— Ainda andam a cavalo por lá, mesmo tendo sido proibido. Um deles quase passou por cima de mim hoje mais cedo.

Sorri ante a ideia de qualquer coisa conseguir passar por cima daquele homem enorme, cavalo ou não. Fiquei satisfeita ao saber que ele também gostava de caminhar por aquele corredor verde secreto.

— Eu parecia o Moisés de Sapperton — continuou ele. — Abrindo um Mar Vermelho de erva-cicutária.

Ambos demos um gole nas nossas bebidas.

— Então você mora por aqui?

— Moro — respondeu Eddie. — Mas recebo muita encomenda de Londres, por isso vou bastante lá.

Ele bateu de repente na minha panturrilha.

— Mutuca — murmurou, dando um peteleco naquela espécie selvagem de mosca na palma da mão dele, morta. — Estava picando sua perna. Foi mal.

Tomei um gole demorado da sidra e senti o ronronar sensual e inebriante do álcool e daquela situação ligeiramente surreal.

— Elas são um inferno aqui em junho — comentou ele. — São um inferno o ano todo, mas principalmente em junho.

Ele me mostrou duas picadas enormes no antebraço.

— Uma me pegou de jeito hoje de manhã.

— Espero que você tenha revidado e a picado também.

Eddie sorriu.

— Não. Elas passam muito tempo pousadas nos "documentos" dos cavalos.

— Ah, é. Claro.

Sem pensar, passei a mão nas picadas na pele dele.

— Tadinho do braço — falei, embora num tom de voz bastante casual, porque já estava constrangida.

Eddie parou de rir e se virou para me olhar. Ele me encarou, uma interrogação nos olhos.

Fui eu quem desviou o rosto primeiro.

Pouco tempo depois, eu já me encontrava ligeiramente ébria. Eddie estava dentro do pub, pegando nossa terceira ou talvez quarta bebida. Ouvi o bipe da máquina quando o dono do pub registrou o pedido, o estalido de algo que eu esperava que fosse um saco de batatas chips e o zumbido indolente de um avião cruzando o céu.

A superfície do banco de madeira da velha mesa de piquenique começou a irritar a parte de trás das minhas coxas como se fosse uma lixa. Corri os olhos ao redor em busca de outra mesa com um banco que me incomodasse menos, mas não encontrei nenhuma, por isso me estirei no gramado, do mesmo jeito que o cachorro havia se estirado. Sorri, feliz e inebriada. A grama fez cosquinha na minha orelha. Eu não queria ir embora dali nunca mais. Queria ficar ali para sempre; sem telefone, sem responsabilidades. Apenas Eddie David e eu.

Quando olhei para o céu, a terra morna debaixo de mim, um rastro de lembrança antiga me visitou. *Isso*, pensei, languidamente. O cheiro de grama quente, o ruído do vento açoitando o mato combinado ao zumbido de insetos e trechos de músicas cantaroladas. Isso havia sido eu um dia. Antes de Tommy se mudar para os Estados Unidos e a adolescência explodir sob meus pés como uma bomba, *isso tinha sido suficiente*.

— Você capotou — disse Eddie, descendo os degraus do pub para o jardim com uma cerveja, uma sidra e, Deus seja louvado, batatas chips! — E ainda veio me dizer que era resistente a bebida.

— Eu tinha me esquecido do poder da sidra — admiti. — Mas que fique registrado que eu não apaguei. Só me cansei daquele banco áspero. — Apoiei-me nos cotovelos. — Enfim, você precisa abrir esse saco de batatas imediatamente.

Eddie se sentou no gramado ao meu lado, tirando do bolso o que parecia ser um desconfortável molho de chaves. Elas estavam presas em um chaveiro em forma de camundongo.

— Quem é esse aí? — perguntei, quando Eddie me entregou a sidra. — Gostei dele.

Eddie se virou para olhar o chaveiro.

— É a Ratinha. Eu a fiz quando tinha nove anos.

— Você a fez? De madeira?

— Foi.

— Ah! Nossa, que lindeza!

Eddie passou o dedo na Ratinha.

— Ela passou poucas e boas comigo — comentou, com um sorriso. — É meu talismã. Enfim. Saúde.

Ele também se apoiou nos cotovelos, voltando o rosto para o sol.

— Então é isso. A gente aqui, simplesmente bebendo no meio do dia — observei, alegremente. — Enquanto o resto do mundo trabalha. Estamos só aqui, sentados, bebendo.

— Sim, eu diria que é isso que estamos fazendo.

— Estamos bebendo no meio do dia e agora estamos um tanto bêbados. E estamos curtindo o momento, acho.

— Vamos voltar a conversar, ou você vai passar a tarde toda narrando o que está acontecendo?

Dei uma risada.

— Como eu disse antes, Eddie: clareza. É o que me mantém nos trilhos.

— Tá. Tudo bem. Vou comer umas batatas e beber minha cerveja. Me avisa quando tiver terminado.

Ele abriu o saco de batatas, estendeu-o para mim.

Gosto dele, pensei.

Desde a nossa chegada a esse jardim secreto, Eddie e eu tínhamos vasculhado nossas memórias de infância e descoberto centenas de interseções históricas. Tínhamos subido as mesmas encostas, frequentado as mesmas boates calorentas; tínhamos nos sentado nos mesmos caminhos margeando canais ao pôr do sol e contado libélulas dançando sobre os canaviais no velho canal de Stroudwater.

Tudo isso tinha sido separado por uns dois anos apenas. Imaginei o meu eu de dezesseis anos conhecendo o Eddie de dezoito, e me perguntei se ele teria gostado de mim na época. E me perguntei se ele gostava de mim agora.

Mais cedo, eu havia falado sobre minha ONG, e ele ficou encantado, fazendo milhões de perguntas. Entendeu imediatamente a diferença entre nossos Doutores da Palhaçada e os animadores comuns que visitam hospitais pediátricos. E entendeu que eu fazia isso porque não poderia deixar de fazer, por maiores que fossem as reduções de subsídios que tivéssemos, por mais que muitas vezes nossos profissionais fossem tratados como meros palhaços de festa de criança.

"Uau!", ele havia exclamado, depois de eu ter lhe mostrado o vídeo de dois Doutores da Palhaçada trabalhando com uma criança que estava com muito medo de enfrentar uma cirurgia. Ele tinha chegado a ficar emocionado. "É incrível. Eu... Parabéns, Sarah."

Ele tinha me mostrado fotos dos móveis e armários que fazia numa oficina perto de Siccaridge Wood. Esse era o seu trabalho — as pessoas encomendavam a ele coisas lindas de madeira para suas casas: cozinhas, armários, mesas, cadeiras. Ele adorava madeira. Adorava móveis. Adorava o cheiro de verniz de madeira e o estalido de um encaixe na prensa, me disse; e comentou que havia desistido de tentar se obrigar a fazer algo mais lucrativo.

Ele me mostrou a fotografia de um celeiro antigo: pequeno, de pedra, com o telhado ligeiramente inclinado, localizado num tipo de clareira que combinaria perfeitamente com um conto de Hans Christian Andersen.

— Essa é minha oficina. E também minha casa. Sou um ermitão de carne e osso; moro num celeiro no meio de uma floresta.

— Ai, que legal! Eu *sempre* quis conhecer um ermitão! Sou a primeira pessoa com quem você fala há semanas?

— É! — E então: — Não — acrescentou rapidamente. Em seus olhos, tive o vislumbre de algo que não consegui discernir. — Não sou um ermitão de verdade. Tenho amigos, família e uma vida agitada.

Depois de uma pausa, ele sorriu.

— Eu não precisava ter dito isso, né?

— Acho que não.

Eddie fechou a fotografia do celeiro no celular e, no mesmo instante, o aparelho começou a tocar. Dessa vez, ele o desligou, e sem demonstrar nenhuma irritação.

— Enfim, é meu trabalho. E eu adoro. Mesmo já tendo tido alguns anos em que não ganhei quase dinheiro nenhum. Esses não foram tão divertidos. — Uma aranha minúscula subiu em seu braço, e ele a ficou observando, afastando-a delicadamente quando tentou entrar na manga da camisa de malha. — Alguns anos atrás, cheguei a cogitar procurar um emprego de verdade, algo que garantisse uma grana certa. Mas não consigo trabalhar das nove às cinco. Ficaria... Bem, acho que seria sofrido para mim. Talvez acabasse morrendo. Alguma coisa ruim aconteceria; eu não sobreviveria.

Considerei isso.

— Acho meio irritante quando as pessoas dizem esse tipo de coisa — desabafei, por fim. — Só pouquíssimas pessoas escolheriam trabalhar num escritório das nove às cinco por vontade própria. Não dá para ignorar o fato de que a maioria das pessoas não tem opção. Você é privilegiado, sendo capaz de trabalhar com algo como marcenaria numa oficina nas Cotswolds.

— Verdade — assentiu Eddie. — E claro que entendo o que você quer dizer, mas ainda não sei se concordo. Acredito que todo mundo pode escolher, com relação a tudo. Em algum grau.

Fiquei só olhando para ele sem dizer nada.

— O que fazer, como se sentir, o que falar. De algum modo, acabou virando um consenso essa coisa de que não temos opção. Seja no que for. Trabalho, relacionamento, felicidade. Tudo está fora do nosso controle.

Ele pôs a aranha minúscula na grama.

— Às vezes é frustrante ver todo mundo reclamando de seus problemas sem nunca querer conversar sobre possíveis soluções. Achando que são vítimas de outras pessoas, delas mesmas, do mundo.

Aquela ligeira hesitação permeou novamente sua fala.

Depois de um segundo, ele se virou para mim, sorrindo.

— Eu pareço um babaca falando assim.

— Só um pouquinho.

— Não era minha intenção parecer antipático. Só quis dizer que...

— Está tudo bem. Sei o que você quis dizer. E é um ponto de vista interessante.

— Talvez. Mas não consegui me expressar direito. Foi mal. É que...
— Ele fez uma pausa. — A convivência com a minha mãe tem sido

meio desgastante ultimamente. Eu a amo, claro, mas às vezes fico me perguntando se ela *quer* ser feliz. Aí me sinto péssimo porque sei que é só a química do cérebro, e é claro que ela quer ser feliz.

Ele coçou as canelas.

— Você é a primeira pessoa com quem falei nos últimos dias que não estava sentindo pena de si mesma. Me deixei levar pelo desgaste. Perdão. Obrigado. Fim.

Dei uma risada, e ele se recostou, deixando um dos joelhos pender para o lado e encostar na minha perna.

— Estou me divertindo ainda mais do que teria me divertido com o carneiro Lucy. Obrigado, Sarah Mackey. Obrigado por abrir mão da sua tarde de quinta-feira para beber umas e outras comigo.

Meu peito se encheu com densas espirais de prazer. E deixei, porque era gostoso estar feliz.

Logo depois, Eddie foi ao banheiro, e eu apaguei o aplicativo da Jenni do meu celular. Fosse aquilo um "efeito rebote" ou não, eu não me sentia tão feliz na companhia de um homem — na companhia de qualquer pessoa, na verdade — havia muito tempo.

— Tem alguma coisa nesse vale, não tem? — perguntou Eddie depois.

Até ele já parecia ter dado adeus à sobriedade. O dono do pub havia fechado as portas para a troca de turno, dizendo que podíamos ficar no jardim pelo tempo que desejássemos.

— O caldeirão do diabo? — perguntei, abanando o rosto. — Mesmo para alguém que mora no sul da Califórnia, esse calor está de rachar. Cadê o Pacífico quando mais se precisa dele? Ou uma piscina. Um ar-condicionado pelo menos.

Eddie riu, inclinando a cabeça para mim.

— Sua casa tem piscina?

— Claro que não! Eu tenho uma ONG!

— Com certeza muitos executivos de organizações sem fins lucrativos pagam a si mesmos o suficiente para ter uma piscina.

— Bem, eu não. Não tenho nem casa quanto mais piscina.
Ele voltou os olhos para o céu incandescente.
— É, o caldeirão do diabo é aqui — assentiu ele, pensativo. — Mas tem alguma outra coisa, você não acha? Uma coisa antiga, ou secreta. Esse vale sempre me pareceu como o bolso traseiro de uma calça. Um lugar onde são enfiados todos os tipos de histórias e lembranças. Como velhos canhotos de ingressos.
Ele estava coberto de razão, pensei. Eu tinha muito mais canhotos de ingressos guardados no fundo desse vale do que poderia contabilizar. E não importava quantos anos havia passado morando longe dali: eles continuavam lá, sempre que eu voltava. Ecos de minha irmã em cada curva do pequeno rio Frome; trechos de músicas nas antigas faias; o toque da mão dela na minha. A imobilidade do lago, como um espelho, exatamente como no dia em que voltamos de carro do hospital. Ainda estava tudo ali. Apenas fora do alcance da visão, mas nunca fora do alcance da mente.

Ficamos deitados ali conversando por várias horas, uma parte dele sempre tocando uma parte minha. Meu coração se expandindo e contraindo feito metal quente.
Alguma coisa ia acontecer. Já tinha acontecido. Ambos sabíamos.
Em determinado momento, o fazendeiro Frank surgiu para verificar seu carneiro e consertar a cerca, e nos deu uma Coca-Cola e um queijo cheddar de suas compras.
— Te devo uma — disse ele, piscando para o Eddie como se eu não o estivesse vendo.
Bebemos a garrafa inteira de Coca e comemos quase todo o queijo. Fiquei me perguntando se a nova namorada do Reuben — que aparentemente o levara para um encontro romântico numa lanchonete de sucos naturais — alguma vez na vida tinha bebido vários copos de sidra, se deitado no jardim de um pub ao lado de um desconhecido e se entupido de cheddar com Coca-Cola depois. Cheguei à conclusão de que não ligava a mínima para isso.

Eu me sentia como se estivesse em casa. Não apenas com Eddie, mas ali, naquele vale, onde eu havia crescido. Pela primeira vez desde que era jovem, senti que estava num lugar ao qual pertencia.

Nosso vale secreto finalmente esfriou quando o sol escaldante caiu pela lateral do planeta. Uma raposa cruzou sorrateiramente o estacionamento. Pequenos grupos de pessoas chegaram e se foram, o suave tilintar de copos e talheres abafado pelo sussurro manso das árvores. Estrelas brilhantes brotaram no céu escurecido.

Eddie estava segurando minha mão. Estávamos de volta à nossa mesa. Tínhamos comido alguma coisa — lasanha? Não consigo me lembrar. Ele me falava de sua mãe, de como a depressão dela estava começando a atacar de novo. Ele viajaria com um amigo de férias dentro de uma semana, para praticar windsurfe na Espanha, e estava preocupado em deixá-la, mesmo ela tendo garantido que ficaria bem.

— Pelo jeito você deve ser um ótimo filho — comentei.

Ele não respondeu, mas ergueu nossas mãos entrelaçadas e beijou o nó de um dos meus dedos.

E agora o pub estava fechando, pela segunda vez, e mesmo sem termos combinado nada, mesmo tecnicamente eu ainda sendo casada, mesmo que eu devesse estar passando por um terrível trauma emocional, mesmo eu nunca tendo ido para a casa de um cara que acabei de conhecer — muito menos para um celeiro literalmente no meio do nada —, estava claro como a noite sem nuvens que eu iria para casa com ele.

Usando a luz do meu celular, porque o dele estava tão rachado que a lanterna não funcionava mais, andamos de mãos dadas pela trilha silenciosa, passando por objetos descartados e poças de água.

Ele me conduziu ao seu galpão de ermitão — que ficava mesmo numa clareira, cercado de belos castanheiros-da-índia e ervas-cicutárias —, mas não havia elfos, sátiros nem fadas de cabelo aveludado, apenas um velho jipe Land Rover e um terreno escuro, para onde Eddie olhou desconfiado enquanto pegava as chaves.

— Steve? — achei ter ouvido Eddie sussurrar, mas não questionei. Ele abriu a porta.

— Entre — murmurou.

E não conseguimos olhar um para o outro, porque estava acontecendo, naquele momento, e ambos sabíamos que era maior do que as poucas horas que estavam por vir.

Ao avançarmos por entre as máquinas paradas na oficina dele, senti o cheiro pungente de madeira cortada e imaginei Eddie ali: aplainando, martelando, colando, serrando. Fazendo objetos bonitos de materiais bonitos com aquelas enormes mãos morenas. Pensei naquelas mãos na minha pele e fiquei um pouco zonza.

Passamos por duas portas pesadas — essenciais, ele me disse, para controlar a serragem — e por fim subimos uma escada, até um grande espaço aberto, cheio de luminárias antigas, vigas escuras e rangidos suaves. Lá fora, as árvores se mexiam devagar, preto contra preto, e um fiapo de nuvem atravessava a lua brilhante.

Peguei um copo d'água na pia da cozinha e ouvi-o atrás de mim. Fiquei parada ali por um tempo, os olhos fechados ao sentir a respiração dele no meu ombro nu. Então me virei, apoiei o corpo na pia, e ele me beijou.

CAPÍTULO SETE

Oi,

Olha, eu sou casada. E tenho a sensação de que você já sabe disso.

Eu não estava mentindo quando te disse que era solteira. E não estava mentindo sobre como você me fez sentir.

O Reuben e eu nos separamos faz uns três meses. O que acabou com a gente foi eu não conseguir dar um filho a ele, mas acho que ambos sabíamos havia muito tempo que tínhamos chegado ao fim do caminho. É uma longa história — talvez não para ser contada no Facebook Messenger —, mas foi muito difícil para ele.

Fiquei tão aliviada quando ele quis conversar comigo; eu sabia o que ele ia dizer. Só gostaria de ter tido a coragem de dizer eu mesma, anos antes. Fiquei parada diante dele com o carregador do celular na mão, trançando o cabo nos dedos até ele pegá-lo, e então chorei porque sabia que ele precisava que eu chorasse.

É isso, Eddie? Foi por causa do meu casamento que você não me ligou? Por favor, tente se lembrar de como foi quando estávamos juntos. Foi tudo verdade da minha parte. Cada beijo, cada palavra, cada tudo.

Li a mensagem três vezes e então apaguei. Em vez disso, escrevi:

Eddie, querido,

Desconfio que você descobriu que sou casada. Adoraria ter a oportunidade de explicar tudo a você cara a cara — embora precise lhe dizer imediatamente que já não sou mais casada: o site está desatualizado. Eu estava — e ainda estou — solteira. E quero ver você, me desculpar, e explicar.

Sarah

Tommy, Jo e Rudi já não estavam no carro. Eu estava encolhida no banco traseiro fazia quase meia hora.
Uma hora ou outra, eu ia ter que sair dali.

CAPÍTULO OITO

Tommy estava de pé num palanquezinho solitário, no meio do campo de nossa antiga escola, falando pelo microfone. Fingia achar engraçado o fato de o equipamento de som estar pontuando seu discurso com ruídos que pareciam arrotos.

Corri os olhos pela plateia. Por que Mandy e Claire viriam? Não tinham nada melhor para fazer? Não trabalhavam? Parecia que meus pulmões estavam comprimidos numa câmara atrás do meu nariz. Eu não suportava a ideia de vê-las. Agora, não. Não no estado em que me encontrava.

— Oi. — Jo surgiu do nada. — Como você está?

— Ótima.

— Vai correr tudo bem — garantiu-me ela baixinho. — Mesmo se o Tommy achar que precisa socializar um pouco, logo iremos embora. E vou ficar de olho em você.

Em silêncio, vimos Tommy falar de Matthew Martyn. Uma verdadeira inspiração para os alunos... Dedicou-se incansavelmente ao programa... Faz toda a diferença trabalhar com pessoas como o Matt...

— Olhe, eu... hum, elas estão aqui?

Jo colocou a mão no meu cotovelo.

— Não sei, Sarah — respondeu. — Não sei como é a cara delas.

Assenti, tentando respirar fundo.

— O que você estava fazendo? — perguntou ela. — Estava se escondendo no carro?

— Basicamente, mandei uma mensagem para o Eddie. Sobre ser casada. Aí passei maquiagem demais. E agora estou aqui.

Ouvimos alguns aplausos e nos viramos a tempo de ver Tommy passar o microfone para Matthew Martyn. Matthew é um desses homens que passam tanto tempo malhando que andam com os braços abertos como um pinguim. Ele e Tommy bateram nas costas um do outro ao trocarem de lugar.

— Certo. Acho melhor eu ir e esperar por ele — decidiu Jo. — Depois do discurso do Matthew vai ser a hora da socialização.

Desanimada, observei-a se afastar.

Depois de alguns minutos, Rudi apareceu, segurando uma taça de champanhe.

— Isso é *tão* entediante, Sarah — resmungou.

— Nem me fale.

— E o Tommy está esquisito.

— É porque está nervoso — expliquei, tirando o champanhe de sua mão. — Você nunca se comporta?

— Não. — Rudi sorriu e indicou uma pista de corrida com piso de borracha que não existia na minha época. Havia obstáculos dispostos na faixa mais próxima. — Posso pular por cima daquelas coisas?

— Se você prometer pular somente os obstáculos mais baixos.

— Irado! — E saiu correndo.

Lembranças tristes brotavam da minha pele como suor, enquanto eu corria os olhos pela plateia novamente. Eu *odiava* esse lugar. E, mesmo sendo infantilidade, eu odiava Matthew Martyn. Não me importa que ele fosse adolescente na época: ele havia feito outro menino chorar, muitas e muitas vezes, e sentira prazer com aquilo. Agora estava falando como se tivesse criado o programa, não Tommy.

Eu estava na metade do champanhe de Rudi quando vi Mandy e Claire no fundo da plateia. A dez metros de distância, talvez menos.

Desviei os olhos antes de ser vista, absorvendo detalhes fragmentados: um vestido azul e amarelo, uma franja, um pneuzinho nas costas marcado pela alça do sutiã. Abaixei a taça, meu braço se deslocando como o braço de um robô numa animação tosca. Senti o rosto esquentar e ficar vermelho.

Então:

— Sarah Harrington? — Um sussurro próximo ao meu ombro esquerdo. — É você?

Eu me virei e me vi cara a cara com minha professora de inglês, a Sra. Rushby. O cabelo dela estava um pouco grisalho agora, mas continuava preso naquele coque elegante que todas havíamos tentado copiar em algum momento da nossa vida escolar.

— Ah, oi! — sussurrei. Minha voz transparecia certa histeria.

De súbito, a Sra. Rushby me deu um abraço apertado.

— Eu quis fazer isso muitos anos atrás, mas você se mudou para os Estados Unidos. Como você está, Sarah? Como tem passado?

— Estou ótima! — menti. — E a senhora?

— Estou bem, obrigada. — Então: — Fico muito feliz de saber que está bem. Torci muito para que tudo desse certo para você na Califórnia.

Fiquei comovida. Não apenas por ela ter desejado meu melhor, mas por se lembrar de mim. Por outro lado, pensei, eu não era uma aluna qualquer quando fui embora.

Por alguns instantes, protegida da multidão pela Sra. Rushby, comecei a sentir uma ponta de confiança. Falei algumas gracinhas e me senti pateticamente feliz quando ela riu. Será que um dia alguém perde a vontade de impressionar seus professores preferidos?, eu me perguntei. Haviam se passado mais de dezenove anos desde que eu frequentara suas aulas, e ali estava eu, tentando fazer comentários sarcásticos sobre tragédias de vingança.

Solidária, a Sra. Rushby mudou de assunto quando notou que eu não lembrava o nome de John Webster. Disse que tinha visto uma matéria sobre minha ONG quando levou a família de férias para a Califórnia.

— Alguma coisa a ver com animação de crianças hospitalizadas, não é? Palhaços?

Relaxei ao enveredar por um território mais seguro: trabalho. Os Doutores da Palhaçada, expliquei, como já havia explicado um milhão de vezes. Não palhaços. Treinados para dar apoio às crianças, melhorar sua experiência médica, tornar o ambiente hospitalar menos intimidante.

Enquanto conversávamos, voltei os olhos para Mandy e Claire, ainda no fundo da plateia. O vestido azul e amarelo e a franja pertenciam a Claire; o pneuzinho nas costas, a Mandy. Seu corpo outrora delgado havia acumulado pelo menos trinta quilos desde a escola, algo pelo qual eu provavelmente teria rezado na época. Agora eu não sentia nada. Ela olhou para mim e desviou o olhar.

A Sra. Rushby me pediu licença para entregar alguma coisa a outra professora, e terminei de beber o champanhe do Rudi, quando o alarme anunciando a chegada do trem à passagem de nível — um som que eu não ouvia há anos — começou a apitar a distância. E por um segundo eu estava de volta aos anos noventa, uma adolescente tentando emergir da areia movediça da incerteza misturada com a arrogância emocional, exausta pelo mero esforço de viver. A meia-calça desfiada, uma frágil tentativa de sorriso brejeiro no rosto. Tentando a todo custo ser perfeita para Mandy Lee e Claire Peddler.

A Sra. Rushby ainda estava ocupada, e eu agora me achava exposta, por isso verifiquei as mensagens do Facebook. Procurei me mostrar tensa e concentrada, como se estivesse respondendo a um importante e-mail de trabalho.

Ainda nada do Eddie.

Guardei o celular e fiquei observando Rudi, que avaliava um obstáculo grande demais.

— Rudi — chamei. — Não.

Fiz o gesto de cortar o pescoço.

— Eu consigo — gritou ele.

— Não consegue, não — respondi.

— Consigo, sim!

— Rudi O'Keefe, se você se aproximar mais um centímetro desse obstáculo, vou contar à sua mãe que você usa a senha dela.

Ele me fitou, incrédulo. Tia Sarah jamais seria cruel assim!

Mantive a pose. Tia Sarah seria cruel assim, sim.

Ele retornou emburrado aos obstáculos menores, e notei que alguém o observava da ilha de gramado no meio da pista. Uma pessoa franzina, com uma calça jeans larga e uma capa de chuva tipo sobretudo cáqui. O capuz estava sendo usado, embora a chuva já tivesse parado. Um aluno do ensino médio? Um fotógrafo? Depois de alguns segundos, reparei que a pessoa estava virada não para o Rudi, mas para a parte do campo onde eu estava. Na verdade — eu me virei, mas as únicas pessoas próximas eram a Sra. Rushby e a outra professora —, estranhamente parecia que a pessoa estava virada diretamente para *mim*.

Semicerrei os olhos. Homem? Mulher? Não dava para saber. Por um segundo, cheguei a me perguntar se seria o Eddie, mas ele era mais largo do que aquela pessoa. E muito mais alto.

De novo me virei, para me certificar de que não havia mais ninguém que a pessoa pudesse estar observando. Não havia. De repente, a figura começou a andar em direção a um portão novo na rua principal.

— Desculpe, Sarah — disse a Sra. Rushby, retornando. — Mas me diga: como está seu marido? Eu me lembro dele daquela vez na televisão. Ele me pareceu um homem muito talentoso.

Olhei para trás uma última vez, no momento exato em que a pessoa de capa cáqui fez o mesmo. Era a mim que aquela criatura estava observando. *Sem sombra de dúvida.* Mas, uma fração de segundo depois, a pessoa se virou para a frente e sumiu de vista.

Um ônibus elétrico passou a toda na rua principal. Raios de sol espocaram por entre as nuvens, e senti um frio na barriga. Quem era aquela pessoa?

A Sra. Rushby ficou desolada quando falei que Reuben e eu estávamos recém-separados. Eu levaria um tempo para me acostumar com esse tipo de reação.

— Mas continuamos dirigindo a ONG juntos. É tudo muito amigável e adulto!

— Sinto muito. — Ela franziu a testa, cruzando os braços, arrependida. — Eu não deveria ter perguntado.

— Não tem problema nenhum.

Eu gostaria de poder explicar a ela como era fácil para mim — constrangedoramente fácil — falar sobre o Reuben. *Por que aquela pessoa de capuz estava me olhando?* Era isso que eu queria saber.

— Bem, Sarah, tenho certeza de que você vai ser feliz com outra pessoa.

— Espero que sim! — falei. Então, para meu horror: — Na verdade, existe outra pessoa, mas... É difícil.

A Sra. Rushby ficou evidentemente desconcertada.

— Certo — disse ela, depois de uma pausa. — Minha nossa!

Qual era o *meu problema*? Essa tinha sido minha primeira tentativa de estabelecer uma conversa normal em duas semanas!

— Perdão — suspirei. — Devo estar parecendo uma de suas alunas do ensino fundamental.

Ela sorriu.

— Nunca é tarde demais para amar — afirmou com delicadeza. — Não lembro quem disse isso, mas aprovo totalmente.

Não consegui pensar em nada para dizer, por isso me desculpei de novo.

— Sarah, se não tivéssemos milhares de livros sobre o sofrimento do amor, isso sem falar no questionamento da fé, da sensação de "perda de si mesmo" que isso acarreta, eu não teria emprego.

Sim, pensei. Era isso. A perda de si mesmo. Como eu poderia admitir que preferia a possibilidade de Eddie estar morto a imaginar que ele simplesmente havia mudado de ideia? Eu era um monstro.

Sentia saudade de Sarah Mackey. Ela era tão *normal*! Tão...

— Aaaaaaai!

Eu me virei como um raio. Rudi deve ter tentado pular o obstáculo mais alto. Estava caído no chão, todo encolhido, segurando a perna.

— Ai, merda — murmurou Jo no silêncio que se seguiu.

Ela correu até ele, e todos os pais, professores e jornalistas, todos os integrantes da equipe esportiva de Matthew Martyn — incluindo o próprio Matthew Martyn — se viraram, fitando-a com reprovação. *Quem era essa mulher que havia aparecido com Tommy? Por que o filho dela não estava na escola? E por que ela estava xingando?*

— Que beleza — ouvi uma mulher dizer.

Era Mandy Lee. Eu reconheceria aquela voz em qualquer lugar.

Corri até aquela massa gritante em que Rudi tinha se transformado e ajudei Jo a examinar sua perna.

— Mamãe — gemeu ele, uma palavra que eu não o ouvia dizer havia anos.

Jo o enlaçou, beijando-o, dizendo que estava tudo bem. Um homem alto de rosto comprido andou até Jo e anunciou que era o responsável pelos primeiros socorros.

— Você me permite dar uma olhada nele? — perguntou.

E os gritos de Rudi alcançaram a estridência de uma sirene. Quando sofria acidentes, ele não deixava por menos.

Depois que Jo levou Rudi de táxi à emergência do Stroud Hospital, fui ao banheiro com a vaga intenção de me recompor.

Passei a mão na parede de tijolos do reservado, sabendo que, debaixo das camadas de tinta, havia meu nome escrito ao lado dos nomes de Mandy e Claire, além de umas palavras impetuosas afirmando que ninguém jamais nos separaria. Ironia pura, na verdade, porque poucos dias depois que deixamos nossa indestrutibilidade registrada na parede do banheiro, elas decidiram me expulsar de sua mesa e eu acabei tendo de almoçar nesse mesmo reservado. Quando isso aconteceu, chovia lá fora. Eu não tinha mais para onde ir. Lembrei do meu sofrimento quando o saco de batatas fez barulho e alguém — uma menina que jamais se identificou — olhou por baixo da porta para ver o que eu estava fazendo.

Dei descarga, pensando na pessoa de capuz que estivera me observando antes. Quem poderia saber que eu ia estar em Stroud hoje, além do Eddie? Será que a pessoa estava mesmo olhando para mim? E, se estivesse, por quê?

Verifiquei o Messenger antes de sair do reservado, mas não havia nada do Eddie. Ele ainda não tinha estado online desde o dia em que nos conhecemos. Talvez Jo tivesse razão, pensei. Talvez eu devesse escrever um post no mural dele. Afinal, a única coisa que me impedia era o medo do que as pessoas poderiam achar. Do que o Eddie poderia achar. E, se eu estava certa de que uma desgraça havia acontecido, como afirmava, essa deveria ser a menor de minhas preocupações.

A ideia se agitava à minha volta como um pássaro preso num cômodo.

Mas então: Não!, veio a resposta. Não é simples assim. O motivo de eu não ter escrito na página dele é...

É o quê?

Eu teria de escrever alguma coisa. Se o Eddie realmente estava largado numa sarjeta, se realmente havia se afogado no Estreito de Gibraltar, eu estava sendo muito negligente.

Abri a página de Facebook dele, respirei fundo e digitei.

Alguém tem visto o Eddie? Estou tentando entrar em contato. Um pouco preocupada. Me avisem se tiverem notícias dele. Obrigada. E, antes que tivesse a chance de me conter, cliquei em "Postar".

Então, de repente, o banheiro se encheu de ruídos familiares. Vozes agudas, bolsas de maquiagem se abrindo, pincéis de rímel sendo destampados. Várias mulheres conversando enquanto passavam batom. Elas riram do fato de continuarem se maquiando diante do espelho do banheiro, mesmo depois de todos aqueles anos, e eu abri um sorriso involuntário.

Aí:

— Vocês viram Sarah Harrington? — perguntou alguém. — Fiquei surpresa.

Então a voz da Mandy:

— Não é, menina? Muita coragem dela aparecer assim, sem mais nem menos.

Murmúrios de anuência.

— Você me empresta o rímel? O meu empelotou.

Torneiras se abrindo e fechando; o inútil suspiro do secador de mãos que nunca havia funcionado.

— Para ser sincera, me senti um pouco desconfortável ao vê-la — observou Claire. As outras mulheres se calaram. — Eu só queria passar uma tarde agradável, dar uma força ao Matt, entendem o que quero dizer?

Entendem o que quero dizer?, eu havia aprendido a repetir, para me enquadrar.

— Sem dúvida — respondeu Mandy. — E é claro que ela tem o direito de estar aqui como qualquer outra pessoa, mas é... bem difícil. Para nós, pelo menos.

Claire concordou que era difícil.

— Ela fingiu que não me viu mais cedo — comentou Mandy. — Por isso também fingi que não a vi. E acho que você deveria fazer o mesmo, Claire, para não se aborrecer. — Esse era o tipo de liderança que a havia tornado popular na escola. *Vamos ignorar a Claire amanhã. Vamos fazer carteiras de identidade falsas. Mas não para você, Sarah: você não parece ter idade suficiente.* — Ando ocupada demais no momento, não tenho espaço na cabeça para Sarah Harrington.

Mais murmúrios de anuência. Então:

— Tommy Stenham está ótimo — comentou Claire. — Não está? Ah, ela era mestre nisso! Mencionar alguém na conversa do nada — tom de voz inofensivo, intenção assassina — e esperar, ansiosamente, Mandy assumir o comando.

— Está ótimo mesmo — concordou Mandy. — Mas fiquei um pouco confusa com a namorada dele.

A voz beirava o riso.

Tentei não fazer barulho ao respirar.

— Ah, não, aquela não é a namorada dele — explicou Claire. — A namorada dele é advogada. Matt viu uma foto. Aparentemente, é muito mais bonita do que a mulher com o filho.

Mandy respondeu:

— Acho que a grande surpresa é o fato de ele ter namorada.

Gargalhadas perversas de bruxas. Mais torneiras. Mais papel toalha. E elas se puseram a relembrar, a voz cheia de prazer fingindo culpa, todas as coisas que os garotos costumavam dizer do Tommy. Rindo de se acabar, chegaram à conclusão de que havia sido *muito cruel*. E emendaram o assunto falando do comprimento e da adequação do vestido da Jo, as proporções generosas do corpo dela, o espetáculo constrangedor que Rudi dera, e comecei a ferver por dentro. Ouvir aquelas mulheres falando de mim tinha sido difícil, mas não era nada que eu não tivesse passado anos imaginando que elas fizessem. Mas falar mal do Tommy? Da Jo? Aí não.

Por isso abri a porta do reservado e olhei para elas: aquele grupo de mulheres de trinta e sete anos, com seu cabelo cuidadosamente arrumado, o perfume e as roupas que elas não admitiriam ter comprado especialmente para a ocasião. Todas se viraram, rímel em punho, brilho labial reluzindo. Todas me olharam, e eu as encarei.

E não falei nada. Sarah Mackey, a palestrante, lobista, ativista. Permaneceu em silêncio diante das velhas amigas e então fugiu.

CAPÍTULO NOVE

Oitavo dia: quando fui embora

— Essa foi a melhor semana da minha vida — disse Eddie, no dia em que deixei sua casa.

Adorei isso nele. Parecia sempre dizer o que estava pensando; sem editar nada. O que era uma experiência nova para mim, porque todo mundo editava tudo quando eu vinha à Inglaterra.

Sorrindo, ele segurou meu rosto com suas mãos enormes e me beijou de novo. Meu coração estava bem aberto, e minha vida estava recomeçando. Eu nunca tinha estado tão certa de nada.

— Quero conhecer seus pais — falou —, porque me parecem ser boa gente e porque fizeram você. Mas gostei de terem viajado agora.

— Concordo.

Passei o dedo pelo antebraço dele.

— Essa parece ter sido uma daquelas maravilhas do destino: lá estava eu, sentado naquela área verde sem graça, conversando com um carneiro, e você entrou na minha vida, sem mais nem menos, como se estivesse na coxia esperando sua deixa. Aí foi comigo até o pub e... gostou de mim. — Ele sorriu. — Ou pelo menos pareceu gostar.

— Muito. — Enfiei a mão no bolso da bermuda dele. — Muito mesmo, de verdade.

Lá fora, o canto de um melro empoleirado no galho de uma árvore veio descendo pelo ar. Ambos nos viramos para ouvir.

— Última chance — murmurou ele. E me entregou uma flor do pilriteiro plantado no vaso que decorava o peitoril da janela. A primavera estava preguiçosa, e flores brancas ainda cobriam as raízes das árvores feito chantilly. — Última chance. Cancelo minha viagem?

— Não — forcei-me a responder. Girei o caule minúsculo nos dedos. — Vá e se divirta. Me mande as informações do seu voo, e, daqui a uma semana, estarei no Gatwick para te buscar.

— Você tem razão. — Ele suspirou. — Preciso fazer essa viagem e preciso me divertir. Normalmente, eu estaria radiante com a ideia de passar uma semana em Tarifa. Mas posso ligar pra você, não posso? Da Espanha? Não estou nem aí para o preço que vou ter que pagar. Me dá o número do seu celular e de todo mundo que vai estar à sua volta, até nos vermos de novo. Podemos usar o FaceTime. Ou o Skype. E conversar.

Sorri tentando enxergar através das rachaduras na tela do celular avariado dele, para adicionar meu número.

— A impressão que dá é que você passou por cima desse aparelho com um trator — comentei, deixando a florzinha no peitoril da janela.

— Coloca aí o número do fixo dos seus pais — pediu ele. — E o telefone da casa onde você vai ficar em Londres. Qual é mesmo o nome do seu amigo? Tommy? Põe o endereço dele também, para eu mandar um cartão-postal. Mas você vai passar em Leicester para ver seu avô primeiro, não vai?

Assenti.

— Então bota aí o número e o endereço dele também.

Dei uma risada.

— Sério, você não ia gostar nada de se ver numa conversa telefônica com meu avô.

Devolvi o celular.

— Vamos ficar amigos no Facebook também. — Ele abriu o Facebook e digitou meu nome. — Essa é você? Na praia?

— Eu mesma.

— Muito californiana. — Ele me encarou, e senti um frio na barriga. — Ah, Sarah Mackey, você é linda.

Ele se inclinou e beijou meu ombro. Beijou a curva do meu cotovelo. A base do meu pescoço. Afastou meu cabelo e beijou minha nuca.

— Estou louco por você — murmurou.

Fechei os olhos e senti o cheiro dele. Sua pele, sua roupa, o sabonete que havíamos usado no banho. Não conseguia me imaginar sobrevivendo a sete dias sem isso. E, por mais que tivesse amado o Reuben, jamais havia encarado as vezes que nos separamos como uma questão de sobrevivência.

— Eu também. — Dei um abraço apertado nele. — Mas acho que você já sabe disso. Vou sentir saudade. Muita.

— E eu vou sentir saudade de você. — Ele me beijou de novo, afastando meu cabelo do rosto. — Olha, quando eu voltar, quero apresentar você aos meus amigos e à minha mãe.

— Ótimo.

— E quero conhecer seus pais, seus amigos ingleses e seu avô que é um terror, se ele vier por essas bandas.

— Claro.

— E vamos ver o que fazer daí em diante, mas com certeza vamos ficar juntos de alguma maneira, em algum lugar.

— Isso. Você, eu e a Ratinha.

Enfiei de novo a mão no bolso da bermuda dele, tateando o pequeno chaveiro de madeira.

Ele se deteve. Então:

— Fique com ela — decidiu, tirando as chaves. — Tome conta dela até eu voltar. Sempre fico com medo de perdê-la na praia. Ela é muito importante para mim.

— Não! Eu não posso ficar com a sua querida Ratinha. Não seja louco...

— Fique, por favor — insistiu ele. — Assim temos certeza de que vamos nos ver de novo.

Eddie colocou a Ratinha na palma da minha mão. Fitei os olhinhos pretos dela, então os olhos dele.

— Tudo bem. — Fechei a mão. — Tem certeza?

— Absoluta.

— Vou cuidar bem dela.

Ficamos nos beijando um tempão, ele apoiado no balaústre no alto da escada, eu grudada em seu peito, a Ratinha na minha mão. Havíamos combinado que ele não me levaria até a porta. Pareceria definitivo demais, quase como uma separação drástica.

— Vou te ligar mais tarde — disse ele. — Não sei que a horas exatamente, mas vou ligar. Prometo.

Sorri. Foi gentil da parte dele reconhecer a existência do velho medo de ficar "no vácuo", esperando a ligação que não vem. Mas eu sabia que ele ligaria. Sabia que ele faria tudo o que disse que ia fazer.

— Tchau — murmurou ele, me beijando uma última vez.

Peguei a flor e desci a escada, virando ao chegar lá embaixo.

— Não fique me olhando ir embora — pedi. — Vamos fingir que só saí para comprar leite ou algo do gênero.

Ele sorriu.

— Tá. Tchau, Sarah Mackey. Vejo você daqui a pouco, com leite ou algo do gênero.

Ambos nos detivemos, e ficamos nos olhando. Dei uma risada, sem nenhum motivo além de estar muito feliz. Então: *Diga*, pensei. *Diga, mesmo que seja loucura, mesmo que a gente só se conheça há uma semana. Diga!*

E ele disse. Apoiou o corpo no balaústre da escada, cruzou os braços e falou:

— Sarah, acho que me apaixonei por você. Isso é ir longe demais?

Suspirei.

— Não. É perfeito.

Ambos sorrimos. Tínhamos dado um passo num caminho sem volta.

Depois do que pareceu muito tempo, mandei um beijo para ele e saí em direção à manhã ensolarada.

CAPÍTULO DEZ

Oi,

Estou com tanta saudade de você hoje, irmã! Saudade do seu riso sapeca e das balas de leite que você comprava. Saudade do teclado que você tinha quando pequena, o que tocava uma musiquinha irritante quando se apertava o botão amarelo. Você fingia que era você que estava tocando e morria de rir achando que me enganava.
    Saudade de encontrar sinais de que você tinha vasculhado meu quarto na minha ausência. Saudade do jeito como você passava geleia até na casca do pão para não ficar nada sem geleia.
    Saudade de você dormindo. Às vezes eu fazia uma pausa na minha agenda de angústia adolescente só para colar o ouvido na sua porta. A respiração suave. Estrelas no teto. O rumorejo do edredom de espaçonave que você quis porque quis, embora o vendedor da loja dissesse que era para menino.
    Ah, meu Ouriço. Quanta saudade! No momento, as coisas não estão muito boas para mim. Não sei o que fazer. Parece que estou enlouquecendo. Vamos torcer para que não seja o caso, né?
    Amo você. Sempre amarei. Sinto por não ter nada alegre a dizer.

Beijos,
Eu

CAPÍTULO ONZE

"Se você não conseguiu falar comigo pelo celular, talvez eu esteja na minha oficina, em Gloucestershire", dizia a área do 'Fale comigo' no site do Eddie. "Aqui é tudo muito simples. Tem um fogão a lenha, uma chaleira temperamental, uma mesa e, em termos de luxo, é isso. Mas tem telefone, para o caso de eu ser atacado por ursos ou bandidos. Ligue para 01285..."

Cliquei sobre o número. "Ligar?", perguntou meu celular.

— Sarah? — Era a Jo, me chamando da cozinha. — Você pode dar uma olhada na sopa?

— Estou indo! — Cliquei em "Ligar".

O telefone começou a tocar e a adrenalina explodiu como bomba atômica, pressionando minha pele por dentro como gás numa bola de encher prestes a estourar. Recostei na parede, torcendo para ele não atender, torcendo para que sim. Tentando imaginar o que eu diria se nos falássemos, me perguntando o que faria se não nos falássemos.

"Oi, aqui é Eddie David, o marceneiro. Infelizmente, não estou na oficina para atender o telefone. Deixe recado, que entrarei em contato assim que puder, ou então tente meu celular. Tchau!"

Desliguei. Dei descarga. Fiquei me perguntando se ela pararia.

* * *

Fazia dezenove anos que eu passava o mês de junho na Inglaterra. Em geral, ficava três semanas em Gloucestershire, com meus pais, e uma semana em Londres, com Tommy. Londres era suficientemente perto de Gloucestershire para esse esquema funcionar. Mas esta viagem acabou sendo diferente. A súbita e incontornável imobilidade do meu avô impediram o retorno dos meus pais. Presos a três horas de distância, em Leicester, dividiam o tempo entre cuidar dele, tentar não matá-lo e achar um cuidador que também não iria tentar matá-lo. Qualquer momento livre era gasto falando comigo pelo telefone.

— Nos sentimos tão mal por estarmos aqui e você aí — lamuriou-se minha mãe. — Existe *alguma* chance de você ficar só mais um pouquinho?

Concordei em ficar mais duas semanas, adiando meu voo de volta para 12 de julho. Tinha prometido ao Reuben que começaria a trabalhar de casa assim que meu período de férias acabasse e, para provar isso, aceitei um convite para falar numa conferência sobre cuidados paliativos organizada por nosso único colaborador inglês.

Até voltar a trabalhar, no entanto, eu permaneceria aqui em Londres. A casa vazia dos meus pais — com o galpão do Eddie a poucos quilômetros de distância — era uma ideia assustadora demais. Zoe havia passado a maior parte desse tempo viajando, por isso éramos apenas Tommy e eu: exatamente do que eu precisava.

Mas agora a dona da casa estava de volta, tendo acabado de chegar de uma mesa-redonda da União Europeia sobre direito digital; cansada, mas imaculada diante do fogão, com uma camiseta de seda, mexendo o miojo que eu havia preparado para recebê-la.

Fiquei ali meio constrangida no vão da porta, só a observando. Ela era uma dessas pessoas que não precisavam de avental, mesmo usando seda. Uma mulher de precisão e economia, não só na fala, mas no corpo. Zoe Markham ocupava uma fina coluna de espaço e raramente sentia necessidade de aumentar esse espaço com gestos e barulho. Na verdade, se não fosse pelo comportamento dela quando estava com Tommy durante o primeiro ano do relacionamento deles, eu não teria sido capaz de jurar que fazíamos parte da mesma espécie. Na época, ela era extremamente humana; não conseguia parar de abraçá-lo, sempre o obrigando a tirar selfies românticas, chegando até a contratar um fotógrafo profissional para tirar fotos dos dois malhando juntos.

— Ah, Sarah — disse ela, erguendo o rosto. — Salvei o jantar.

E abriu um sorriso que me fez pensar em creme hidratante.

Nunca se sabe o que as pessoas fazem entre quatro paredes, pensei, mas a ideia de Zoe se escondendo num banheiro para ligar para a oficina de marcenaria de um homem às oito da noite — mesmo ele tendo dado um gelo nela durante três semanas — me fez rir de repente.

Tommy, que não fazia ideia do motivo da minha risada, mas que estava nervoso como um gato no momento, juntou-se ao meu coro.

Zoe se manteve imóvel como uma estátua enquanto eu servia a comida, observando-me com seus olhos acinzentados. Era uma das coisas que mais me perturbavam nela. A mudez, a *observação* incessante de tudo ao redor. (Tommy um dia me disse que era essa qualidade que fazia dela uma advogada bem-sucedida. "Ela não deixa escapar nada", ele tinha me dito, como se essa fosse uma característica a ser louvada no mundo real.)

— Fiquei sabendo que você está sofrendo por causa de um homem — comentou ela.

— Acho que "sofrendo" não é a palavra certa — interveio Jo mais que depressa. — Ela está mais para... confusa.

Zoe direcionou o olhar para Jo, mas não disse nada.

Eu tinha ficado surpresa ao ver Jo ali aquela noite. Ela não gostava da Zoe e nunca parecia ter lhe ocorrido fingir que gostava. (Eu também não morria de amores pela Zoe, mas tinha feito um pacto comigo mesma de continuar tentando. Zoe havia perdido o pai e a mãe no incêndio na estação King's Cross do metrô, em 1987, e era preciso dar um desconto para pessoas com uma desculpa dessas.)

Zoe prendeu uma mecha de cabelo louro atrás da orelha.

— Então, o que está havendo?

— A história é a mesma que Tommy já deve ter te contado — respondi. — Passamos uma semana juntos. Foi... bem, especial. Ele viajou de férias, disse que me ligaria antes de o avião decolar, mas não ligou, e desde então não tenho notícias. Acho que aconteceu alguma coisa ruim com ele.

Zoe franziu a testa de leve.

— Tipo o quê?

Abri um sorriso frouxo.

— Já enlouqueci o Tommy e a Jo com minhas teorias. Acho que não vale a pena voltar a elas de novo.

— De jeito nenhum — afirmou Tommy. — Estamos tão perplexos quanto você, Harrington.

E Jo, que não estava nem um pouco perplexa, mas que jamais se colocaria na posição de ficar do lado da Zoe, concordou.

— É um grande mistério — considerou. — A Sarah postou no mural do Facebook do cara, perguntando se alguém tinha alguma notícia dele, mas ninguém respondeu. Ele não entra no WhatsApp nem no Messenger há semanas, e tem estado ausente de todas as redes sociais.

Com um movimento suave e habilidoso do punho, Zoe ergueu do prato uma espiral perfeita de macarrão. Comeu por um instante, parecendo pensativa. Então:

— Tire esse homem da cabeça — opinou, decidida. — Ele me parece fraco. Você merece mais do que um homem fraco, Sarah.

A conversa foi desviada para os bombardeios na Turquia, mas me dei conta de que meus pensamentos haviam retornado ao Eddie após alguns minutos. *Qual é o meu problema?*, eu me perguntei, em desespero. *O que deu em mim?* Independentemente do que eu fizesse, independentemente da gravidade dos acontecimentos à minha volta, eu só parecia capaz de me concentrar numa única coisa.

Pode ser que eu tenha de tirar o Eddie da cabeça, era o plano que surgia de vez em quando. *Pode ser que eu tenha de aceitar que ele simplesmente mudou de ideia.* Esse pensamento me deixava doente, sem forças e descrente da vida. E, no entanto, três semanas haviam se passado desde que nos despedimos e, durante esse tempo, eu não tinha ouvido nenhuma notícia dele. E ninguém respondeu — ninguém nem sequer reagiu — ao meu pedido de informação no mural dele no Facebook.

— Nós a perdemos de novo — observou Zoe.

Enrubesci.

— Não, não, eu só estava pensando na Turquia.

— Todos já amamos e já sofremos — disse Zoe bruscamente. — Mas pelo menos seu índice de massa corporal está baixo.

— Ah. — Fiquei desconcertada. — Está?

Não era nenhum absurdo o que ela estava dizendo. Eu estava com zero apetite, e saía para correr todos os dias, só porque isso me dava um tipo diferente de dor no peito com a qual lidar.

— Posso olhar para qualquer mulher no planeta e dizer qual é o IMC dela — afirmou Zoe, com um sorriso.

Não me atrevi a olhar para Jo, mas tive certeza de que o "Posso olhar para qualquer mulher no planeta e dizer qual é o IMC dela" surgiria numa conversa futura.

— Um dos principais benefícios da dor de cotovelo — prosseguiu Zoe. — Emagrecer, tonificar o corpo. Você está ótima!

Ela cruzou as pernas perfeitamente delgadas, perfeitamente tonificadas, e pescou um camarão no prato.

Eu me sentia exausta quando terminei de tirar a mesa. Exausta demais para abrir os chocolates artesanais que havia comprado com a intenção de fingir que eu mesma os havia feito. Exausta demais até para verificar cada postagem do Eddie no Facebook de novo enquanto fazia café.

Então fiquei só contemplando o perfil dele por um bom tempo, até perceber que alguém havia finalmente respondido ao meu pedido de informação. Na verdade, duas pessoas. Li os posts uma, duas, três vezes, depois atravessei a cozinha e coloquei o celular na cara do Tommy.

Tommy leu os posts algumas vezes antes de passar o aparelho para Zoe, que leu uma vez, não disse nada e passou o telefone para Jo.

Meus pensamentos espiralavam como um tornado.

— Bem... — disse Tommy. — Acho que devemos a você um pedido de desculpas, Harrington. — Ele deu uma olhada em Zoe, que provavelmente nunca tinha pedido desculpas a ninguém.

Calor. Eu estava com muito calor. Tirei meu cardigã, que caiu no chão. Minha cabeça latejou quando me abaixei para pegá-lo. *Eu estava com muito calor.*

— Caramba! — exclamou Jo, erguendo os olhos do celular. — Talvez você estivesse certa.

— Ah, *qual é?* — Zoe riu. — Esses posts não querem dizer nada!

Mas, pela primeira vez na vida, pelo menos que eu me lembrasse, Tommy a contrariou.

— Discordo — respondeu. — Acho que isso muda tudo.

Hoje à tarde, alguém que eu não conhecia, Alan alguma coisa, havia respondido ao meu post:

Acabei de olhar o perfil dele pelo mesmo motivo e vi seu post, **Sarah**. Ele sumiu depois de cancelar nossa viagem de férias há algumas semanas. Alguém te mandou alguma mensagem sobre isso? Me avise se tiver alguma notícia.

Então outra pessoa, Martin alguma coisa, tinha escrito:

Fiquei me perguntando a mesma coisa, gente. Faz algumas semanas que ele não dá as caras no futebol. Tudo bem que ele não é lá muito comprometido, sabe como é, mas isso já passou dos limites. Inclusive lamento informar que nós perdemos uma partida hoje, de 8 a 1. Um episódio extremamente vergonhoso na nossa longa e magnífica história de sucesso. Precisamos dele de volta.

Alguns segundos depois, o mesmo homem, Martin, havia postado uma foto de Eddie, e escrito:

Procura-se este homem. **#OndeEstaWally**

E, por fim:

Odeio essa coisa de não acentuar nem pontuar hashtags.

Fitei a foto de Eddie segurando um copo de cerveja.
— Onde você está? — sussurrei, horrorizada. — O que aconteceu?
No silêncio que se seguiu, meu celular tocou.
Todos olharam para mim.
Atendi. Era um número restrito.
— Alô?
Fez-se silêncio — um silêncio humano — e a linha ficou muda.
— Desligaram — falei para todos.
— Acho que você tinha razão — disse Jo, depois de uma longa pausa. — Tem algo muito estranho acontecendo aqui.

CAPÍTULO DOZE

Segundo dia: a manhã seguinte

Eu deveria estar sofrendo com o jet-lag. Morta de cansaço e provavelmente de ressaca; com certeza sem a menor vontade de acordar antes do meio-dia. Mas, em vez disso, acordei às sete da manhã sentindo que poderia dominar o mundo.

Ele estava ali. Dormindo ao meu lado: Eddie David. A mão estendida na minha direção, pousada na maciez da minha barriga. Estava sonhando. A mão em meu umbigo volta e meia se contraía, como uma folha reagindo a uma brisa.

A base da cortina dele tremulava conforme a manhã entrava pela janela aberta.

Inspirei fundo o ar puro, direto do vale como água da fonte, e corri os olhos pelo quarto. A Ratinha estava sentada com as chaves do Eddie numa antiga cômoda de madeira.

Eu não conhecia esse homem direito, evidentemente. Fazia menos de vinte e quatro horas que eu o tinha visto pela primeira vez. Não sabia se ele gostava de ovos quentes, mexidos ou cozidos, o que cantava no chuveiro, se sabia tocar violão, falar italiano ou desenhar. Não sabia que bandas ele costumava ouvir quando era adolescente nem como votaria no referendo.

Não sabia direito quem era Eddie David, mas era como se o conhecesse há anos. Era como se ele também tivesse estado presente quando eu corria pelos campos com Tommy, Hannah e a amiga dela, Alex, criando esconderijos e sonhos. Explorar o corpo dele na noite anterior havia sido como o retorno àquele vale; tudo parecia familiar e perfeito, exatamente como eu me lembrava ao tê-lo deixado da última vez.

Minha primeira vez com o Reuben tinha sido muito confusa, breve e promissora; o elo de duas jovens almas perdidas no quarto de hóspedes de alguém, com o barulho estrondoso do ar-condicionado e uma trilha sonora cuidadosamente planejada no CD player. E significou tudo para nós na ocasião, mas, nos anos que se seguiram, achamos graça de como tinha sido ruim. Nenhuma estranheza do tipo havia rolado na noite passada. Nenhum movimento atrapalhado, nenhuma timidez. Mordi o lábio, sorrindo para o rosto adormecido de Eddie.

Ele deu um gemido, se espreguiçou e rolou mais para perto de mim. Mas não despertou. Apenas estendeu o braço, me enlaçando. Fechei os olhos, memorizando a sensação da pele dele na minha, o peso suave da sua mão.

O mundo e seus problemas insolúveis pareciam tão distantes.

Voltei a dormir.

Quando acordei de novo, já passava do meio-dia e a casa tinha o cheiro delicioso de pão sendo assado.

Vesti um blusão de moletom do Eddie e saí de mansinho do quarto para o espaço enorme que ele habitava. A luz entrava pela claraboia e pelas janelas empoeiradas, entrecortada por uma rede de vigas antigas, cheias de rebites, fendas e ganchos enferrujados.

Eddie andava pela cozinha, no outro extremo do cômodo, falando ao celular. Partículas de farinha subiam da bancada, que ele limpava com a mão livre, formando uma nuvem ensolarada sob a luz do teto.

— Ótimo — dizia ele. — Ótimo, Derek, obrigado. É, pra você também. A gente se fala, tá? Tchau.

Depois de um breve instante de quietude, ele ligou um rádio que estava escondido atrás de algumas garrafas de vidro no peitoril de uma janela. Dusty Springfield chegava ao fim da música "Son of a Preacher Man".

O celular tocou de novo.

— Oi, mãe. — Ele molhou um pano e o passou na bancada. — Ah, ela já chegou? Que bom! Maravilha. Foi, eu... — Ele se deteve, encostando-se na bancada. — Acho ótimo. Divirta-se, tá? Vou passar aí quando estiver a caminho do aeroporto, se a gente não se falar antes disso. — Uma pausa. — Claro, mãe. Tudo bem. Tchau.

Ele largou o celular e andou até o fogão, para dar uma espiada no forno.

— Oi — falei, por fim.

— Ah, oi! — Ele se virou. — Estou fazendo pão.

Ele sorriu para mim, e fiquei me perguntando se aquilo tudo não seria só uma espécie de sonho psicodélico, uma fuga desesperada da empreitada cotidiana de enfrentar os trâmites do divórcio e procurar um novo lugar para morar. Esse homem bonito e ardente, surgindo numa parte do mundo que passei a temer, pintando tudo com cores vibrantes.

Mas não era um sonho; não podia ser, porque a agitação no meu peito era grande demais. De algum modo, aquilo era real. (Será que nos beijaríamos na boca? Será que nos abraçaríamos, como se nos conhecêssemos há vários anos?)

Um balcão que parecia um bar separava a cozinha do resto do cômodo, uma tábua larga, lustrosa de alguma árvore linda. Eu me acomodei num banco de frente para o balcão, e Eddie sorriu, botando a toalha de prato no ombro e andando até mim. Ele se debruçou sobre o balcão e sanou as minhas dúvidas me dando um beijo na boca.

— Meu moletom caiu bem em você — comentou.

Olhei para o blusão. Era cinza, gasto no punho. Tinha o cheiro dele.

Dusty Springfield deu lugar a Roy Orbison.

— Estou impressionada com o fato de você saber fazer pão — observei. — O cheiro está delicioso. — Então franzi a testa. — Ah, peraí só um instante. Você é uma dessas pessoas que têm tantos talentos que chega a dar nos nervos?

— Sou uma pessoa que sabe fazer muitas coisas bem mal, mas com grande entusiasmo — respondeu ele. — Você pode chamar isso de talento, se quiser. Meus amigos chamam de outras coisas. — Ele puxou um banco do outro lado do balcão e se sentou de frente para mim, empurrando um suco de laranja na minha direção.

Senti seus joelhos tocando os meus.

— Quais são alguns dos seus semitalentos? — perguntei.

Ele riu.

— Humm... Eu toco banjo. E ukelele. Estou aprendendo sozinho a tocar bandolim, que é mais difícil do que imaginei. Ah, e faz pouco tempo aprendi a lançar machadinha. Foi incrível.

Ele simulou o ato, fazendo um barulho de pancada.

Sorri.

— E... bem, às vezes me desafio a tentar criar coisas com pedaços de rocha calcária que encontro no bosque, só que sou especialmente ruim nisso. E faço pão com frequência, embora, de novo, sem muita habilidade.

Comecei a rir.

— Mais alguma coisa?

Ele acariciou o nó de um dos meus dedos.

— Não invente nenhuma história na sua cabeça de que sou uma pessoa excepcional, Sarah, porque não sou, de verdade.

Um alarme disparou, e ele se levantou para verificar o pão. A noção de pertencimento de Eddie era tão intensa, pensei, enquanto o imaginava vasculhando os bosques em busca de material para entalhar. Era quase como se ele fizesse parte desse vale, como um carvalho. Pedaços dele saíam por aí durante a mudança das estações, ou do clima, mas sua essência permanecia na terra. Nessa terra, nesse vale.

Um pensamento me ocorreu de repente, que eu não me sentia assim em Los Angeles. Adorava a cidade: era minha casa. Adorava o calor, a proporção das coisas, a ambição, o anonimato que ela me possibilitava. Mas eu não era a areia de seus desertos nem as ondas de seus mares.

— O pão precisa de mais um tempinho — avisou Eddie, voltando a se sentar. — Em que você está pensando?

— Eu estava pensando em você como uma árvore e em mim como um deserto.

Ele sorriu.

— Isso não nos torna muito compatíveis.

— Não era nesse sentido. Era... Ah, esquece. Eu estava divagando.

— Que tipo de árvore eu era? — perguntou ele.

— Pensei num carvalho. Um carvalho antigo.

— Com carvalho não tem erro. E vou fazer quarenta anos em setembro, então "antigo" me parece razoável.

— E eu estava pensando em como você parece enraizado. Mesmo quando diz que trabalha muito em Londres, é como... Sei lá. É como se você fizesse parte dessa paisagem.

Eddie olhou para fora da janela. Abaixo de nós, as alfazemas se inclinavam sob o peso do vento.

— Nunca pensei nas coisas dessa forma — observou. — Mas você tem razão. Não importa quantas vezes eu vá a Londres montar uma cozinha, jogar futebol, ver os amigos, e me pegue pensando *"Adoro essa cidade"*, eu sempre volto para o vale. Não consigo deixar de voltar. Você se sente assim quando sai de Los Angeles?

— Não. Não exatamente. Mas é onde escolhi ficar.

— Entendo.

Havia uma ponta de decepção em sua voz.

— Mas é engraçado — continuei. — Ouvindo você falar de todas essas coisas que você faz, de todos esses seus hobbies, eu me dei conta de como sinto falta de tudo isso. A gente pode conseguir qualquer coisa em Los Angeles, a qualquer hora da madrugada, por meio de entregas, downloads... Quer dizer, agora já estão falando em entrega por drone. Não há limite para o que é possível. Mas, com tudo isso, não me lembro da última vez que fiz alguma coisa, à exceção da minha cama. Raramente me exercito, não toco nenhum instrumento, não frequento nenhum curso noturno.

Como pareço sem graça. Tão bidimensional.

Eddie se mostrou pensativo.

— Mas quem liga para hobbies quando você passa seu tempo fazendo um trabalho que adora?

Ele enrolou nos dedos uma mecha do meu cabelo.

— Humm... — murmurei. — Adoro mesmo, isso é fato, mas é... desafiador. Sem uma pausa para descansar. Mesmo quando venho de férias para a Inglaterra, eu trabalho.

Eddie sorriu.

— Opção — falei, por fim. — Você vai me lembrar que eu tenho escolha.

Ele deu de ombros.

— Olha, não é todo mundo que monta do zero uma ONG pediátrica. Mas todo mundo precisa de descanso. Tempo para não pensar em nada. É o que preserva a nossa humanidade.

Ele tinha razão, claro. Eu raramente delegava funções. Centralizava muito, me refugiava no trabalho, desde o início; era como eu sabia ser. Mas, com toda essa atividade, com toda essa diligência, será que eu estava *de fato presente*? Será que estava presente na minha vida como o Eddie parecia estar na dele?

Isso não é conversa para se ter com um homem que você conhece há menos de vinte e quatro horas, me repreendi, mas eu parecia incapaz de me conter. Nunca tinha conversado sobre isso com ninguém, nem comigo mesma. Era como se eu tivesse aberto uma torneira, e o misturador simplesmente tivesse quebrado na minha mão.

— Talvez não seja questão de morar na cidade grande, nem uma questão de ocupação profissional — falei. — Talvez o problema seja eu. Às vezes olho para outras pessoas e fico me perguntando por que não consigo encontrar tempo para fazer todas as coisas que elas parecem fazer além do trabalho. — Mexi numa cutícula. — Ao passo que você... Ah, esquece. Estou elucubrando. É só que tudo me parece tão natural, estar aqui... O que é confuso, porque normalmente, quando venho visitar meus pais, não vejo a hora de ir embora.

— Por quê?

— Ah, outra hora eu te conto.

— Tudo bem. E eu te ensino banjo. Sou péssimo, então você vai estar em ótima companhia. — Ele virou a mão e colocou a minha em cima dela. — Não estou nem aí para seus hobbies. Não estou nem aí para a quantidade de horas que você trabalha. Só sei que eu poderia passar o dia inteiro conversando com você.

Fiquei olhando para ele maravilhada.

— Você é incrível — falei, baixinho. — Só para você saber.

Nossos olhos se encontraram, e Eddie se debruçou novamente sobre o balcão para me beijar. Um beijo demorado, vagaroso, quente, como uma lembrança trazida pela música.

— Você não quer ficar um pouco mais aqui comigo? — perguntou ele, depois. — Quer dizer, se não tiver nada melhor pra fazer? Posso te mostrar a oficina lá embaixo, e você pode fazer seu próprio ratinho. Ou podemos ficar nos beijando. Ou atirando a esmo no Steve, o esquilo maldito que mora no jardim. — Ele apoiou as mãos nas minhas pernas. — É só que... Ah, dane-se. Não quero que você vá embora.

— Tudo bem — assenti. E sorri. — Parece uma boa ideia. Mas, sua mãe...? Pensei que você estivesse preocupado com ela.

— Estou, sim — confirmou. — Mas ela... bem, ela não tem colapsos explosivos, são declínios gradativos. Minha tia veio pra cá, porque vou viajar de férias na quinta-feira. Minha tia vai ficar de olho nela.

— Tem certeza? — perguntei. — Não tem problema se você precisar ir vê-la.

— Certeza absoluta. Ela ligou mais cedo, disse que as duas estavam indo para a loja de plantas. Estava com a voz ótima. — Então: — Pode acreditar — acrescentou, quando me mostrei reticente. — Se as coisas estivessem perto de sérias, eu já estaria lá. Conheço os sinais.

Imaginei Eddie acompanhando as mudanças de humor da mãe, semana após semana, como um pescador acompanha as mudanças no clima olhando para o céu.

— Tudo bem — respondi. — Então acho que você poderia começar me contando sobre o Steve.

Ele riu, deu um peteleco num farelo, ou talvez num inseto, preso no meu cabelo.

— O Steve mete medo em mim e em praticamente todas as espécies de animais que tentam viver nesse lugar. Não sei qual é o problema dessa criatura; ele parece passar quase o tempo todo no gramado, me espionando, em vez de ficar no alto de uma árvore, que é o lugar dele. Só deixa a preguiça de lado quando compro um comedouro de pássaros. Não importa onde eu pendure o troço, ele sempre sobe e come tudo.

Comecei a rir.

— Pelo jeito ele parece ser muito legal.

— E é. Eu adoro o desgraçado, mas também o detesto do fundo do coração. Tenho uma pistola de água, tipo metralhadora: podemos tentar acertá-lo mais tarde, se você quiser.

Sorri. Um dia inteiro com esse homem e seu esquilo, nesse canto remoto das Cotswolds que me lembrava as melhores — e nenhuma das piores — partes da minha infância.

Seria um prazer.

Corri os olhos ao meu redor pelos aparatos da vida desse homem. Livros, mapas, bancos de madeira feitos à mão. Uma tigela de vidro cheia de moedas e chaves, uma antiga câmera Rolleiflex. No alto de uma estante, uma coleção de troféus de futebol pomposos.

Cheguei mais perto. *The Elms, Battersea Monday*, dizia o mais próximo de mim. *Old Robsonians. Campeões, Primeira Divisão.*
— São seus?
— São. — Eddie veio até mim e pegou o mais recente; passou o dedo moreno em cima. Poeira se soltou da borda. — Jogo num time de Londres. O que pode parecer um pouco estranho, já que moro aqui, mas estou sempre lá montando cozinhas e... bem, foi difícil largar aqueles caras.
— Por quê?
— Entrei para o time faz muitos anos. Quando cogitei morar mesmo em Londres. Eles... — Eddie riu. — É uma galera muito divertida. Quando voltei para Gloucestershire, não consegui me aposentar. Ninguém consegue. Todos gostamos demais daquilo.

Sorri, olhando de novo para o conjunto de troféus. Um tinha mais de vinte anos. Gostei do fato de ele ter amizades tão antigas.

Então:
— Não! — murmurei.

Tirei um livro da estante: *Birds*, da Collins Gem, a mesmíssima edição de bolso que eu tinha tido na infância. Eu havia passado horas debruçada sobre aquele livrinho. Sentada na pereira do nosso jardim, na esperança de que, se ficasse ali por tempo suficiente, os pássaros se aproximariam para me fazer companhia.

— Eu também tinha esse livro! — falei para Eddie. — Sabia o nome de todos os pássaros de cor!

— Jura? — Ele se aproximou. — Eu adorava esse livro. — Ele abriu uma página ao acaso e tapou o nome do pássaro. — Qual é o nome desse?

A ave tinha o peito dourado e uma linha negra nos olhos.
— Ai, meu Deus... Não, peraí. É a trepadeira-azul!

Ele me mostrou outro.
— Cartaxo-comum!
— Minha nossa! — admirou-se Eddie. — Você é a mulher perfeita.

— Eu também tinha o de flores silvestres. E o de borboletas e mariposas. Fui uma naturalista precoce.

Ele deixou o livro de lado.

— Posso te perguntar uma coisa, Sarah?

— Claro.

Era uma delícia ouvir Eddie dizer meu nome.

— Por que você mora numa cidade grande? Se gosta tanto assim da natureza?

Fiquei em silêncio por um tempo.

— Simplesmente não consigo viver no campo — respondi, por fim.

Algo na minha fisionomia deve ter servido como indicação para ele de que era melhor não insistir no assunto, porque, depois de ficar me olhando por alguns segundos, ele se afastou para pegar o pão.

— Eu tinha o livro das árvores. — Procurou a luva de cozinha, contentando-se afinal com o pano de prato que estava pendurado no ombro. — Meu pai comprou para mim. Aliás, foi ele que despertou meu interesse pela marcenaria, na verdade, embora sem dúvida jamais pudesse imaginar que eu acabaria fazendo disso uma carreira. Ele me levava para ajudá-lo a comprar madeira no outono. E me deixava cortar a madeira para fazer lenha.

Ele fez uma pausa, sorrindo.

— Foi o cheiro. Num primeiro momento, eu me apaixonei pelo cheiro, mas fiquei fascinado com a rapidez com que se podia transformar um pedaço maciço de madeira em algo completamente diferente. Um dia, no inverno, comecei a pegar lascas de madeira para fazer bonequinhos simples. Depois vieram o suporte de papel higiênico e a pior marreta da história.

Ele riu.

— E então veio a Ratinha. — Ele abriu o forno e tirou a assadeira. — Meu maior orgulho. Papai não ficou muito impressionado, mas minha mãe disse que era o rato mais perfeito que ela já havia visto.

Ele colocou um pão cheiroso sobre uma grade e fechou o forno.

— Meu pai foi embora quando eu tinha nove anos. Ele tem uma família na fronteira com a Escócia, ao norte de Carlisle.

— Ah. — Voltei a me sentar. — Deve ter sido difícil.

Ele deu de ombros.

— Faz muito tempo.

Um silêncio agradável tomou conta da casa enquanto Eddie pegava na geladeira manteiga, mel e um vidro do que parecia ser geleia caseira. Ele me entregou um prato com uma rachadura enorme ("Foi mal!") e uma faca.

— Sua mãe sabe que estou aqui? — perguntei, quando ele começou a fatiar o pão.

— Ai! — Ele afastou a mão bruscamente do pão. — Por que sou tão fominha? Está quente demais para comer.

Gargalhei. Se ele não tivesse começado a cortar o pão, eu teria.

— Não — respondeu ele, agora protegendo a mão com a toalha de prato. — Minha mãe não sabe que você está aqui. Não posso deixar que ela pense que seu filho único é um bode reprodutor.

— Melhor não.

— Talvez, se eu tiver me saído bem, nós possamos nos acasalar mais — sugeriu ele, jogando uma fatia quente de pão no meu prato.

— Com certeza — respondi, enfiando a faca na manteiga, já cheia de farelos. Reuben, que gostava de servir a manteiga à moda hipster, disposta numa tábua ou em alguma pedra ridícula, teria tido um troço.

— Você é muito bom nesse negócio de acasalamento — acrescentei, sem ruborizar.

Mas Eddie ruborizou.

— Sério?

E, como eu parecia não ter nenhuma escolha nessa questão, me levantei, contornei o balcão tipo bar e o abracei, beijando sua boca.

— Juro — respondi. — Esse pão está quente demais até para mim. Vamos voltar para a cama.

CAPÍTULO TREZE

Oi, Alan.

Perdão por essa mensagem, assim, do nada.

Você respondeu ao meu post no mural do Eddie David no Facebook hoje. Estou um pouco preocupada e queria compartilhar com você a pouca informação que tenho.

Antes da sua viagem de férias com Eddie, passei uma semana com ele em Sapperton. Fui embora na quinta, 9 de junho, para ele fazer as malas, e ele disse que me ligaria do aeroporto.

Não tive mais notícias desde então. Depois de tentar contatá-lo várias vezes, desisti, imaginando que ele tivesse mudado de ideia. Mas nunca acreditei totalmente nisso e, quando vi sua resposta ao meu post, entendi que não estava me iludindo. Segue o número do meu celular. Eu agradeceria muito se você pudesse me passar qualquer informação que possa ter. Não sou nenhuma *stalker*! Só quero saber se ele está bem.

Abraços,
Sarah Mackey

As onze horas deslizaram silenciosamente para a meia-noite. Meu celular vibrou, e me joguei em cima dele, mas era só a Jo dizendo que havia chegado bem em casa. Nenhuma resposta do Alan. Voltei a me deitar e senti o coração apertando no peito. Doía. Doía *de verdade*. Por que ninguém diz que coração partido não é só uma metáfora?

A meia-noite virou uma hora, depois duas, e então três. Pensei em Tommy e Zoe na cama gigantesca deles, no fim do corredor, e me perguntei se eles dormiam abraçados. Aí me lembrei do corpo do Eddie enlaçado ao meu e senti uma saudade tão grande que parecia perfurar minha pele. Em seguida passei alguns instantes me odiando, porque em Istambul havia cadáveres em sacos plásticos, ao passo que Eddie era — muito provavelmente — só um homem que havia me dado um perdido.

Às quatro horas, depois de me pegar procurando notícias online de mortes na região de Eddie, saí em silêncio da casa do Tommy. A alvorada lançava borrões cinzentos no céu, e um varredor de rua solitário já trabalhava em frente à construção arquitetônica georgiana onde moravam Zoe e Tommy. Ainda faltavam algumas horas para a cidade ganhar plena atividade, mas eu não conseguia ficar nem mais um segundo enredada no silêncio sufocante das teorias sombrias, cada qual mais terrível que a anterior.

Na Holland Park Avenue, comecei a correr. Durante algum tempo, avancei sem dificuldade, passando por pontos de ônibus abrigando imigrantes de semblante cansado a caminho do trabalho, lanchonetes com grades ainda baixadas, um homem embriagado voltando aos tropeços de Notting Hill. Abstraí-me do barulho dos táxis e ônibus noturnos, concentrando-me apenas no ruído dos meus tênis e no trinado do coro matutino.

Minha corrida sem dificuldade não durou muito. Quando a rua virou uma ladeira em direção a Notting Hill, meus pulmões começaram a arder, como sempre faziam, e minhas pernas fraquejaram. Acabei andando até o cruzamento da Portobello Road.

O que estou fazendo não é nenhuma loucura, pensei quando consegui me obrigar a voltar a correr. *Londres já está acordada*. Um boteco estava lotado de trabalhadores de colete refletivo; um homem abria uma barraquinha na Westbourne Grove. Londres estava a toda. Por que não eu? Estava *tudo bem*.

Só que evidentemente não estava, porque sentia meu corpo exausto e em péssima forma, e não vi nenhuma outra pessoa correndo durante todo o percurso. E porque ainda eram apenas 4h45 da madrugada quando voltei para a casa do Tommy.

Tomei banho e me deitei. Passei cinco minutos tentando não olhar o celular.

Ligação perdida, avisava a tela quando me rendi. Na mesma hora me sentei. Era um número restrito, às 4h19. Eu tinha uma mensagem de voz.

A mensagem era composta por dois segundos de silêncio, seguidos do ruído de alguém apertando o botão errado. Depois de se atrapalhar um pouco, a pessoa conseguiu desligar.

Por um instante, me perguntei se seria Alan, o amigo do Eddie, mas, segundo o Facebook, ele ainda não tinha lido a minha mensagem.

Então quem era?

Eddie?

Não! O Eddie não é assim! Ele gosta de falar! Gosta de se comunicar! Não é um maluco que telefona às quatro da madrugada!

Quando acordei, na hora do almoço, Alan já havia lido minha mensagem. Mas não tinha respondido.

Fiquei olhando o celular, feito uma idiota, atualizando-o sem parar. Ele não podia simplesmente ignorá-la. Ninguém faria isso!

Só que ele havia lido e ignorado a mensagem. O dia passou; não tive nenhuma notícia. E fiquei com medo. Menos, à medida que os dias passavam, pelo Eddie. E mais, à medida que os dias passavam, por mim mesma.

CAPÍTULO CATORZE

Rudi estava imóvel.
    Ele observava os dois suricatos mais próximos da cerca, que retribuíam seu olhar, as patinhas descansando casualmente sobre a barriga. Sem se dar conta do que estava fazendo, Rudi havia se empertigado e também descansava as mãozinhas sobre a barriga.
— Oi — sussurrou ele. — Oi, suricratos.
— Suricatos — eu o corrigi.
— Sarah, *fale baixo*! Eles vão se assustar!
Tommy alertou Rudi sobre a aproximação de outro suricato, e Rudi se virou, por um instante se esquecendo que eu existia.
— Oi, terceiro suricato — sussurrou. — Oi, suricatos! Vocês são uma família? Ou só melhores amigos?
Os dois primeiros suricatos se puseram a cavar a terra. O terceiro subiu num montinho de areia para dar o que parecia ser um abraço em outro integrante da tribo. Rudi quase estremeceu de prazer.
Jo tirou uma foto do filho. Cinco minutos antes, havia repreendido Rudi por algum motivo; agora sorria para ele com um amor que não tinha limites. E, olhando para ela, tentando imaginar esse tipo de devoção imensurável, senti aquilo de novo. Uma pontada daquele aglomerado encaroçado de sentimentos que eu mantinha guardados

num cantinho remoto. Era fato que eu não iria ser mãe, evidentemente, mas a dor da possibilidade perdida às vezes me deixava sem ar.

Peguei os óculos de sol na bolsa.

Meus pais haviam encontrado um cuidador para meu avô e voltariam a Gloucestershire no dia seguinte. Rudi quis fazer um lanche de despedida para mim no zoológico do Battersea Park, embora eu desconfiasse que isso tinha mais a ver com um programa de televisão que ele havia visto há pouco tempo sobre os suricatos do que com a vontade de se despedir da tia Sarah.

Verifiquei o celular, um reflexo agora tão comum quanto respirar. Depois da ligação perdida na madrugada da semana anterior, houvera mais uma, poucos dias antes, que durara quinze segundos inteiros.

"Vou ligar para a polícia" ameacei, quando quem quer que tenha me ligado se recusou a dizer alguma coisa.

A pessoa tinha desligado na mesma hora, e desde então não houve mais nada, embora eu estivesse certa de que aquilo estava de alguma forma relacionado ao desaparecimento do Eddie.

Eu quase não dormia mais direito.

Tommy desembalou o lanche que havia preparado, e Rudi veio correndo para comer, contando uma piada da qual não conseguia se lembrar direito sobre sanduíches de ovo e puns cheirando a ovo podre. Jo o repreendeu por falar de boca cheia. Uma criança se lamuriava por não ter podido alimentar os quatis. E eu estava sentada em meio a todos eles, sem conseguir comer meus sanduíches, o estômago embrulhado.

Pouco antes de me formar no ensino médio, eu tinha lido *Mrs. Dalloway* para a aula de literatura inglesa. Os alunos se revezavam na leitura em voz alta do livro, explorando a "técnica narrativa única" de Virginia Woolf, como dizia a Sra. Rushby.

"O mundo ergueu seu chicote; onde este irá descer?", li em voz alta para a turma, quando chegou minha vez.

Eu tinha feito uma pausa, surpresa, e então relido a frase. E, embora meus colegas estivessem me olhando, embora a Sra. Rushby estivesse me olhando, sublinhei a frase três vezes antes de prosseguir, porque aquelas palavras haviam descrito tão bem o que eu sentia na maior parte do tempo, que me maravilhei com o fato de outra pessoa tê-las escrito.

O mundo ergueu seu chicote; onde este irá descer?

Foi isso! eu tinha pensado aos dezessete anos. Esse estado de alerta perpétuo! Observando o céu, farejando o ar, à espera de um desastre. *Essa sou eu.* E, no entanto, ali estava eu, dezenove anos depois, me sentindo exatamente do mesmo jeito. Será que alguma coisa tinha realmente mudado? Será que minha vida confortável na Califórnia tinha sido apenas uma fantasia?

Voltei os olhos para meu sanduíche de ovo, mas senti apenas ânsia de vômito.

— Ei — disse Jo. — O que é que está rolando?

— Nada. Só estou curtindo meu lanche.

— Interessante — observou Jo —, levando em conta o fato de você não estar comendo o sanduíche.

Depois de uma pausa, pedi desculpas. Falei que sabia que devia estar parecendo uma doida. Falei que estava tentando a todo custo retomar o controle das minhas emoções, mas que não estava tendo muita sorte.

— Ele partiu seu coração? — perguntou Rudi. — Aquele homem?

Todos pararam de falar. Nem Jo nem Tommy conseguiam olhar para mim. Mas Rudi me olhava, com seus olhinhos amendoados e sua compreensão de mundo perfeita de criança.

— Ele partiu seu coração, Sarah?

— Eu... Bem, sim — respondi, quando consegui. — Partiu, sim.

Rudi se balançava sobre os calcanhares, me observando.

— Ele é um vilão — decretou, depois de cuidadosa consideração. — E um bundão.

— É, sim — concordei.

Rudi me abraçou, o que me deixou à beira das lágrimas.

Tommy segurava meu celular, olhando pensativo para o perfil do Eddie no Facebook.

— Não consigo entender esse cara — comentou, depois de um longo silêncio.

— Somos dois, Tommy.

— Essa hashtag OndeEstaWally, para começo de conversa — observou Tommy. — Não é um pouco estranho? O nome dele é Eddie.

Jo abriu um pacote de castanhas e frutas secas para Rudi.

— Coma devagar — pediu e se virou para Tommy. — *Onde está Wally?* é uma série de livros, seu beócio. Você não lembra? Aqueles desenhos cheios de gente, o Wally escondido entre as pessoas.

Rudi se pôs a selecionar as passas e deixar as castanhas de lado.

— Eu sei o que é *Onde está Wally?* — respondeu Tommy. — Só acho que é uma coisa estranha de se dizer de alguém cujo nome é Eddie.

Sacudi a cabeça.

— É só o que a gente diz quando está procurando alguém na multidão. Tentando achar uma agulha no palheiro.

Tommy deu de ombros.

— Talvez. Ou talvez não. Talvez ele seja outra pessoa completamente diferente.

Rudi se animou.

— Você acha que o Eddie é um assassino? — perguntou.

— Não — respondeu Tommy.

— Um vampiro?

— Não.

— O homem do saco? — Jo havia explicado há pouco tempo que ele não deveria falar com estranhos.

Tommy continuava fitando pensativamente o celular.

— Ah, sei lá — falou. — Mas tem alguma coisa suspeita nesse cara. — Então se endireitou de repente. — Sarah! — sussurrou. — *Veja!*

Peguei o celular da mão dele e vi que havia aberto meu Messenger. Então senti algo dar um passo à frente e entrar em queda livre. *Eddie estava online*. Tinha lido minhas mensagens. As duas. Estava online agora.

Ele não tinha morrido. Estava em algum lugar.

— Por que você estava lendo as minhas mensagens? — sussurrei.

— Estava sendo enxerido — respondeu Tommy. — Queria saber o que você tinha escrito para ele, mas *que diferença isso faz*? Ele leu suas mensagens! E está online!

— O que ele disse? — Rudi estava tentando pegar o celular. — O que ele disse para você, Sarah?

Jo confiscou o aparelho e deu uma boa olhada nele.

— Odeio ser a portadora de más notícias, mas ele leu suas mensagens há três horas — falou Jo.

— Por que ele não te respondeu? — perguntou Rudi.

Era uma boa pergunta.

— Estou ficando cansado do seu namorado, Sarah — observou Rudi. — Acho que ele é uma pessoa má de verdade.

Fez-se silêncio.

— Vamos ver o túnel dos suricatos — propôs Jo.

Rudi olhou para mim, depois voltou os olhos para seus preciosos suricatos, a dez metros de distância, dez metros longe demais.

— Pode ir — falei para ele. — Vá e se misture ao seu povo. Estou bem.

— Sai dessa, Sarah — disse Jo, enquanto o filho se afastava. Ela parecia exausta de repente. — A vida é curta demais para correr atrás de alguém que deixa você infeliz.

Ela foi se juntar a Rudi. Tommy e eu fitamos a tela do celular. Num impulso, digitei: *Oi*.

Segundos depois, a foto do Eddie caiu ao lado da mensagem.

— Isso significa que ele leu — observou Tommy.

Não vou te morder, escrevi.

Eddie leu a mensagem. E então — simples assim — ficou offline.

Eu me pus de pé. Precisava vê-lo. Conversar com ele. Precisava fazer *alguma coisa*.

— Me ajuda — pedi. — O que eu faço, Tommy? O que eu faço?

Depois de alguns instantes, Tommy se levantou e me abraçou. Se eu fechasse os olhos, seria como se estivéssemos em 1997, no Aeroporto Internacional de Los Angeles, eu aninhada nos braços dele, no setor de desembarque, ele segurando a chave de um carro enorme, com ar-condicionado, me dizendo que tudo ficaria bem.

— Talvez a depressão da mãe dele tenha fugido ao controle — imaginei, em desespero. — Ele disse que ela estava piorando quando o conheci. Talvez a situação tenha ficado muito complicada.

— Talvez — assentiu Tommy. — Mas, Harrington, se o Eddie estava falando sério em relação a vocês dois, ainda assim teria mandado uma mensagem. Explicado. Pedido algumas semanas.

Não discuti, porque não podia.

— Veja se ele responde — sugeriu Tommy, apertando meu ombro. — Mas, se não responder logo, e a menos que algo de anormal tenha acontecido com ele, acho que você deveria se perguntar seriamente se quer ou não vê-lo de novo. Foi cruel fazer você passar por isso.

Sem muito jeito, mas com ternura, ele beijou a minha têmpora.

— Talvez a Jo tenha razão — murmurou ele. — Talvez você deva mesmo sair dessa.

Meu amigo mais antigo me segurava nos braços. O homem que havia me ajudado a colar os cacos tantos anos antes, que me vira perder tudo e de algum modo reconstruir a vida. Agora estávamos beirando os quarenta, e a história se repetia.

— Ela *tem* razão, sim — admiti. — Vocês dois têm. Preciso sair dessa.

E eu estava falando sério. O problema é que não sabia como.

CAPÍTULO QUINZE

Isso não é só um coração partido, pensei, naquela mesma noite. Eu estava na cozinha do Tommy e da Zoe, de pijama, comendo batatas chips. *É mais que isso.*
Mas o quê?
O acidente? *Teria alguma coisa a ver com o acidente?*
Havia tantos lapsos na minha memória daquele dia horrível. A distância, ou o trauma, ou talvez a enorme diferença entre minha vida na Inglaterra e nos Estados Unidos tenham me ajudado a bloquear muito do que aconteceu. E, no entanto, as coisas que eu estava sentindo agora, eu conhecia esses sentimentos. Eram como velhos inimigos.

À 1h30, decidi usar essa energia toda para tentar trabalhar um pouco. Meus colegas de trabalho haviam sido educados demais para dizer alguma coisa, mas eu sabia que logo me ligariam, se eu não tirasse o atraso.

Voltei para a cama e abri meus e-mails. E meu cérebro — finalmente — começou a funcionar. Tomei grandes decisões; tomei pequenas decisões. Autorizei gastos e enviei um relatório a um de nossos patrocinadores. Verifiquei a pasta do webmail, porque nunca ninguém se lembrava de verificá-la, e deparei com a mensagem de uma menininha perguntando se um de nossos palhaços poderia visitar a irmã gêmea dela, que estava muito doente, num hospital de San Diego. *Claro!*, escrevi, encaminhando o e-mail para Reuben e Kate, minha assistente. *Mandem os palhaços! É um hospital que conhecemos! Vamos mandar nosso pessoal lá até sexta-feira, por favor, time!*

Às 3h, notei que meu cérebro estava funcionando numa velocidade que não me agradava.

Às 4h, estava enlouquecida.

Às 4h15, resolvi ligar para Jenni. Jenni Carmichael saberia o que fazer.

— Sarah Mackey! — disse ela. Dava para ouvir os violinos de um filme romântico antigo ao fundo. — O que diabos você está fazendo acordada a essa hora?

Obrigada, pensei, fechando os olhos. *Obrigada, meu Deus, pela minha querida Jenni Carmichael.*

Minha cerimônia de casamento com Reuben tinha sido meio constrangedora. O lado dele da igreja estava cheio, ao passo que o meu continha minha mãe, meu pai, Tommy, Jo e duas garçonetes da cafeteria da Fountain onde Reuben e eu fizemos nossa primeira reunião da ONG. Sem Hannah. Apenas um espaço vazio no banco ao lado da mamãe. E sem amigos, porque ninguém na Inglaterra sabia mais o que dizer para mim, quanto mais cruzar o mundo para ter o prazer de ainda não saber o que dizer.

Eu tinha falado para a família do Reuben que "nenhum dos meus amigos ingleses poderia comparecer", e a vergonha tinha se derramado sobre mim como cerveja num copo transbordando de cheio.

Reuben e eu tivemos uma bela lua de mel no Vale de Yosemite. Protegidos pela redoma do amor, estávamos felizes. Mas quando, no fim da viagem, nos vimos em San Francisco, cercados por risonhos grupos de jovens, minha falta de amizades voltou a me atormentar.

Então Jenni surgiu na minha vida, como se tivesse sido enviada pelo correio. Jenni era da Carolina do Sul. Mas, ao contrário da maioria das pessoas que se mudavam para Los Angeles, não tinha nenhum interesse na indústria cinematográfica. Só "queria tentar algo novo". Enquanto Reuben e eu vagávamos pelo norte da Califórnia, como recém-casados, Jenni estava sendo efetivada como supervisora do prédio de escritórios onde alugávamos uma sala, uma construção cinzenta de concreto à sombra da Hollywood Freeway.

Quando voltamos, ela havia ido me perguntar se estávamos planejando pagar, em algum momento no futuro próximo, o aluguel atrasado. Pedi mil desculpas e paguei em dinheiro naquele dia mesmo, pairando ao lado dela, cheia de culpa, enquanto contava as notas. Em sua mesa, reparei que havia metade de um bolo embrulhado em filme plástico e um pequeno CD player, no qual ela tocava o que parecia ser uma compilação do tipo "As mais belas músicas de amor". Jenni ergueu o olhar para mim e sorriu enquanto manuseava as notas com um dedal de plástico.

— Sou péssima com números — comentou. — Estou contando o dinheiro para parecer eficiente.

Ela recomeçou a contagem duas vezes antes de desistir.

— Vou confiar em você — disse, por fim, guardando as notas numa caixa. — Você parece ser honesta. Quer uma fatia de bolo? Fiz ontem à noite. Estou com medo de acabar comendo tudo sozinha.

O bolo era delicioso e, enquanto eu o comia ao lado de sua mesa, Jenni me contou sobre sua entrevista com o homem estranhíssimo que era dono do prédio. Ela fez uma imitação quase perfeita dele. *Quero que ela seja minha amiga*, pensei, quando ela trocou uma balada moderna por Barbra Streisand. Ela não era nem um pouco parecida comigo, nem com ninguém que eu conhecesse, e gostei ainda mais dela por isso.

Eu teria chegado lá. Teria acabado fazendo amizades em algum momento. Ainda carregava as cicatrizes do meu passado, mas já emergia como Sarah Mackey, diretora de ONG: agradável, ultraconfiável, às vezes espirituosa. Só que Jenni Carmichael foi o conduíte; por intermédio dela, comecei a conhecer gente, a acreditar que podia pertencer a essa cidade que tanto precisava chamar de casa.

Três anos depois, Jenni havia se tornado não apenas uma grande amiga, mas também uma peça valiosa de nossa organização. Quando Reuben e eu fechamos um contrato de locação num prédio de Vermont, a apenas duas quadras do Hospital Pediátrico, ela largou o emprego e embarcou nessa com a gente. A nova sede não era lá essas coisas, cercada de clínicas médicas de aparência duvidosa, lavanderias automáticas e restaurantes delivery, mas o aluguel era baixo e o lugar possuía um grande espaço aberto no térreo, que se tornaria a academia de treinamento do Reuben para novos Doutores da Palhaçada. Ela começou como nossa gerente administrativa, depois virou "alguém que ajudava a conseguir doações", até a promovermos, depois de alguns anos, a diretora de captação de recursos.

Mais ou menos um ano depois de termos nos conhecido, ela embarcou numa história de amor perfeito e agora morava feliz na fronteira entre Westlake e Historic Filipinotown com um homem chamado Javier, que consertava SUVs de gente rica e comprava flores para ela toda semana. Jenni vivia para as viagens românticas de fim de semana que os dois costumavam fazer e falava de Javier como se fosse o próprio Deus.

Estava tentando engravidar há onze anos. Ela se recusava a reclamar, porque não tinha tempo para isso, mas aquilo a estava matando. Aos poucos, e por dentro, estava destruindo minha amiga. Por ela, eu havia até rezado para um deus no qual nunca acreditei. *Por favor, dê um filho à minha amiga. É tudo que ela quer.*

Se esse último ciclo de fertilização in vitro não funcionasse, eu não tinha ideia do que ela faria. Nem ela nem Javier tinham dinheiro para custear o tratamento sem a cobertura do plano de saúde.

"Último round!" tinha exclamado ela, quando nos despedimos no aeroporto de Los Angeles.

Jenni tinha ficado chocada com meu término com Reuben. Acho que isso abalou sua fé no amor: claro, as pessoas se separam o tempo todo, mas não aquelas de seu círculo de amigos. Ela lidou com a questão assumindo o papel de salvadora, para o qual havia sido projetada. Baixou aplicativos no meu celular, me acomodou em seu quarto de hóspedes e fez uma quantidade enorme de bolos.

— Então! — dizia agora. — O Eddie te procurou, certo? Está tudo novamente às mil maravilhas?

— Na verdade, não — respondi. — Pelo contrário. Ele retornou para a Terra, se é que algum dia chegou a ir para outro planeta, mas não respondeu a nenhuma das minhas mensagens. Ele me ignorou completamente.

— Peraí, querida. — Ouvi a música parar. — Estou pausando o filme. Javier, vou atender a essa ligação na varanda. — Ouvi a porta de tela se fechar. — Perdão, Sarah, você pode repetir tudo?

Repeti tudo. Talvez Jenni precisasse de alguns instantes para assimilar o fato de que minha segunda tentativa de viver uma história de amor havia fracassado.

— Ai, que merda! — Jenni nunca falava palavrão. — *Sério?*

— Sério. Estou meio fora de mim. Como você pode ver, já que são mais de quatro horas da madrugada aqui.

— Ai, que merda! — repetiu ela, e dei uma risada sem graça. — Conte tudo que aconteceu desde a última vez que nos falamos. E saia de perto desse computador. Você mandou uns e-mails bem malucos nas últimas horas.

Contei tudo que aconteceu.

— E é isso — murmurei, quando cheguei ao fim. — Acho que provavelmente vou ter que tirar o Eddie da cabeça.

— Não — objetou ela, um pouco ríspida demais. Jenni não gostava de ver ninguém dando as costas para o amor. — Não se atreva a desistir. Olhe, Sarah, eu sei que a maioria das pessoas deve estar dizendo para você esquecer esse cara, mas... ainda não estou pronta para desistir dele. Tenho tanta certeza quanto você que existe uma explicação.

Abri um sorriso.

— Que tipo de explicação?

— Não sei — admitiu ela, devagar. — Mas estou decidida a ir fundo nessa história.

— Eu também estava.

Ela riu.

— Vamos desvendar isso. Por enquanto, aguente firme, está bem? Aliás, isso me fez lembrar: como você está se sentindo em relação a amanhã?

— Amanhã?

— Seu encontro com Reuben e Kaia. Num café dentro de um tal instituto de cinema aí às margens do Tâmisa, não é?

— O Reuben está em Londres? *Com a nova namorada?*

— Hum... está? Ele me disse que te mandou um e-mail, marcando um café amanhã. Para te apresentar à Kaia, de modo que você a conheça antes de voltar para a Califórnia.

— Mas por que ela está em Londres? Por que os dois estão em Londres? Eu tinha que ir para Gloucestershire amanhã! Eu... *O quê?*

— A Kaia quis ir — respondeu Jenni, desanimada. — Fazia anos que não visitava Londres. E o Reuben já tinha a passagem, para a viagem de férias de vocês...

Eu me afundei na cama. Claro. Reuben e eu tínhamos comprado em janeiro passagens para a Inglaterra, quando ainda estávamos enredados na solitária brincadeira de marido e mulher. Eu vinha para cá todos os anos para o aniversário do acidente, e com frequência ele me acompanhava, embora esse não fosse o caso havia alguns anos.

"Este ano, eu vou", ele havia prometido. "Sei o tamanho da falta que você sente da sua irmã. Estarei ao seu lado este ano, Sarah."

E as passagens foram compradas.

Então, depois, ele havia pedido o divórcio.

"Mudei a data do meu voo para Londres", tinha me avisado, passados alguns dias. Ele estava me fitando, a fisionomia carregada de culpa e tristeza. "Deduzi que você não gostaria que eu te acompanhasse."

E eu tinha respondido:

"Claro, é uma boa ideia; obrigada por pensar nisso."

Não cheguei a me perguntar quando ele poderia ter decidido viajar. Sinceramente, não estava pensando em muita coisa naquela época; estava basicamente esticando braços cautelosos, flexionando pequeninos músculos que nem sabia que tinha. Experimentando com muita curiosidade a Vida Sem o Reuben. A desenvoltura, a fluidez, a sensação de futuro e espaço naquele intrépido mundo novo tinham parecido estranhamente constrangedores. Onde estava o sofrimento?

— Ele comprou uma passagem para a Kaia — continuou Jenni. Ela não estava gostando daquela conversa. — Sinto muito. Ele disse que te mandou um e-mail.

— Provavelmente mandou. Só não li ainda. — Fechei os olhos. — Ai, vai ser uma delícia. Eu, Reuben e a nova namorada dele.

Jenni deu uma risada constrangida.

— Foi mal — falei, depois de uma pausa. — Eu não quis ser grossa com você; só fui pega de surpresa. E é minha culpa, na verdade. Eu deveria estar lendo meus e-mails todos os dias.

Pude ouvi-la sorrir. Poucas coisas deixavam Jenni ofendida.

— Está tudo bem, querida. Tirando isso de estar acordada no meio da madrugada. Isso você poderia resolver.

Fechei os olhos.

— Ai, meu Deus, nem perguntei como está o ciclo de fertilização in vitro! Em que ponto vocês estão? Falta quanto tempo para a coleta dos óvulos?

Jenni fez uma pausa.

— Ah, eles já fizeram isso. Eu me internei na semana passada e eles coletaram tudo o que podiam. Te mandei uma mensagem. No WhatsApp. Foram implantados três embriões, porque essa é minha última chance. Vou descobrir se deu certo na semana que vem.

Ela respirou fundo, como se fosse dizer mais alguma coisa, mas se deteve. No silêncio que se seguiu, pairou um desespero de mil toneladas.

— Jenni — murmurei. — Perdão. Achei que você ainda estava na fase da estimulação ovariana. Eu... Nossa, mil perdões. Sei que não justifica, mas não estou me reconhecendo mais nos últimos tempos.

— Eu sei — respondeu ela, toda alegrinha. — Não precisa se sentir mal. Você esteve ao meu lado durante todos os ciclos. Está liberada para cometer um deslize!

Mas a voz dela estava alegre demais, e entendi que eu a havia decepcionado. Na escuridão do quarto de hóspedes de Zoe, senti o rosto enrubescer de culpa. Jenni respondeu a alguma coisa que Javier gritou, então disse que precisaria desligar em breve.

— Ouça, Sarah, minha sugestão é a seguinte — disse ela. — Acho que você deveria recomeçar com o Eddie. Como se vocês tivessem acabado de se conhecer. Por que você não manda uma carta para ele? Conte tudo de si mesma, como se estivesse no primeiro encontro. Todas as coisas que não teve chance de contar. Tipo... Ele sabe do acidente? Da sua irmã?

— Jenni, vamos falar de você. Já conversamos demais sobre mim e minha vidinha patética.

— Ah, querida! Estou cuidando bem de mim. Estou meditando, cantando, fazendo dancinhas da fertilidade e comendo todo tipo de alimento saudável e horroroso. Não posso fazer mais do que isso. Mas você pode. — Ela fez uma pausa. — Sarah, nunca vou me esquecer do dia em que você me contou sobre o acidente. Foi a coisa mais terrível que já ouvi e me fez amar você, Sarah. Amar mesmo, de verdade. Acho que você deveria contar ao Eddie.

— Não posso simplesmente mandar para ele uma história triste só para fazê-lo mudar de ideia!

— Não é isso que estou dizendo. Só acho que... — Ela suspirou. — Só acho que você deveria deixar o Eddie conhecer você *direito*. Todas as suas partes, até aquelas que você não gosta que as pessoas vejam. Deixar que ele saiba a mulher extraordinária que você é.

Fiquei um pouco em silêncio, o celular quente na bochecha.

— Mas, Jenni, eu tive sorte por você ter reagido como reagiu. Nem todo mundo reagiria desse jeito.

— Não concordo.

Eu me ajeitei nos travesseiros, erguendo um pouco o corpo.

— Então... ele me ignora por quase um mês, e de repente começo a escrever para ele sobre a minha infância? Ele vai achar que sou maluca! Doida de pedra!

Jenni riu.

— Não vai, não. Como já falei, ele vai passar a amar você. Como aconteceu comigo.

Voltei a me recostar completamente.

— Ah, Jenni, a quem a gente está querendo enganar? Eu *preciso* tirar o Eddie da cabeça.

Ela começou a gargalhar.

— Por que você está rindo?

— Porque você não tem a menor intenção de tirar o Eddie da cabeça.

— Tenho, sim!

— Não tem! — Ela riu novamente. — Se você quisesse esquecer o Eddie, se *realmente* quisesse esquecê-lo, Sarah Mackey, a última pessoa para quem você ligaria para pedir conselho seria eu.

CAPÍTULO DEZESSEIS

Quinto dia: uma faia, uma galocha

Eddie estava de novo ao telefone com Derek. Eu ainda não sabia quem era Derek, mas imaginei que tivesse alguma coisa a ver com trabalho: Eddie parecia mais formal conversando com ele do que quando tinha falado com um amigo que ligou no dia anterior. A conversa dessa tarde foi breve, basicamente com Eddie dizendo "Certo", "Tá" ou "Parece uma boa ideia". Depois de alguns minutos, encerrou a ligação. E voltou para dentro de casa para colocar o telefone na base.

Eu estava sentada no banco que ficava fora do celeiro dele, lendo um exemplar antigo de *Nosso homem em Havana*, que eu havia pegado da estante dele. E ali me dei conta de que ainda adorava ler. Adorava o fato de um escritor que trabalhava para o serviço secreto britânico ter inventado um pacato vendedor de aspiradores de pó que virava espião para sustentar o estilo de vida extravagante da linda filha. Adorava o fato de que podia passar horas lendo sobre esse homem sem nunca parar para pensar na minha própria vida. Adorava o fato de que, com um livro na mão e sem uma necessidade urgente de estar em nenhum outro lugar, ou de estar fazendo qualquer outra coisa, eu me sentia como uma Sarah da qual havia me esquecido completamente.

O calor do dia ainda não havia irrompido, mas isso logo aconteceria — o ar estava parado e denso, pairando como uma ave de rapina antes do ataque. Minhas roupas pendiam imóveis no varal acima de um arbusto de flores rosadas, que não se mexiam nem um centímetro. Bocejei, me perguntei se deveria ir e verificar se estava tudo bem na casa dos meus pais.

Mas sabia que não iria.

Na segunda noite em que Eddie e eu fomos para a cama juntos, ficou claro que permaneceríamos ali, naquele mundo em suspensão, até meus pais voltarem de Leicester ou Eddie viajar de férias. Não queria ficar longe dele nem durante os sessenta minutos que eu levaria para caminhar até em casa e voltar. O universo que eu conhecia havia parado, por ora, e eu não sentia nenhuma vontade de fazer com que voltasse a funcionar.

Dos limites do jardim de Eddie, o esquilo, Steve, me observava.

— Oi, seu bandido — cumprimentou-o Eddie ao sair da casa.

Ele olhou para o esquilo, imitou o disparo de uma arma. Steve não mexeu um músculo.

Eddie se sentou ao meu lado.

— Você fica bem com as minhas roupas.

Ele sorriu, puxando o elástico da cueca boxer que eu usava por baixo de uma camisa de malha puída nos ombros. A camisa tinha o cheiro dele. Bocejei de novo e puxei o elástico da cueca que ele usava. Minhas pernas não estavam depiladas. Nada importava. Eu estava boba de felicidade.

— Vamos sair para caminhar? — propôs ele.

— Por que não?

Permanecemos no banco por mais algum tempo, nos beijando, puxando elásticos, rindo sem motivo.

Passava das duas horas quando saímos. Eu estava de novo usando minhas roupas, que tinham cheiro de luz do sol e do sabão em pó do Eddie.

Depois de alguns metros margeando o rio, Eddie abandonou a trilha e se pôs a subir a encosta, adentrando o bosque. Nossos pés afundavam na terra macia e intocada do chão da floresta.

— Tem uma coisa que eu queria te mostrar lá em cima — disse ele. — É besteira, mas gosto de vir às vezes conferir se ainda está lá.

Sorri.

— Essa pode ser a nossa atividade relevante do dia.

Desde que esse romance havia começado, não havíamos realizado muitas atividades relevantes. Dormíamos muito, fazíamos muito amor, comíamos muito, conversávamos durante horas. Ficávamos em silêncio durante horas. Líamos livros, observávamos os pássaros, um dia inventamos uma longa narrativa sobre um cachorro que surgiu na clareira do Eddie enquanto comíamos tortilha no banco.

Em suma, embora muita coisa acontecesse, nada acontecia.

Segurei a mão dele enquanto subíamos pelo bosque, e fui mais uma vez surpreendida pela fascinante simplicidade de tudo. Havia o canto das aves, havia o barulho da nossa respiração, e havia a sensação do afundamento dos pés na terra macia. E, além de um sentimento profundo de satisfação, não havia mais nada. Nem dor, nem culpa, nem questionamentos.

Estávamos quase no topo quando Eddie se deteve.

— Ali — disse, indicando uma faia. — A misteriosa galocha.

Demorei um pouco para ver, mas, quando vi, dei uma risada.

— Como você conseguiu fazer isso?

— Não fui eu — respondeu ele. — Um dia simplesmente dei de cara com ela. Não faço ideia de como foi parar lá em cima, ou quem foi o responsável por isso. Durante todos esses anos em que moro aqui, nunca vi ninguém nessa parte do bosque.

A uma boa distância de nós — provavelmente a uns quase vinte metros de onde estávamos —, alguém havia quebrado um galho da árvore e deixado uma galocha preta no toco que restou. Desde então, alguns raminhos mais novos tinham nascido embaixo, mas, fora isso, o tronco era liso: impossível de escalar.

Fiquei olhando a galocha, intrigada com sua existência, encantada que Eddie achasse que era algo que deveria me trazer para ver. Enlacei sua cintura e sorri. Sentia a respiração dele, seu batimento cardíaco, a camisa de malha quase exibindo suor depois de termos escalado o morro naquele dia quente.

— Um verdadeiro mistério — comentei. — Adorei.

Eddie simulou o lançamento de uma galocha algumas vezes, mas logo desistiu. Era inconcebível.

— Não faço ideia de como conseguiram fazer isso — observou. — Mas adoro que tenham conseguido.

Ele se virou para me beijar.

— É uma bobagem — disse. — Mas eu sabia que você ia gostar.

Ele me abraçou apertado.

Retribuí o beijo, com ardor. Só o que eu queria fazer era beijá-lo.

Fiquei me perguntando como poderia voltar para Los Angeles quando esse tipo de felicidade estava aqui. Aqui, no lugar que um dia chamei de lar.

Por fim, acabamos ficando sem roupa em meio à vegetação.

Tinha terra no meu cabelo, provavelmente insetos. Mas só sentia alegria. Ramificações profundas de alegria.

CAPÍTULO DEZESSETE

Eddie,

Pensei muito antes de escrever esta carta. Como posso tentar estabelecer contato — mais uma vez — agora que você deixou claro que está vivo mas não deseja se comunicar? Como posso estar tão desesperada, tão relutante em aceitar seu silêncio?

Mas na noite passada me peguei pensando no dia em que subimos pelo bosque para ver aquela galocha. Que coisa boba e linda de se fazer; como ficamos olhando para ela e rindo. E pensei: *Não estou pronta para desistir dele. De nós. Ainda não.*

Então a carta é isto: minha última tentativa de saber o que aconteceu. De descobrir como posso ter me enganado tanto.

Você se lembra da nossa última noite, Eddie? No jardim, antes de arrastarmos sua barraca enorme para fora e passarmos as horas seguintes tentando armá-la? Você se lembra de que, antes de desabarmos exaustos dentro dela, eu lhe contaria a história da minha vida?

Vou começar agora, do começo. Ou pelo menos as partes mais importantes. Imaginei que isso talvez servisse para fazer você se lembrar do motivo que o fez gostar de mim. Porque, por mais que você tenha ocultado outras coisas, a parte do gostar de mim não foi inventada. Disso tenho certeza.

Então. Meu nome é Sarah Evelyn Harrington. Nasci no Gloucester Royal, às 16h13 do dia 18 de fevereiro de 1980. Minha mãe dava aula de matemática numa escola de ensino fundamental, em Cheltenham, e meu pai era engenheiro de som. Saía muito em turnê com bandas, até começar a sentir muita saudade de casa. Aí passou a fazer uns serviços de som pelo vilarejo mesmo. Ainda faz. Não consegue largar o osso.

Mais ou menos um ano antes de eu nascer, eles compraram um velho cottage no vale abaixo de Frampton Mansell, e moram lá desde então. Indo a pé pela trilha, fica a uns quinze minutos do seu celeiro. Você deve conhecer. Meu pai e um amigo reabriram aquela velha trilha no verão em que ele e minha mãe se mudaram para lá. Dois homens, duas motosserras, várias cervejas.

Estar no vale com você fez aquele lugar parecer muito diferente. Me lembrou de uma versão de mim que eu tinha esquecido. E, como te falei na primeira manhã que passamos juntos, existe um bom motivo para isso.

Tommy, meu melhor amigo, nasceu dois meses depois de mim, filho do casal "meio esquisito" (palavras do meu pai) que morava no fim da nossa trilha. Nós dois nos tornamos melhores amigos e brincamos todos os dias, até aquele momento estranho e triste da adolescência em que brincar já não é mais o que se faz. Mas, até naquele momento, nós atravessamos riachos, comemos milhões de amoras e criamos túneis através de tapetes de erva-cicutária.

Quando eu tinha cinco anos, minha mãe teve outra filha, Hannah, e, depois de alguns anos, Hannah começou a participar de nossas aventuras. Minha irmã era destemida, muito mais corajosa que Tommy e eu, apesar de ser muito mais nova que nós. Sua melhor amiga, uma menininha chamada Alex, era fascinada por ela.

Só agora, na idade adulta, é que tenho a dimensão do quanto amava minha irmã. De como também era fascinada por ela.

Tommy passava muito tempo na nossa casa, porque a mãe dele era — como ele mesmo dizia — "louca". Em retrospecto, não sei se isso era justo, embora ela certamente se preocupasse demais com coisas bastante superficiais. Quando eu tinha quinze anos, ela mudou a família toda para Los Angeles, e fiquei arrasada. Sem Tommy, já não sabia mais quem eu era. Quem eram meus amigos? A que grupo eu pertencia? Só sabia que precisava me agarrar a alguém rápido, antes de derrapar para fora do contexto social da escola e virar uma solitária de carteirinha.

Por isso colei em duas meninas, Mandy e Claire, com quem sempre havia mantido certo contato, nada muito significativo, e passamos a ter uma relação mais intensa. Intensa e perigosa. Meninas podem ser tão cruéis quando jovens.

Dois anos depois, eu estava ao telefone com Tommy, às cinco da manhã, e implorei que me deixasse ir morar com ele. Mas vou deixar essa parte para depois.

Vou parar por aqui. Não quero vomitar minha história de vida inteira em você assim de uma vez, até porque talvez você não deseje ouvi-la. E, mesmo que deseje, não quero que pareça que eu acho que sou a única pessoa do mundo com um passado.

Estou com saudade de você, Eddie. Nunca achei que seria possível sentir saudade de alguém com quem se conviveu por apenas sete dias, mas sinto. Tanta saudade que não consigo nem pensar direito mais.

                                                    Sarah

CAPÍTULO DEZOITO

Lá estava ele: Reuben. Sentado a uma mesa do café do British Film Institute, conversando com a nova namorada cujo rosto estava fora do meu campo de visão. Com a sobra de um café ao lado da mão, tudo em Reuben exalava confiança e virilidade.

Nessa hora me lembrei do garoto magricela e tímido que conheci do lado de fora de um restaurante mexicano tantos anos antes, o cabelo besuntado de gel, o pescoço cheirando a loção pós-barba vagabunda. O tremor em sua voz quando me convidou para sair.

Que diferença para aquele homem ali, agora! Mais corpulento, mais forte, o típico herói californiano com sua bermuda da moda, seus óculos de sol, o cabelo propositalmente bagunçado. Não pude deixar de sorrir.

— Oi — falei, ao me aproximar da mesa deles.

— Ah! — exclamou Reuben, e por um segundo vi o jovem com quem me casei. O homem com quem imaginei que ficaria para sempre, porque uma vida permanente com ele naquela cidade ensolarada e alegre era tudo que eu achava que precisaria.

— Oi! Você deve ser a Sarah. — Kaia se levantou.

— Oi — respondi, estendendo a mão. — É um prazer conhecer você.

Kaia era magra e tinha os olhos claros. A leve marca deixada pela acne no maxilar desaparecia nas bochechas macias; o cabelo castanho lhe escorria pelas costas.

Ela ignorou minha mão estendida e me beijou o rosto, segurando meus ombros com um sorriso cálido, e entendi naquele instante que ela estaria no comando hoje. Kaia era uma mulher completa, eu não.

— Que bom que conseguimos nos encontrar! — observou ela. — Há muito tempo quero botar um rosto no seu nome.

Kaia era uma mulher louvável se não tinha botado um rosto no meu nome via Google Imagens. Eu não era uma mulher louvável, e procurei-a na internet assim que descobri seu sobrenome, mas, evidentemente, não havia rastro dela on-line. Kaia era pura demais.

Ela se sentou, sorrindo, enquanto eu procurava um lugar para botar minha bolsa debaixo da mesa e tirava o cardigã que já fazia brotar gotas de suor na minha testa. Ela era o tipo de mulher que eu via às vezes meditando na praia ao entardecer, pensei ao libertar meus braços. Boas e centradas, com sal na pele e vento soprando nos cabelos.

— Então... — disse Reuben, sentando-se também. — Aqui estamos.

Ele respirou fundo e fechou a boca, de repente consciente de que não sabia o que dizer.

Kaia olhou para ele, e a expressão no rosto dela se abrandou. Esse olhar é meu, pensei, num rompante infantil. Eu olhava assim para Reuben quando se achava meio perdido, e ele se sentia melhor.

— Já ouvi falar tanto de você, Sarah! — comentou ela, virando-se para mim. Ela usava um vestido comprido com padronagem ikat, tinha no braço várias pulseiras de prata e, de algum modo, era mais elegante que qualquer outra pessoa no ambiente. — E sei que você não é apenas o que veste... — Ela estava lendo minha mente? — ... mas preciso dizer que essa saia que você está usando é maravilhosa.

Alisei a saia. Na verdade, era uma das minhas melhores saias, mas hoje eu me sentia insegura nela. Como se a ocasião pedisse roupas mais simples e eu tivesse exagerado na produção.

— Obrigada — respondi.

Em vão, tentei pensar em algo para dizer que provasse que eu não era apenas o que vestia.

Kaia pegou a carteira.

— Vou comprar alguma coisa para a gente beber. O que vocês querem?

— Ah, que gentileza.

Olhei o relógio e fiquei decepcionada ao ver que ainda não era meio-dia. Relutante, pedi uma limonada com água gasosa.

Ela se levantou, e Reuben fez o mesmo.

— Eu te ajudo!

— Não, pode deixar — respondeu Kaia. — Vocês dois ponham o papo em dia.

Mas Reuben insistiu, e me vi sozinha à mesa.

É isso, pensei, enxugando a testa com um guardanapo. *Esse é meu futuro. Dirigir uma organização com meu ex-marido, que agora namora uma iogue. Uma iogue muito simpática até.* Observei-os se dirigirem ao balcão. Reuben enlaçou a cintura dela e se virou cheio de culpa para ver se eu tinha notado.

Esse é meu futuro.

Seis semanas depois de terminarmos, ele havia chegado ao escritório à beira de um ataque de nervos.

"Você está bem?", eu tinha perguntado, olhando por cima do meu computador enquanto ele vasculhava o armário de acessórios.

Ele se virou, os olhos alucinados.

"Eu conheci alguém", ele tinha respondido, se escondendo atrás da porta do armário. Um saco de narizes vermelhos caiu da prateleira, e ele o pegou no chão, mantendo-o junto ao peito. "Sinto muito", ele havia murmurado. "Não era minha intenção."

Ele se aproximara de mim como um especialista em desarmamento de bombas chegando perto do artefato, analisando a expressão em meu rosto. Alguns narizes caíram no chão, mas ele não percebeu.

"Estou me sentindo péssimo por anunciar isso tão pouco tempo depois que terminamos", ele havia se lamuriado. "Você precisa se sentar?"

Indiquei que já estava sentada.

Fiquei aturdida com o fato de sentir tão pouco. Era estranho, evidentemente, mas fiquei mais curiosa do que enciumada. O Reuben estava namorando! O meu Roo!

"Tem certeza que você quer saber?", ele ficava perguntando.

Consegui descobrir apenas que Kaia trabalhava meio período numa lanchonete de sucos naturais em Glendale, que era professora de ioga e estudava naturopatia, e que Reuben estava com os quatro pneus arriados.

Observei-a pedir as bebidas. Ela não era bonita de um jeito óbvio, ocidental, o que de certo modo tornava tudo pior. Ela apenas brilhava, irradiando bem-estar. E era boa, dava para ver. Gentil e Boa, em total contraste com meus adjetivos atuais Maníaco-Depressiva e Sorumbática. Reuben apertou a ponta do nariz dela e riu. Costumava fazer isso comigo também.

Hoje estaria sendo mais fácil, pensei, amargurada, *se o Eddie e eu tivéssemos dado certo*. Mesmo se o Reuben se ajoelhasse para pedir a Kaia em casamento ali mesmo, eu bateria palmas e provavelmente me ofereceria para organizar a maldita cerimônia.

Se o Eddie tivesse me ligado.

Senti uma pontada no estômago, e verifiquei o celular, como se isso fosse ajudar em alguma coisa.

Então congelei.

Aquilo era... Era...?

Um balão de diálogo. Um balãozinho de diálogo cinza, o que significava que Eddie — o Eddie de verdade, vivo, respirando em algum lugar do mundo — estava digitando uma resposta para minhas mensagens. Fiquei ali sentada, imóvel, observando o balão, e o South Bank desapareceu do meu campo de visão.

— É tão maravilhoso estar em Londres — disse Kaia, retornando com minha bebida. *Não! Sai daqui!* — Eu tinha me esquecido de como amo essa cidade.

Olhei para baixo. O balãozinho continuava lá. Ele continuava escrevendo. Eu estava dormente. Pavor, prazer. Pavor, prazer. De repente me obriguei a sorrir para Kaia. Ela usava um desses anéis que ficam na metade do dedo. Eu havia comprado um alguns anos atrás, mas ele tinha caído num vaso sanitário de banheiro público, na praia de El Matador.

— Então você conhece Londres? — consegui perguntar.

O balãozinho continuava lá.

— Vim aqui algumas vezes a trabalho — respondeu ela. — Eu era jornalista, em outra vida.

Ela deu de ombros e aguardei, na esperança de que ela continuasse. Eu não tinha nada a dizer, literalmente.

(Isso! Esse era um daqueles momentos sobre os quais eu havia conversado com a Sra. Rushby. A total perda de si mesmo. De bons modos, sociabilidade, controle.)

Balãozinho: ainda ali.

— Mas cheguei à conclusão de que não gostava de fato da minha vida. — Ela se deteve, lembrando-se do tempo em que não gostava de fato de sua vida. — Por isso avaliei o que era importante para mim, que eram os exercícios ao ar livre, nutrição, manter o corpo sereno e forte. Abandonei aquela vida agitada e comecei o curso para ser instrutora de ioga. Foi uma das melhores coisas que já fiz na vida.

— Ah, que bom! — falei. — *Namaste!*

Kaia segurou a mão de Reuben debaixo da mesa.

— Mas aí passei por uma experiência difícil dois anos atrás, e foi quando a mudança mais profunda aconteceu...

Balãozinho: ainda ali.

— E entendi, quando comecei a sair daquilo tudo, que não bastava ser fiel comigo mesma e com as minhas necessidades. Eu precisava olhar para fora; precisava ajudar os outros. Me doar sem esperar nada em troca. Espero não ter soado devota demais.

O rosto dela se iluminou.

— Ai, meu Deus, estou soando *superdevota* — ela riu, e me lembrei de que isso não era mais fácil para ela do que para mim.

Reuben a fitava como se a mãe de Cristo estivesse ao seu lado.

— Não acho que você tenha soado tão devota assim — objetou ele. — Você acha, Sarah?

Deixei o celular de lado por um instante e o encarei. Ele estava realmente me pedindo para fazer a namorada dele se sentir melhor consigo mesma?

— Resumindo, comecei a trabalhar com o Hospital Pediátrico — disse Kaia, às pressas. Ela agora queria parar de falar de si mesma. — Captação de recursos. Trabalho pelo menos uma vez por semana para eles, às vezes mais. E é isso.

— Admiro muito o pessoal que trabalha captando recursos para o Hospital Pediátrico — respondi, satisfeita por finalmente termos algum interesse comum. — É uma gente maravilhosa, muito solidária à nossa organização. Então foi assim que vocês se conheceram?

Kaia olhou para o Reuben, que assentiu, hesitante. Está tudo bem, queria dizer para ele. Estou com inveja da sua namorada, sim, mas só porque ela parece estar com a vida resolvida. Não é ciúme de você, querido.

O mais terrível de tudo, pensei, pegando o celular de novo (balãozinho: ainda lá), era que eu provavelmente havia me apaixonado mais pelo Eddie, com quem só passara sete dias, do que pelo Reuben, com quem fora casada por dezessete anos. Era eu que deveria estar me sentindo culpada, não o Roo.

Deixei o celular com a tela virada para baixo na mesa enquanto esperava a mensagem do Eddie chegar, e uma euforia louca tomou conta de mim.

A espera chegara ao fim. Em poucos minutos, eu saberia.

Ficou claro que Reuben não fazia ideia do que acrescentar ao diálogo, apesar de ter passado anos num trabalho que o ensinara a se comunicar em circunstâncias quase impossíveis. Depois de uma tosse pouco convincente, ele começou a discorrer sobre o fato de que não dá para sentir o gosto de cloro na água de torneira daqui, ou alguma outra bobagem assim.

Meu telefone vibrou e eu o peguei. Finalmente. *Finalmente.*
Mas era uma mensagem do meu pai.

> Querida, se você ainda não foi para Gloucestershire, não vá. A pessoa que estava cuidando do seu avô jogou a toalha. Nós desistimos e vamos levá-lo para casa, para cuidar dele nós mesmos. Vamos botá-lo no antigo quarto da Hannah. Por favor, não cancele sua viagem para nos ver. Te amamos (e precisamos de você...). Mas, se você pudesse esperar até amanhã, nós ficaríamos eternamente gratos. Beijos do pai.

Voltei imediatamente ao Messenger, alheia ao Reuben, à Kaia, a todo mundo.

Não havia nenhuma mensagem. Eddie continuava on-line, mas o balãozinho de diálogo tinha desaparecido.

Senti o rosto desmoronar. O coração.

Obriguei-me a olhar para Kaia, que falava comigo.

— Conheci dois dos seus Doutores da Palhaçada na ala de oncologia, alguns anos atrás — dizia ela. *Isso não pode estar acontecendo. Onde está a mensagem?* — Tinha um menininho que estava muito doente, triste, chateado por causa do tratamento com quimioterapia e, quando os palhaços apareceram, ele virou a cara para a parede e fingiu que eles não estavam ali.

— Expliquei que isso acontece muito — observou Reuben, com orgulho. — Por isso eles trabalham em dupla.

— É *genial*! — exclamou Kaia. — Os dois ficam brincando entre si, até a criança decidir se quer ou não participar. Não é?

— Exatamente — assentiu Reuben. — Assim, a criança fica no controle.

Ai, meu Deus. Que encenação tediosa era essa? E onde estava minha mensagem?

— Aí ele se virou para a parede, e seus palhaços começaram a fazer várias improvisações, e ele não resistiu. Quer dizer, *eu mesma* caí na gargalhada! Quando os dois foram embora, ele não parava de rir.

De má vontade, assenti. Tinha visto isso acontecer muitas vezes.

Desesperada por alguma coisa — qualquer coisa — que me fizesse desviar a atenção do Eddie, contei a história da primeira vez que vi Reuben trabalhando com as crianças depois de ele se formar como Doutor da Palhaçada. Kaia me observava enquanto eu tagarelava, o queixinho moreno apoiado na mãozinha morena, a outra segurando a do Reuben. Parei afinal para verificar o celular, já imaginando a forma física da resposta do Eddie, o tamanho da mensagem, o retângulo cinza no qual estaria contida.

Mas não havia mensagem. Não havia mensagem, e o Eddie estava off-line de novo.

— Alguém aceita uma bebida? — perguntei, tirando a carteira da bolsa. — Vinho? — Olhei o relógio. — Já passa do meio-dia. Perfeitamente razoável.

Abracei a mim mesma enquanto aguardava no bar, embora não soubesse se era para me consolar ou para me fazer aguentar firme.

Vinte minutos depois, quando minha solitária taça de vinho começou a me proporcionar um leve entorpecimento, Kaia pediu licença para ir ao toalete. Observei suas pernas esguias se movendo sob a saia e tentei imaginá-la buscando Reuben no trabalho ao fim do dia para os dois jantarem ou talvez caminharem no Griffith Park. Imaginei-a comparecendo à nossa festa de Natal ou aos nossos churrascos de verão; almoçando com os simpáticos e nervosos pais do Reuben, na casa deles, em Pasadena. Porque tudo isso iria acontecer. (*Foi uma bela troca*, imaginei a mãe do Roo dizendo. Ela sempre achou que um dia eu voltaria para a Inglaterra e levaria seu filho a tiracolo.)

— Ela é encantadora — falei para Reuben.

— Obrigado. — Ele me encarou, agradecido. — Obrigado por ser tão gentil. Significa muito para mim.

— Nós precisávamos um do outro — falei, depois de uma pausa, surpreendendo a nós dois. — E agora não precisamos. Você conheceu uma moça bacana, e estou feliz por você, Roo. De verdade.

— É — murmurou ele.

Pude ouvir em sua voz a felicidade que sentia. Era como se Reuben tivesse se entregado à respiração demorada e profunda a que os alunos precisam se entregar no começo da aula de ioga e nunca tivesse voltado ao ritmo normal.

— Então — começou Reuben. Ele parecia constrangido. — Olha, Sarah, eu... preciso dizer, seus e-mails de ontem foram meio estranhos. Você parecia... Faltou profissionalismo. Você mandou aqueles documentos para nossos patrocinadores sem nos consultar. Isso sem falar que concordou em mandar nossos palhaços para ver a irmã de uma menininha sem nem sequer telefonar para o hospital. Fiquei perplexo.

Kaia retornava à mesa.

— Eu sei — falei. — Tive um dia ruim. Não vai se repetir.

Ele estudou meu rosto.

— Você está bem?

— Estou. Só um pouco cansada.

Ele assentiu devagar.

— Bem, se precisar de mim, é só gritar. A gente comete erros quando não segue o protocolo.

— Eu sei. Aliás, precisamos conversar sobre a proposta do asilo.

— Claro — respondeu Reuben. — Agora?

— Não podemos conversar sobre isso com a Kaia aqui.

Reuben franziu a testa.

— Ah, ela não vai se incomodar.

— Eu vou. São nossos negócios, Roo.

— Não — objetou Reuben, com delicadeza. — Não são negócios. É um trabalho beneficente. E a Kaia entende. É uma aliada, não é adversária, Sarah.

Obriguei-me a sorrir. Ele tinha razão. Ultimamente todo mundo tinha razão, menos eu.

Reuben e Kaia foram embora quarenta minutos depois. Reuben fez questão de criar um plano para a proposta do asilo, apesar do que eu tinha dito. E eu havia embarcado na dele, porque como poderia não embarcar? Pelo menos Kaia tinha se oferecido para ficar sentada lá fora enquanto conversávamos. ("Não, não!", protestou Reuben. "Nada disso é segredo.")

Kaia me beijou, me deu um abraço.

— Foi tão bom conhecer você — disse ela. — *Tão* bom.

E falei o mesmo, porque realmente não havia nada naquela mulher que não fosse agradável.

Depois que eles se foram, desliguei o celular, liguei o laptop e me pus a trabalhar. As pessoas iam e vinham; saladas de atum e batatas chips com pirâmides de maionese; taças de vinho e canecos de chope sujos de batom. Lá fora, o sol foi coberto por nuvens cinzentas. Choveu, ventou, o sol voltou. O South Bank soltava vapor; as pessoas sacudiam os guarda-chuvas.

Foi no quinto dia do nosso romance que eu tinha olhado para Eddie David e pensado: eu passaria o resto da vida com você. Poderia me comprometer com isso agora mesmo e sei que não me arrependeria. O calor havia finalmente cedido, e uma tempestade castigava o campo, trovejando, relampejando, martelando o telhado do celeiro do Eddie. Estávamos deitados na cama dele, sob a claraboia, que disse usar sobretudo para observar as estrelas e verificar as mudanças no tempo. Eu estava deitada com os pés virados para a cabeceira da cama e Eddie massageava meus pés distraidamente enquanto contemplava o céu.

"O que será que o carneiro Lucy pensa disso tudo?", Eddie tinha perguntado.

Sorri, imaginando Lucy debaixo de uma árvore, balindo, desconsolado.

"As tempestades que caem em Los Angeles são uma loucura", comentei. "Parecem o Armagedom."

Depois de uma pausa, ele perguntou:

"Como você se sente em ter que voltar para lá?"

"Estou indecisa."

"Por quê?"

Ergui a cabeça para poder encará-lo.

"Por que você acha?"

Satisfeito, enfiou meu pé debaixo da cabeça dele e disse:

"Pois é, o problema é esse. Não sei se estou disposto a deixar você voltar."

Retribuí seu sorriso e pensei: *Se você me pedisse para ficar, se sugerisse começarmos uma vida juntos aqui, eu ficaria. Mesmo conhecendo você há poucos dias, mesmo tendo jurado que nunca mais moraria aqui. Por você, eu ficaria.*

Eram quase quatro da tarde quando guardei minhas coisas para ir embora. Liguei o celular, embora a essa altura já não tivesse nenhuma expectativa. Mas havia uma mensagem de texto, de um número que eu não conhecia.

fique longe do eddie, dizia.

Sem pontuação, sem saudação, sem maiúsculas. Só *fique longe*.

Voltei a me sentar. Li a mensagem mais algumas vezes. Ela havia sido enviada exatamente às três da tarde.

Depois de alguns minutos, decidi ligar para Jo.

— Vem pra minha casa — disse ela, imediatamente. — Vem pra cá direto, querida. O Rudi está com os avós. Vou te dar uma taça de vinho e então vamos ligar para essa pessoa, para esse maluco, e descobrir o que está acontecendo. Tá?

A chuva havia voltado a cair. Assolava o Tâmisa no que parecia ser uma explosão de fúria, açoitando, martelando, bramindo, exatamente como a tempestade que Eddie e eu tínhamos visto da cama dele. Esperei alguns minutos para ver se ela diminuía, mas, depois de um tempo, desisti de esperar. E saí, sem capa, em direção à estação de metrô de Waterloo.

CAPÍTULO DEZENOVE

Oi,

Você começou a me escrever mais cedo. O que ia dizer? Por que mudou de ideia? Por que não consegue falar comigo?

Vou retomar a história de onde parei.

Alguns meses depois de completar dezessete anos, estive envolvida num acidente de carro horroroso na Cirencester Road. Naquele dia, perdi minha irmã, perdi minha vida — ou pelo menos a vida que eu conhecia. Porque, depois de algumas semanas, me dei conta de que não poderia mais viver ali. Em Frampton Mansell. Em Gloucestershire. Na Inglaterra, até. Foi uma época muito difícil.

Minha vida desmoronou. Liguei para o Tommy. Fazia dois anos que ele morava em Los Angeles. Ele disse: "Pegue o primeiro avião e venha agora", e foi o que fiz. Quase literalmente: viajei no dia seguinte. Meus pais foram tão compreensivos. Tão abnegados, me deixando partir daquele jeito. Será que teriam sido tão magnânimos se soubessem o que isso faria com a nossa família? Não sei. Mas, mesmo assim, botaram as minhas necessidades em primeiro lugar, e na manhã seguinte eu estava no aeroporto de Heathrow.

A família do Tommy morava numa rua residencial chamada South Bedford Drive, que era larga como a estrada M4. A casa do

Tommy era uma construção estranha de cor cinzenta que parecia um cruzamento de bangalô espanhol com mansão georgiana. No primeiro dia, fiquei parada na frente dela, enjoada, tonta de calor e jet-lag, e me perguntei se havia pousado na lua.

Na verdade, acabei descobrindo que tinha pousado em Beverly Hills.

"Eles não têm grana para morar aqui", explicou Tommy, meio constrangido, enquanto fazia um tour comigo pela propriedade.

Havia uma piscina! Uma piscina de verdade! E um deque com mesas, cadeiras, videiras e flores tropicais vertendo em nuvens cor-de-rosa.

"O aluguel é um absurdo de caro. Não sei como eles vão conseguir continuar pagando, mas minha mãe adora dizer às pessoas na Inglaterra que a Saks fica na esquina de casa."

Embora a mãe do Tommy estivesse irreconhecível, e ainda mais preocupada com coisas como roupas, tratamentos de beleza e almoços durante os quais sem dúvida não comia nada, ela foi sensível o suficiente para ver que eu precisava de ajuda. Disse que eu poderia ficar lá pelo tempo que quisesse e me explicou onde comprar o frozen yogurt de que o Tommy havia me falado nas cartas.

"Mas não coma demais", ela me advertiu. "Não quero ver você engordando."

Para além do jardim bem cuidado deles, estendia-se uma cidade que me deixou impressionada. Jamais vou me esquecer da primeira vez que vi uma rua com palmeiras tão altas que quase tocavam o céu; os gigantescos nomes de rua pendurados nos sinais de trânsito; quilômetros e mais quilômetros de prediozinhos baixos, cheios de flores, projetados para resistir a terremotos. O constante zumbido dos aviões, as esmalterias, as montanhas, os manobristas, as lojas cheias de roupas assombrosamente caras e bonitas. Fiquei maravilhada. Passei semanas só admirando tudo. As pessoas, as luzinhas piscantes, a imensa extensão de areia dourada e o Pacífico, estourando em Santa Monica todos os dias. Era um milagre. Era Marte. E por isso era perfeito.

Pouco tempo depois da minha chegada, entendi que o convite do Tommy não havia sido puramente filantrópico. Ele se sentia sozinho. É verdade que ele havia escapado da brutalidade implacável dos colegas de turma, mas nada em sua família, na relação consigo mesmo ou em sua fé na humanidade parecia ter melhorado. Aqueles primeiros sinais de vergonha do próprio corpo, que surgiram quando ele deixou a Inglaterra, haviam evoluído para algo muito mais sombrio. Ele não comia nada ou comia tudo, malhava duas ou três vezes por dia, e seu quarto era cheio de roupas das quais ele nem sequer tirava a etiqueta. Ficava constrangido quando eu entrava ali, como se uma parte dele se lembrasse de quem havia sido antes daquilo tudo.

Um dia, perguntei se ele era gay. Estávamos no Farmers Market, na fila para comprar tacos, e Tommy já resmungava alguma bobagem sobre não estar com fome. Lembro de estar abanando o rosto com o tíquete do estacionamento, e a pergunta simplesmente saiu.

Nenhum de nós dois estava esperando por aquilo. Ele passou alguns segundos me encarando antes de responder:

"Não, Harrington. Não sou gay. E o que diabos isso tem a ver com tacos?"

Alguém riu atrás de nós. Tommy se encolheu; eu me virei e deparei com uma garota, talvez uns dois anos mais velha que eu, rindo de se acabar.

"Foi mal", disse ela, com sotaque londrino. "Mas não pude deixar de ouvir. Menina, você precisa trabalhar essa sua abordagem."

Tommy concordou. Eu também.

Uma hora sentados a uma mesa bamba, comendo tacos, resultou numa amizade para a vida inteira. A menina, Jo, trabalhava como esteticista e morava numa república ali perto. Nos meses que se seguiram, antes de seu dinheiro acabar e ela se ver obrigada a voltar para a Inglaterra, ela nos forçou a retomar um simulacro de alegria e funcionalidade que nos ajudou a seguir em frente. Ela nos obrigou a conversar — algo que não vínhamos conseguindo fazer — e nos obrigou a sair para festas, para a praia, para shows gratuitos. A Jo Monk é uma pessoa extremamente geniosa, mas é uma mulher de muita generosidade e coragem. Morro de saudade dela quando não estou no Reino Unido.

Setembro chegou, e eu precisava retornar à Inglaterra para fazer as provas de certificação do ensino médio. Só que não conseguia. Sempre que ligava para os meus pais, e eles falavam da minha volta, eu começava a chorar. Minha mãe ficava muda e meu pai acabava tendo de pegar a extensão, que ficava ao lado do banheiro no andar de baixo da casa, para dizer algumas gracinhas. Minha mãe fazia o que podia para se mostrar forte — até animada —, mas um dia lhe escapou, como se ela tivesse se descuidado por um instante: "Sinto tanta falta de você que dói", murmurou ela. "Quero minha família de volta."

A culpa travou minha garganta, e não consegui dizer nada.

Eles chegaram à conclusão de que eu deveria adiar as provas por um ano, para ficar um pouco mais em Los Angeles. Foram me visitar, e, embora tenha sido bom vê-los, foi muito doloroso Hannah não estar junto. Eles ficavam querendo conversar sobre ela, o que eu achava quase insuportável. Fiquei aliviada quando se foram.

Aí conheci o Reuben, comecei a trabalhar e decidi que era hora de me tornar alguém que eu pudesse respeitar. Conto mais sobre isso depois.

Sarah

P.S.: Vou para a casa dos meus pais amanhã. Meu avô vai passar um tempo com eles. Se você estiver em Gloucestershire e quiser conversar, é só me ligar.

CAPÍTULO VINTE

— Sarah! — Meu pai, que parecia exausto, me abraçou apertado. — Graças a Deus — exclamou. — Graças a Deus você está aqui. Nosso alento.

Ele me ofereceu vinho, que recusei. No dia anterior, depois do encontro com Kaia e Reuben em South Bank, e da mensagem de texto me advertindo a manter distância do Eddie, eu tinha ido para a casa da Jo e exagerado na bebida. Pela manhã, meu corpo me informara que não toleraria mais bebidas alcoólicas por algum tempo.

— Ah, Sarah! — Minha mãe me abraçou. — Estou me sentindo péssima pelas últimas semanas. Me perdoe.

Minha mãe passava muito tempo pedindo perdão por suas falhas, apesar de nunca ter feito nada além de me dar amor e cuidar de mim desde o dia em que nasci.

— Pare com isso. Eu fiquei bem. Você me viu em Leicester. Eu não estava feliz?

— Um pouco, acho.

Eu não sabia ao certo por que não havia contado a eles sobre Eddie. Talvez porque, a princípio, tinha ido à Inglaterra para o aniversário do acidente, não para transar com um belo desconhecido. Ou talvez porque, quando cheguei a Leicester, já estava começando a ficar preocupada.

Ou talvez, pensei agora entregando um buquê de flores à minha mãe, fosse porque uma parte de mim já sabia que não daria certo. A mesma parte de mim que ficou olhando Reuben no dia do nosso casamento e pensando: *Um dia ele vai ser tirado de mim. Assim como a Hannah.*

Minha mãe pôs as flores num vaso e em seguida trocou por outro. Depois por outro.

— Não se meta — disse ela, quando viu que eu a observava. — Agora sou aposentada, Sarah. Ganhei o direito de decidir com cuidado sobre o jeito de arrumar as flores.

Sorri, no fundo aliviada. Da última vez que vira minha mãe, ela me parecera menor, diminuída, como uma caixa de papelão amassada para reciclagem. O que me pareceu estranho, porque, à exceção de ocasiões isoladas, ela se manteve muito forte nos anos que se seguiram ao acidente. Aliás, sua força era a única coisa que atenuava minha culpa por ter simplesmente desaparecido, abandonando-os em meio ao sofrimento e ao caos.

Hoje ela e também meu pai estavam como eu me lembrava deles: generosos, sólidos, seguros. *E ligeiramente alcoólatras*, pensei quando minha mãe serviu para si mesma um pouco de vinho, embora já estivéssemos de saída para o pub. *Não os coloque num pedestal. Eles apenas lidaram com as coisas de um jeito diferente.*

Olhei na direção do segundo andar e baixei a voz.

— Como está sendo? Como ele está?

— Ele é um traste — respondeu minha mãe, sem rodeios. — E posso dizer isso porque é meu pai e eu o amo e sei o que ele passou na vida. Mas não dá para negar: ele é um traste.

— É, sim — admitiu meu pai. — Estamos registrando o número de coisas de que ele reclamou hoje. Por enquanto, foram trinta e três, e são só quinze para a uma da tarde. Por que você não está bebendo?

— Estou de ressaca.

Minha mãe se encolheu.

— Ai, me sinto péssima quando falo mal dele — murmurou ela. — Ele é impossível, Sarah, nos enlouquece. Mas, no fundo, sinto pena. Ele está há muito tempo sozinho. A qualidade de vida dele é um horror, enfurnado naquela casa sem ninguém para conversar.

Minha avó, uma mulher tão gorda que parecia esférica nas fotografias, tinha morrido de ataque cardíaco aos quarenta e quatro anos. Não cheguei a conhecê-la.

— Pelo menos ele tem vocês dois. Sei que ele gosta da sua companhia, mesmo que não pareça.

— Ele se comporta como se tivesse sido sequestrado por terroristas. — Minha mãe suspirou. — Agora de manhã, quando fui dar o remédio, chegou mesmo a dizer: "Não acredito que você me arrastou para esse fim de mundo." Quase dei um basta ao sofrimento dele.

Meu pai riu.

— Você é um anjo com ele — elogiou, beijando-a com ternura.

Desviei o olhar, ligeiramente enojada, bastante emocionada e, na verdade, com um pouco de inveja. Meus pais ainda eram tão felizes juntos. Meu pai havia levado minha mãe para sair todos os dias até ela concordar em se casar com ele; ligava, escrevia, mandava presentes. Ele a levava aos shows e a deixava ficar à mesa de som com ele. Jamais a deixou no vácuo. Nunca deu um perdido nela. Nunca deixou de ligar.

Perguntei se eu deveria subir para falar com meu avô antes de sairmos para almoçar no pub.

— Para sorte sua, ele está dormindo — respondeu minha mãe. — Mas com certeza vai querer vê-la.

Ergui uma sobrancelha.

— Como se ele quisesse ver alguém nessa vida.

Nós nos sentamos na área externa do Crown, embora o dia não estivesse lá muito quente. O vento levantava o cabelo da minha mãe transformando-o em labaredas vermelhas, e meu pai parecia ter algum tipo de deficiência, ou talvez estar bêbado, porque seu lado da mesa pendia para o lado por estar apoiada na parte inclinada do terreno. No campo que se estendia a perder de vista do outro lado da rua, um carneiro havia se ajoelhado para pastar em meio às urtigas. Ri e então parei de rir. Fiquei me perguntando se algum dia voltaria a achar graça em carneiros.

— Quero saber tudo sobre essa história de violoncelo — disse a meu pai.

A caminho do pub, minha mãe havia mencionado que ele estava tendo aulas.

— Pois é! Bem, eu estava bebendo com Paul Wise no outono passado, e ele me disse que tinha lido no jornal que é possível manter o cérebro afiado na terceira idade tocando um instrumento...

— Aí ele foi até Bristol e comprou um violoncelo — interrompeu-o minha mãe. — No começo, ele era horrível, Sarah. O Paul foi ouvi-lo...

— E o idiota ficou lá me olhando e rindo — terminou meu pai. — Por isso estudei feito um condenado, depois encontrei um professor em Bisley e já estou no nível intermediário. O Paul vai morder a língua.

Ergui o copo para propor um brinde a meu pai, quando um pica-pau começou a bater o bico numa árvore. Abaixei novamente a mão. O barulho me lembrou tanto o Eddie, o tempo que passamos juntos, que não consegui dizer nada.

A sensação de embrulho voltou ao meu estômago.

Meus pais conversavam sobre meu avô enquanto eu observava outra família, sentada junto a uma explosão de delfínios no canteiro de jardim do pub. Os pais pareciam os meus: começando a transição para a velhice; um pouco mais grisalhos, um pouco mais enrugados, mas ainda vivendo a vida, e não se limitando a viver de recordações. As filhas eram como imaginei que Hannah e eu seríamos se estivéssemos aqui juntas hoje. A mais nova defendia com veemência uma ideia, e fiquei hipnotizada imaginando a versão adulta da minha irmã caçula. A Hannah adulta certamente teria opinião sobre tudo, pensei. Ela adoraria uma boa polêmica, nunca fugiria de uma discussão: o tipo de mulher que preside comitês e é temida pelos outros pais da escola.

— Sarah? — Minha mãe me encarava. — Tudo bem?

— Tudo — respondi. Então: — Aquela família ali.

Minha mãe e meu pai olharam.

— Ah, acho que o marido é amigo dos nossos vizinhos — disse ele. — Patrick? Peter? Alguma coisa com P.

Minha mãe não disse nada. Sabia o que eu estava pensando.

— Eu queria *isso* — falei, baixinho. — Poder sentar a essa mesa com vocês dois e a Hannah. Abriria mão de tudo o que tenho se isso significasse podermos estar todos juntos sentados aqui. Comendo, conversando.

Minha mãe abaixou a cabeça, e senti que meu pai ficou imóvel, como sempre ficava quando eu mencionava a Hannah.

— Também gostaríamos — respondeu minha mãe. — Mais do que se possa imaginar. Mas acho que aprendemos da pior forma que é melhor focar no que temos do que no que não temos.

Uma nuvem cobriu o sol, e eu estremeci. Era a minha cara fazer isso. Deixar meus pais se sentindo desconfortáveis, fazer com que se lembrassem de como as coisas poderiam ter sido.

Às seis horas, meu coração batia acelerado e meus pensamentos se dispersavam como os filamentos de um dente-de-leão. Avisei a meus pais, que ficaram educadamente surpresos, que sairia para correr.

— Novo programa de exercícios — sorri, esperando que eles me permitissem embarcar nessa história fictícia.

Cansada de mim mesma, subi para trocar de roupa. Não sabia o que era pior: que esse surto de adrenalina tivesse se tornado tão familiar, ou que eu não encontrasse outra solução senão me exaurir, e mentir para as pessoas que me amavam.

A que horas mesmo é seu voo para Los Angeles?, escreveu Tommy numa mensagem de texto, antes de eu sair.

Saio de casa para o Heathrow às 6h15 da terça-feira. Sem fazer barulho para não acordar vocês.

Ok. Então você vai ficar aqui em casa de segunda para terça, certo?

Se não for problema. Tenho uma conferência em Richmond na segunda; chegaria à sua casa por volta das 19h30. Mas, se não for conveniente, posso tranquilamente ficar no sofá da Jo. Você e a Zoe já devem estar de saco cheio de mim!

Não, tá tudo bem. Zoe está em Manchester de novo. Então você não vem para cá no domingo à noite?

Negativo. Por quê? Você vai receber outra mulher em casa?

Hã, não.

Beleza. Nos vemos na segunda à noite, então, Tommy. Está tudo bem com você?

Tudo bem. Então, na segunda de manhã: você vai direto para a conferência, ou vai passar aqui primeiro?

Franzi o cenho. Tommy e Zoe haviam sido muito generosos comigo nesta e em todas as minhas outras visitas, oferecendo uma cópia da chave do apartamento, me deixando ficar no quarto de hóspedes, dizendo que a casa era minha. E, afora as raras ocasiões em que havíamos cozinhado uns para os outros, acho que Tommy nunca havia me perguntado sobre minhas idas e vindas.

Eu ia passar na sua casa antes, mas posso ir direto para Richmond, se você preferir.

Não, Tommy respondeu. Tudo bem. Nos vemos na segunda à noite, então. E não se atreva a caçar o Eddie enquanto estiver aí, Ok? Não o procure, não passe na frente da casa dele, não vá àquele pub. Entendido?

> Entendido. Aproveite o fim de semana com sua moça misteriosa. Bjs

Nem brinca, escreveu ele. Então: Estou falando sério, Harrington. Não procure o cara, está ouvindo?

Por um instante, fiquei me perguntando se o Tommy estava me mandando mensagens de texto porque *ele* se encontraria com Eddie. Passei alguns minutos considerando essa possibilidade, até me dar conta de como era ridícula.

Será que eu iria correndo até Sapperton, na esperança de ver o Eddie? Eu vinha amadurecendo essa ideia há alguns dias. Mas quem poderia saber se ele estava aqui em Gloucestershire ou em Londres? Ou no maldito espaço sideral? E o que eu faria se o visse?

Mas eu sabia que correria até Sapperton, e sabia que isso me faria sentir ainda pior, e não conseguia, ou simplesmente não iria, me impedir.

A corrida foi como eu imaginava que deveria ser um colapso nervoso. Eddie estava em todos os lugares para onde eu olhava: me observando atrás das árvores, sentado na antiga represa, caminhando no campo que fica entre os braços sinuosos do rio. E, em pouco tempo, estava acompanhado da Hannah, que usava a mesma roupa daquele dia terrível.

Enquanto eu me aproximava da minúscula ponte para pedestres, vi uma mulher avançando em minha direção, vindo de Sapperton. Ela, pelo menos, parecia real: capa de chuva, cabelo preso, tênis para caminhada. Até que parou de repente e ficou me encarando.

Por motivos que não consegui entender, também parei de correr e olhei para ela. Algo nela me era familiar, embora eu soubesse que nunca a tinha visto antes. Ela estava longe demais para eu poder estimar sua idade, mas parecia ser bem mais velha que eu.

A mãe do Eddie? Seria possível? Forcei a vista, mas não detectei nenhuma semelhança óbvia. O Eddie era largo, tinha o rosto redondo, era alto, ao passo que aquela mulher era extremamente magra e baixa, com o queixo fino. (E, mesmo que *fosse* a mãe do Eddie, por que ela pararia no meio do caminho para me olhar? O Eddie tinha me dito que ela era deprimida, não louca.) Além do mais, ela nem sabia da minha existência.

Depois de alguns instantes, ela deu meia-volta e se pôs a caminhar na direção de onde tinha vindo. Caminhava rápido, mas os movimentos tinham a irregularidade espasmódica de alguém para quem andar não era fácil. Eu já vira isso muitas vezes em crianças que se recuperavam de alguma lesão.

Permaneci ali por um tempo depois de ela ter sumido de vista.

Será que aquilo tinha sido um confronto, ou a mulher simplesmente decidira encerrar a caminhada e ir para casa? Afinal, não havia como retornar daquela parte do caminho: ou fazíamos o circuito completo de alguns quilômetros, por Frampton Mansell, ou era preciso mesmo dar meia-volta e retornar para Sapperton.

Desisti de continuar e me virei para pegar o rumo de casa. Várias vezes tive a sensação de que Eddie estava me seguindo pela trilha. Mas ela estava vazia. Até os pássaros pareciam calados.

Não aguento mais isso, pensei, quando cheguei à varanda da casa dos meus pais alguns minutos depois. *Não aguento mais.* Como foi que acabei nessa situação de novo? Percorrendo esse vale à procura de alguém que já perdi?

Ao lado do cabide, junto à porta de casa, havia um porta-retratos com uma foto minha e da Hannah no campo atrás da nossa casa. Eu estava sentada numa caixa de papelão e Hannah segurava um punhado de flores na mãozinha minúscula ao meu lado. A terra das flores havia sujado seu macacão. Ela lançava um olhar mal-humorado para a câmera, com uma intensidade cômica que fez meu coração doer.

Olhei para ela, para minha preciosa Hannah, e a sensação de perda se adensou feito cola em meu peito.

— Sinto falta de você — murmurei, tocando o vidro frio do porta-retratos. — Sinto muito a sua falta.

Imaginei-a estirando a língua para mim e estava chorando quando deparei com meu avô no alto da escada.

Congelei.

— Ah! Vô!

Ele não disse nada.

— Acabei de dar uma corrida. Fui ao seu quarto depois do almoço, mas você estava dormindo, aí achei que...

Mas não consegui. Não consegui falar mais nada, nem mesmo para tranquilizar meu avô. Fiquei parada ali na frente dele, eu com minha roupa de corrida, meu avô com o roupão que não amarrou direito por estar fraco demais, revelando o velho pijama azul de algodão. O punho era azul-marinho. Meu coração estava despedaçado. Ele tinha cheiro de um cansaço profundo. Chorei em silêncio, o rosto crispado. Havia perdido a Hannah, e agora o Eddie: eu sabia, já não podia mais fingir, e diante de mim estava o coitado do meu avô, sozinho há quase cinquenta anos, desde que minha avó sofrera um ataque cardíaco na poltrona, com um sanduíche de presunto à sua frente, e agora meu avô decerto estava fazendo sua dose diária de exercício, porque tinha o andador diante dele, e nenhum dos dois sabia o que dizer. Nenhum dos dois fazia a menor ideia.

— Venha até o meu quarto — disse ele, por fim.

Meu avô levou alguns minutos para se acomodar na poltrona que minha mãe e meu pai haviam instalado para ele. Usei esse tempo para enxugar o rosto e me sentei na beira da antiga cama da Hannah.

Por um instante, achei que ele pretendia de fato conversar comigo, perguntar o que estava acontecendo. Mas, evidentemente, aquele era o vovô e não fez isso. Viu meu sofrimento, queria ajudar, mas não sabia como. Por isso ficou sentado, olhando para fora da janela, às vezes fitando um ponto na parede, até eu começar a falar.

Contei sobre a família do pub na hora do almoço, e sobre o horror que era estar nesse vale, mesmo depois de todos esses anos.

— Não tem um dia — confidenciei a ele — em que eu não pense na Hannah. Em que não deseje vê-la de novo, nem que fosse por cinco minutos. Abraçá-la, sabe?

Meu avô assentiu. Notei que ele havia alisado a colcha e afofado o travesseiro antes de sua caminhada pelo corredor. Fiquei emocionada. Necessidade de ordem, mesmo em meio ao caos mais profundo, era algo que eu entendia.

— E então pensei que alguma coisa estava mudando, vô. Conheci um homem, aqui em Gloucestershire, enquanto minha mãe e meu pai estavam cuidando de você.

Salvo engano, ele ergueu muito de leve a sobrancelha.

— Prossiga, por favor — pediu, depois do que me pareceu uma eternidade.

Fiz uma pausa.

— Imagino que você saiba que meu marido e eu nos separamos.

Ele assentiu de novo, lentamente.

— Embora eu tenha precisado arrancar a informação da sua mãe — resmungou ele. — Quando temos mais de oitenta anos, as pessoas acham que vamos morrer de susto se recebermos alguma notícia ruim. — Ele se deteve. — Quer dizer, quem da sua geração não se divorcia hoje em dia? Não sei nem por que ainda se dão ao trabalho de casar.

Um chapim-azul se aproximou do comedouro pendurado na janela do quarto, bicou o alpiste e se foi. Esferas caleidoscópicas do sol do fim do dia brincavam no peitoril da janela, onde Hannah deixava sua coleção de ouriços de brinquedo. O quarto estava quente e silencioso.

— O que você ia dizendo?

Eu não estava dizendo nada, quase respondi, mas havia algo na postura dele, em seus olhos, que deixava claro que ele queria saber. Que se importava. E, se eu havia decidido conversar com ele, precisava esperar uma ou outra bomba.

Por isso contei tudo. Desde o instante em que ouvi a risada do Eddie no gramado do pequeno parque da cidade, até minha corrida pelo canal uma hora atrás, passando por todas as coisas desesperadas e vergonhosas que eu tinha feito desde o sumiço dele.

— Por sorte, você foi poupado das infâmias de caçar alguém on-line, porque não tinha isso na sua época — comentei. — Mas não é uma experiência muito boa. A gente nunca consegue o que quer. — Era tão terapêutico esse negócio de conversar com uma pessoa muda; eu não conseguia parar. — A gente nunca consegue ter o controle da situação.

Meu avô passou um bom tempo sem dizer nada.

— Não aprovo suas atitudes — observou ele, afinal. — Elas me parecem estúpidas e sem sentido.

— Concordo.

— Mas eu entendo, Sarah.

Ergui o olhar; pela primeira vez ele olhava diretamente para mim.

— Eu me apaixonei por uma mulher por quem teria derrubado prédios, se pudesse. Eu a amei até o dia em que ela morreu. Ainda amo, tantos anos depois. Mesmo hoje ainda é difícil.

— A vovó.

Ele desviou os olhos.

— Não.

Um armário de silêncio se ergueu entre nós. Lá embaixo, minha mãe e meu pai riam; as vozes abafadas foram substituídas pela música de Patsy Cline, que começou a sair das caixas de som.

— Ruby Merryfield — disse meu avô, afinal. — Foi o amor da minha vida. Todo mundo dizia que eu não podia me casar com ela, por isso não me casei. Ela teve um namorado quando era jovem, tinha tido um filho. A criança foi entregue a uma família adotiva. Aquilo partiu seu coração. Ninguém sabia, além dos meus pais, porque, evidentemente, meu pai era o médico dela. Ele me proibiu de casar com ela. Foi uma luta, Sarah, mas no fim tive que desistir, porque estava na faculdade de medicina e precisava da ajuda financeira dele.

Meu avô juntou as mãos trêmulas.

— Por isso parei de correr atrás dela e me casei com sua avó, um ano depois, e Diana e eu tivemos uma vida agradável juntos. Mas eu pensava na Ruby todos os dias. Sentia saudade dela. Escrevia cartas que não ousava mandar. E, quando fiquei sabendo que ela havia morrido de gripe, arrumei uma viagem de pesca que durou vários dias, porque fiquei doente de tristeza. Fui para Cannock. Lá é bonito demais. Deveria ter ido para um lugar feio.

Os olhos do meu avô se encheram de lágrimas.

— Ela tinha uma risada que no começo parecia o canto de um passarinho e depois encorpava, assanhada. Ela enxergava as alegrias da vida, aonde quer que fosse.

Meu avô passou as costas da mão, onde a pele era mole e manchada, nos olhos. O quarto escurecia rapidamente.

— Eu jamais deveria ter desistido dela — afirmou ele.

O chapim-azul voltou, e ficamos em silêncio, olhando para ele.

— Não me arrependo totalmente da minha decisão — prosseguiu ele. — Como já falei, eu gostava da Diana e sofri quando ela morreu. E, sem ela, não teria tido sua mãe e a irmã dela, embora, Deus é testemunha, sua tia seja impossível.

O último marido da minha tia se chamava Jazz.

— Mas, se tivesse outra chance, eu não desistiria — admitiu meu avô. — Não acho que o amor deva ser como uma explosão. Não acho que deva ser dramático, cheio de sofreguidão, nem nada dessas bobagens que dizem os compositores e escritores. Mas acho que, quando a gente sabe, a gente sabe. E eu sabia, e desisti sem brigar de verdade, e nunca vou me perdoar por isso.

Ele fechou os olhos.

— Agora preciso me deitar. E não, não preciso da sua ajuda. Você pode fechar a porta quando sair? Obrigado, Sarah.

CAPÍTULO VINTE E UM

Eddie,

Como não recebi nenhum pedido para parar de escrever, vou continuar.

Tinha ficado combinado que eu permaneceria mais alguns meses em Los Angeles, embora isso significasse que eu deixaria de fazer as provas de certificação do ensino médio. Não me importei: não podia voltar.

Eu tinha um total de dois amigos e morava no quarto de hóspedes de uma casa em Beverly Hills com piscina e empregada em tempo integral. A única coisa que me lembrava vagamente a Inglaterra era a fileira de plátanos nos dois lados da South Bedford Drive. Só que não era exatamente como a Inglaterra, porque havia sido um verão insuportável, e as árvores estavam mirradas quando setembro chegou.

A mãe do Tommy conseguiu com as amigas que eu fizesse faxina na casa delas, para ganhar algum dinheiro: era minha única saída, porque eu não tinha um visto que me permitisse trabalhar. Fiz faxina para os Stein, os Tyson e os Garwin, e nas tardes de quarta fazia as compras semanais de mercado para a Sra. Garcia, que implorava para eu ser babá de seus filhos. Ela ficou muito incomodada com minha recusa. Não conseguia entender como eu podia me dar tão bem com as crianças e ainda assim me negar a cuidar delas, e eu não conseguia lhe dizer o motivo.

Eu achava que já havia alcançado minha altura máxima, mas comecei a crescer de novo, para cima e para os lados. Criei peito, cintura e bunda. Estava ficando com o corpo que tenho hoje, acho, e estava concebendo o tipo de mulher que gostaria de ser. Forte, decidi. Forte, determinada e bem-sucedida. Havia passado anos sendo fraca, insegura, uma ninguém.

Um dia, em novembro, a filha da Sra. Garcia, Casey, quebrou o braço na escolinha. A babá que a Sra. Garcia havia contratado ficou com o irmão da Casey, e me pediram que levasse a menininha de táxi ao hospital. A Sra. Garcia estava voltando de um congresso no Condado de Orange. Fez questão que eu levasse a filha ao Hospital Pediátrico, embora ficasse a quilômetros de distância — ela conhecia o pessoal de lá, falou; queria que Casey visse rostos conhecidos enquanto esperava pela mãe.

Coitadinha da Casey. Estava tão assustada por causa da dor; quando saltamos no outro lado da cidade, seus dentes batiam e ela não conseguia falar com os médicos. Foi horrível.

Assim que a Sra. Garcia chegou, deixei o hospital e fui procurar uma loja de presentes divertidos que alguém havia mencionado, perto do cruzamento da Vermont com a Hollywood. Queria encontrar alguma coisa que fizesse a Casey rir. Porém, antes de chegar à tal loja, vi um bando de crianças saindo de um restaurante mexicano, que ficava na esquina. Elas tinham balões, o rosto pintado e pareciam estar num mundo completamente diferente de onde Casey estava agora.

Pouco depois de elas voltarem para dentro sob as ordens de uma mãe estressada, um palhaço saiu do restaurante e se escorou na parede. Parecia esgotado. Tirou do bolso um maço de cigarros e uma cerveja mexicana enrolada num saco de papel. Ri quando ele abriu a garrafa e tomou um gole demorado, satisfeito. Era um palhaço engraçado, sem maquiagem nem peruca, apenas um rapaz de nariz vermelho e roupas esquisitas. Bebendo cerveja onde não deveria.

"Isso não é o que parece", disse ele, ao me ver. "Não estou fumando e bebendo no intervalo de uma festa infantil."

Disse para ele não se preocupar e pedi que me indicasse onde ficava a loja. Ele apontou para a fachada coberta de grafites na Hollywood Boulevard.

"Posso ir com você?", perguntou ele. "Estou traumatizado. Estudei com Philippe Gaulier, na França. Meu negócio é teatro, não festa de criança."

Perguntei qual era a diferença. Acabou que era enorme.

"Já sei", murmurei, parando na entrada da loja. "Se eu prometer não contar a ninguém que você estava bebendo e fumando no intervalo de uma festa infantil, você me faz um favor? Um grande favor?"

Assim, aquele pobre rapaz, que provavelmente cheirava a álcool e nicotina, me acompanhou ao Hospital Pediátrico para visitar a Casey.

Quando nos aproximávamos do quarto, senti sua energia mudar.

"A partir de agora, sou Franc Fromage. Não me chame pelo meu nome", instruiu ele, embora eu não soubesse qual era seu nome.

Ao se aproximar do leito de Casey, Franc Fromage sacou um ukelele. Cantou uma música para o braço dela, sobre estar quebrado, e, embora ainda estivesse assustada e aborrecida, ela não pôde deixar de rir. Então ele pediu que ela o ajudasse no verso seguinte, e ela se concentrou tanto que se esqueceu de onde estava e do medo que sentia. Pouco tempo depois, concordou em deixar que os médicos engessarem seu braço.

Monsieur Fromage me disse que havia gostado muito da visita. Ficou superanimado e começou a usar vários termos do teatro e da psicologia que eu não entendia. Fui salva por uma enfermeira perguntando se Franc Fromage não poderia, por favor, voltar outro dia, porque todas as outras crianças queriam conhecer o homem de nariz vermelho e ukelele.

Quando por fim saímos do hospital, ele me deu seu número de telefone e — muito nervoso — afirmou que eu lhe devia uma bebida.

"Meu nome é Reuben", disse, sério. "Reuben Mackey."

Então liguei para ele, e saímos para beber. Reuben disse que vinha lendo sobre palhaços em hospitais desde que nos conhecemos e que se tratava de algo com método, algo sobre o qual havia muitos estudos. Um sujeito de Nova York criara a primeira organização nos anos oitenta. "Quero estudar com ele", disse Reuben. "Usar minhas habilidades para ajudar de fato as pessoas, não apenas fazê-las rir."

Não aconteceu nada naquela noite. Acho que éramos ambos tímidos demais. Além disso, Tommy e Jo estavam nos vigiando de uma mesa num restaurante do outro lado da rua, "para o caso de ele ser um desses palhaços que matam gente", como explicou Jo.

Então a Sra. Garcia perguntou se eu podia pedir a Franc Fromage que voltasse ao hospital porque a Casey tiraria o gesso do braço. Ele concordou, mas só se eu lhe pagasse outra bebida.

Ele não apenas ajudou Casey a tirar o gesso como passou horas com as outras crianças da ala de ortopedia. Só parou quando se deu conta de que estava com as mãos tremendo de fome.

"Por favor, venha outras vezes!", implorou uma enfermeira.

O problema era que ele não podia se dar ao luxo de trabalhar de graça. Dividia um apartamento minúsculo em Koreatown, me contou, não podia se dar ao luxo de ganhar um centavo a menos.

Foi quando perguntei:

"E se eu conseguir dinheiro para você fazer um dia por mês?"

Expliquei que trabalhava para várias pessoas ricas e que a notícia do sucesso dele no hospital havia se espalhado.

Foi como tudo começou. Meu relacionamento com um palhaço e o nascimento da nossa organização. Ele foi para Nova York estudar com atores, psicoterapeutas e psicólogos infantis. E, quando voltou, demos início à empreitada. Ele visitava as crianças doentes, e eu ficava nos bastidores, angariando fundos e agendando as visitas, o que era perfeito para mim. Eu queria estar envolvida — mais do que ele poderia imaginar —, mas não na linha de frente.

Eu era boa no que fazia. Reuben era bom no que ele fazia. As pessoas nos viam em ação, ou ficavam sabendo por outros, e queriam que visitássemos seus filhos doentes. Contratamos mais três pessoas; Reuben as treinou. Pouco tempo depois, fundamos nossa primeira escolinha. Nós nos casamos, alugamos um apartamento em Los Feliz, perto do Hospital Pediátrico. Anos depois, os hipsters se mudaram para o bairro, e Reuben se sentiu em casa.

Quanto a mim, eu tinha um objetivo, e uma direção, e não tinha tempo para pensar na vida que deixara para trás. Tinha um homem que precisava que eu fosse forte quando ele era fraco, e vice-versa. Nosso amor se baseava na necessidade mútua e funcionava bem.

Durante muito tempo, aquele tipo de amor foi tudo que achei que precisava. Quando prometi amá-lo e honrá-lo para sempre, estava falando sério. Mas, evidentemente, mudei. À medida que os anos passaram, deixei de precisar dele, e então nosso equilíbrio foi fatalmente perturbado. Gostávamos muito um do outro, Eddie, mas, sem esse equilíbrio de necessidade, a balança avariou. Minha incapacidade de dar a ele um filho foi a gota d'água. Depois do acidente de carro, eu não conseguia ficar perto de crianças; não suportava a ideia de uma criança sofrendo. A simples possibilidade de trazer ao mundo um filho — uma criança indefesa como minha irmã tinha sido — causava em mim uma tempestade de pânico.

Por isso me limitei a ajudar crianças doentes dos bastidores. Era suportável, além de seguro. Era o melhor que eu podia fazer, mas não bastava para o Reuben. Ele queria ter o próprio filho nos braços, me falou. Não imaginava um futuro em que isso não fosse possível.

Quando ele criou coragem para terminar, percebi que eu não fazia ideia de como era o amor. Mas, quando conheci você, descobri. Nossos poucos dias juntos não foram um casinho efêmero para mim e não acredito que tenha sido para você. Por favor, me escreva.

Sarah

CAPÍTULO VINTE E DOIS

PASTA RASCUNHOS

　　Você tem razão, Sarah. Não foi apenas um casinho efêmero. E também não foi só uma semana; foi uma vida inteira.

　　Tudo que você sentiu em relação a nós dois, eu também senti. Mas você precisa parar de me mandar mensagens. Não sou quem você acha que sou. Ou talvez eu seja quem você acha que não sou.

　　Meu Deus, que situação. Que situação infernal.

　　Eddie

✓ APAGADO, 00:12

CAPÍTULO VINTE E TRÊS

Depois de quatro dias com meus pais em Gloucestershire, voltei para Londres. Eu iria almoçar em Richmond com Charles, nosso patrocinador; depois daria uma palestra na conferência sobre cuidados paliativos que ele havia ajudado a organizar. Passaria a noite com Tommy e, na manhã seguinte, daria início à minha viagem de quase nove mil quilômetros até Los Angeles.

Permaneci imóvel em meu assento no trem para Londres, sem saber se estava anestesiada ou simplesmente resignada. No almoço, disse as coisas certas para Charles e, na conferência, falei com clareza mas sem paixão. Quando me despedi, Charles perguntou se eu estava bem. Sua preocupação me deixou à beira das lágrimas, por isso lhe contei sobre minha separação do Reuben.

"Por favor, não conte a ninguém", implorei. "Queremos anunciar o divórcio oficialmente na próxima reunião do conselho..."

"Claro", murmurou Charles. "Lamento muito, Sarah."

Eu me senti como uma fraude.

Amanhã, prometi a mim mesma, ao voltar de trem para o centro de Londres. Amanhã eu retomaria as rédeas da minha vida. Amanhã entraria num avião e voltaria para Los Angeles, onde redescobriria o torpor do sol, a confiança e o melhor de mim. Amanhã.

O trem entrou na estação de Battersea Park, e descansei a cabeça na janela suja, olhando a multidão na plataforma oposta. As pessoas tentavam entrar num vagão antes que os passageiros tivessem a chance de saltar. Ombros firmes, boca contraída, olhos baixos. Todos pareciam irritados.

Vi um homem de uniforme de futebol vermelho e branco tentando saltar, com um terno pendurado no braço. Ele avançou para os bancos vazios da plataforma onde estava parado meu trem, e fiquei observando enquanto ele guardava cuidadosamente o terno numa bolsa tipo carteiro. Depois de um tempo, ele se empertigou e consultou o relógio, cruzou o olhar com o meu por um segundo e depois olhou para outro lugar, e em seguida pendurou a bolsa no ombro.

E então, quando meu trem começou a partir da plataforma, virei a cabeça para vê-lo andando em direção à escada da saída da estação, de costas para mim, porque de repente registrei os dizeres do uniforme de futebol. *Old Robsonians. Est. 1996.*

Na esperança de obter outra via de acesso ao Eddie através do Google, eu havia tentado muitas vezes me lembrar do nome do time de futebol dele. Além da palavra "Old", nada mais me vinha à cabeça. Meu trem começou a acelerar e fechei os olhos, direcionando a memória para a visão dos troféus de futebol do Eddie. *Old Robsonians?* Era isso que diziam?

Lembrei-me do dedo do Eddie deslizando uma poeira da parte de cima de um deles. Era! *Old Robsonians, The Elms, Battersea Monday.* Eu tinha certeza!

Voltei os olhos para a janela, embora a estação já tivesse ficado no passado. Por trás de um gasômetro antigo, o esqueleto de um imenso bloco de concreto era suspenso por um guindaste.

Aquele homem joga no time de futebol do Eddie.

Old Robinson futebik, digitei, mas o Google soube o que eu estava procurando. Havia um site. Fotografias de homens que eu não conhecia. Links para partidas; histórico de competições; um artigo sobre a turnê americana. (Seria isso? Ele tinha ido aos Estados Unidos?)

No canto da página, li os posts do Twitter deles: resultados de partidas, brincadeiras, mais fotos de homens que eu não conhecia. E então a foto de um homem que eu conhecia. A imagem tinha sido postada uma semana atrás. Eddie, no fundo de um retrato tirado depois de uma partida, num pub, bebendo cerveja e conversando com um homem de terno. *Eddie.*

Depois de passar um longo tempo fitando a imagem, cliquei em "Sobre Nós".

Os Old Robsonians jogavam num campo de grama sintética próximo à estação de Battersea Park, nas noites de segunda-feira. A partir das 20h.

Consultei o relógio. Ainda não eram 19h. Então por que aquele outro homem havia chegado tão cedo?

Na estação de Vauxhall, hesitei à porta do vagão, sem saber o que deveria fazer. Não havia nenhuma garantia de que Eddie estava em Londres, ou de que jogaria hoje. E, de acordo com o site, o campo de futebol ficava dentro de uma escola: ou eu entrava no campo para confrontá-lo descaradamente, ou não ia. Não podia fingir que estava simplesmente de passagem.

A porta do vagão se fechou, e permaneci a bordo.

Em Victoria, saltei e fiquei paralisada na estação abarrotada. As pessoas passavam esbarrando em mim; uma mulher disse sem rodeios que eu não ficasse ali "parada que nem uma idiota". Não me mexi. Mal conseguia ver o que se passava ao meu redor: só pensava na possibilidade de, em menos de uma hora, Eddie estar jogando futebol a poucos minutos de onde eu estava.

CAPÍTULO VINTE E QUATRO

Oi,

Hoje é 11 de julho — seu aniversário! Faz trinta e dois anos que você irrompeu na claridade crua do mundo, os punhos se agitando no ar como pequenos tentáculos. Trinta e dois anos que você adentrou o brilho cálido e turvo do amor.

"Ela é pequena demais", exclamei, quando permitiram que eu a visitasse. Eu sentia suas costelas extremamente frágeis protegendo seu coraçãozinho. "É pequena demais. Como vai sobreviver?"

Mas você sobreviveu, Ouriço. Eu me lembro como se fosse ontem do transbordamento de amor para o qual nada havia me preparado. Nem me importei que a mãe e o pai passassem o tempo todo com você. Queria que passassem. Queria que suas costelas ficassem fortes, que encorpassem para defender a luzinha de vida em seu peito. Queria que você ficasse meses no hospital, não apenas dias. "Ela está bem", insistiam o pai e a mãe.

O pai fez uma torta de banana para mim, porque fiquei com tanto medo por você que desatei a chorar. E, no entanto, você estava mesmo bem. O coraçãozinho seguiu batendo, dia e noite. As estações mudaram, e você cresceu.

Você lembrou que hoje é seu aniversário, Ouriço? Alguém te deu parabéns? Alguém fez bolo para você, coberto de estrelas de chocolate, como você gostava? Alguém cantou parabéns pra você?

Bem, se não, eu cantei. Talvez você tenha me escutado. Talvez esteja comigo agora, enquanto escrevo esta carta. Rindo porque sua letra é mais bonita que a minha, embora você seja mais nova que eu. Talvez esteja lá fora, brincando na sua casa da árvore, ou lendo revistas em seu esconderijo, na Broad Ride.

Talvez esteja por toda parte. Gosto mais dessa ideia. Nas nuvens cor-de-rosa. No orvalho matutino.

Aonde quer que eu vá, sempre procuro por você. E, onde quer que eu esteja, sempre vejo você.

Beijos,
Eu

CAPÍTULO VINTE E CINCO

Na minha última noite em Londres, fui assistir a uma partida de futebol em Battersea, na esperança de encontrar um homem que eu havia conhecido, um homem que tinha dito que ia me ligar e não ligou.

O que fiz nessa noite foge em muito às raias da sanidade. Mas, enquanto fiquei parada na estação de Victoria mais cedo, tentando chegar a uma conclusão sobre o que deveria fazer, tinha me dado conta de que queria mais ver o Eddie do que ligar para as consequências.

E agora ali estava eu, espremida num canto quente do trem das 19h52 com destino a London Bridge, via Crystal Palace, cuja primeira parada era Battersea Park. A menos de dois minutos a pé da estação, eu encontraria um campo de grama sintética e, nesse campo — meu estômago revirava como panqueca —, Eddie David. De uniforme, aquecendo-se para o jogo das 20h. *Agora*. Passando a bola para outro jogador do time. Alongando o corpo.

O corpo dele. De verdade, por inteiro. Fechei os olhos e contive a ânsia do desejo.

O trem já desacelerava. O guincho do freio, o mar de pessoas me carregando escada abaixo, e assim, de repente, me vi na Battersea Park Road. Atrás de mim, a voz amplificada dos funcionários vendendo passagem, o eco do violão de um músico de rua. Acima de mim, o bramido dos viadutos ferroviários e nuvens brancas e espessas feito marshmallow. E, à minha frente, em algum lugar numa via não pavimentada, Eddie David.

Fiquei um tempo parada, respirando devagar. Outras duas levas de passageiros saíram da estação. Um homem com uma camisa de futebol vermelha e branca, com "PAGLIERO" escrito em letras pretas nas costas, subiu a rua correndo em direção aos campos, enquanto tentava mandar uma mensagem de texto e prender as caneleiras ao mesmo tempo. A bolsa verde tipo carteiro que ele levava balançou e bateu em seu rosto, mas ele continuou correndo.

Esse homem conhece o Eddie, pensei. Provavelmente o conhece há anos.

Quando os campos surgiram, tudo que eu tinha visto on-line se confirmou. Eles eram delimitados por cercas de arame, e rodeados por prédios e viadutos ferroviários. Não haveria onde me esconder. E, mesmo assim, ali estava eu, do alto do meu 1,75m, me aproximando cada vez mais, com a blusa sofisticada que usara na conferência.

Essa é a coisa mais absurda que vou fazer na vida.

Mas minhas pernas seguiam andando.

Os jogadores no campo mais próximo estavam se aquecendo. Um juiz correu para o centro com um apito na boca. Tudo se movia devagar, como uma velha fita de VHS começando a emperrar. O ar tinha cheiro de borracha e gás de escape.

Minhas pernas seguiam andando.

— Dê meia-volta e saia rápido daqui — ordenei a mim mesma, num murmúrio. — Dê meia-volta e saia rápido daqui, e vamos esquecer que isso sequer aconteceu.

Minhas pernas seguiam andando.

Foi nesse momento que percebi que, além do homem da camisa com o nome PAGLIERO nas costas, não havia nenhum outro jogador de uniforme vermelho e branco dos Old Robsonians. Havia um time azul e um time laranja no campo mais perto de mim, e, no outro, preto e branco contra verde.

PAGLIERO guardava novamente as caneleiras na bolsa. Depois de alguns instantes, ele esticou o corpo e reparou em mim.

— Você é jogador dos Old Robsonians? — perguntei.

— Sou. E um bem atrasado. Você está procurando alguém?

— Hum, todos, acho.

PAGLIERO tinha um sorriso travesso de menino.

— O jogo foi transferido para as sete horas. Eu me esqueci. Eles já jogaram.

— Ah.

Ele pegou a bolsa.

— Mas estão ali agora, bebendo. Quer se juntar a nós? — Ele apontou para o que parecia ser um contêiner de transporte.

Espiei o negócio. Era *mesmo* um contêiner de transporte. Que coisa mais londrina. Decerto um bar de cerveja artesanal, num contêiner sem janelas.

— Vem beber com a gente — insistiu. — Gostamos de visita.

PAGLIERO era desorganizado demais para ser estuprador ou assassino, por isso me coloquei a andar a seu lado, jogando fora uma conversa que nem conseguia ouvir. Já não respondia mais pelo que se passava na minha cabeça, então tanto fazia.

— *Voilà* — disse PAGLIERO, segurando aberta uma porta que tinha sido recortada na lateral do contêiner.

Fiquei olhando para a bunda nua de um homem durante algum tempo, até me dar conta do que estava acontecendo. Até me dar conta de que estava olhando para a bunda nua de um homem, com uma toalha pendurada no pescoço, de costas para a porta, cantando uma música com muito entusiasmo e pouca afinação. Outros homens, mais vestidos que aquele, estavam sentados em bancos, discutindo sobre a partida. As camisas de futebol largadas à volta deles diziam "SAUNDERS", "VAUGHAN", "WOODHOUSE", "MORLEY-SMITH", "ADAMS", "HUNTER".

Junto à porta do que eu agora deduzia serem os chuveiros, o homem nu vestia uma cueca boxer.

"Ah, não", disse algo dentro de mim, embora não tenha chegado à minha boca. Atrás de mim, na direção de PAGLIERO, ouvi a risada de um homem.

— Pags! — disse alguém. — Você está uma hora atrasado. — Então: — Ah, oi.

Voltei à vida.

— Desculpa — murmurei, virando-me para sair.

PAGLIERO, às gargalhadas, abriu passagem.

— Seja bem-vinda! — gritou outro homem, mais perto de mim.

Hesitei ali fora, me perguntando se superaria isso algum dia. Eu havia acabado de invadir um vestiário cheio de homens seminus.

— Oi?

O homem tinha me seguido. Este, pelo menos, estava completamente vestido.

Ele pôs os óculos, e de dentro do contêiner ouvi o silêncio perplexo se transformar numa risada que achei que não ia acabar nunca.

Ele sacudiu a cabeça voltada para a porta, como a dizer: *Ignore-os*.

— Meu nome é Martin. Sou presidente e capitão do time. Você acabou de entrar no nosso vestiário e, embora seja uma atitude pouco ortodoxa, sinto que talvez esteja precisando de alguma ajuda.

— Estou — confirmei, segurando a bolsa. Esse devia ser o Martin que havia escrito na página do Eddie no Facebook. — Estou precisando de muita ajuda, acho, mas não sei se vocês podem me ajudar.

— Poderia ter acontecido com qualquer pessoa — observou Martin, sendo gentil.

— Não poderia, não.

Ele pensou no assunto.

— É, acho que você tem razão. Em vinte anos, nenhuma mulher entrou no nosso vestiário. Mas os Old Robsonians são um time moderno, aberto à inovação. Tomar banho depois de toda partida é uma de nossas regras mais antigas, mas não há motivo nenhum para não acrescentarmos novos atrativos: convidados, quem sabe uma banda ao vivo, esse tipo de coisa.

Do contêiner vinham risos e conversas masculinas. A espiral do vapor de um chuveiro se dissipava lentamente no ar noturno. O capitão Martin estava rindo de mim, embora fizesse isso de um jeito simpático.

Respirei fundo.

— Foi um terrível engano — falei. — Eu estava procurando... — Parei de repente. Em meu torpor, havia esquecido completamente por que estava ali para começo de conversa.

Jesus Cristo. Eu tinha acabado de invadir um vestiário masculino na esperança de ver Eddie David.

Cruzei os braços, como se tentasse juntar os cacos de mim mesma. O que eu teria dito? O que teria feito? Ele podia estar ali agora, se enxugando depois do banho, estupefato ao ouvir os outros jogadores do time contando sobre a mulher alta e bronzeada que acabara de entrar no vestiário.

Senti o estômago embrulhar. Tem alguma coisa errada comigo, pensei. Tem mesmo alguma coisa errada comigo. As pessoas não fazem isso.

— Procurando quem? Alguém dos Old Robsonians? De outro time?

— Dos Old Robsonians, ela acabou de dizer ainda agora — respondeu PAGLIERO, saindo do vestiário. Então: — Aliás, peço desculpas. Foi maldade minha. Embora você tenha feito a alegria da galera. Um dos fundadores do time está aqui de visita, veio de Cincinnati, achou que contratamos você especialmente para dar boas-vindas.

Voltei os olhos para o chão.

— Foi uma brincadeira engraçada — sussurrei. — Não precisa se desculpar. E eu me enganei. Não estava procurando ninguém dos Old Robsonians, estava...

— Procurando alguém dos Old Robsonians, sim — afirmou o capitão do time. — Quem? Todo mundo é casado. Quer dizer, menos o

Wally, mas ele... — Martin se deteve, os olhos cravados em mim, e, antes mesmo que ele continuasse, eu já sabia o que estava por vir. — Você é a Sarah? — perguntou, baixinho.

— Hã... Não?

Dois outros homens saíram do vestiário.

— É verdade que... — começou um deles, até me ver. — Ah. É.

— Esses cavalheiros são Edwards e Fung-On — apresentou Martin, sem despregar os olhos do meu rosto. — Estou tentando decidir qual deles deve ser eleito o Jogador da Partida. — Então: — Vou acompanhá-la até a rua — propôs de súbito, conduzindo-me à saída.

— Tchau! — gritou PAGLIERO, e Edwards e Fung-On, um dos quais seria eleito o Jogador da Partida, acenaram. Ouvi os dois rindo ao voltarem para o contêiner.

Depois que eles entraram, Martin parou e me encarou.

— Ele não veio hoje — disse, por fim. — Não joga todas as semanas. Passa a maior do tempo no interior.

— Quem? Desculpe, eu...

Martin se mostrou compreensivo, mas era nítido que sabia quem eu era. E que sabia exatamente por que Eddie não tinha me ligado.

— Então ele está em Gloucestershire? — perguntei, afinal. Lágrimas quentes de humilhação brotaram em meus olhos. Martin assentiu.

— Ele... — E parou de repente, como se tivesse se lembrado das suas responsabilidades como amigo. — Perdão — disse ele. — Não devo falar sobre o Eddie.

— Tudo bem.

Fiquei ali parada, curvada de vergonha. Queria ir embora, mas o constrangimento e o choque haviam imobilizado minhas pernas.

— Olha, não é da minha conta — disse ele devagar, passando a mão no rosto. — Mas o Eddie é meu amigo há muitos anos e... Pare de procurá-lo, está bem? Tenho certeza de que você é uma mulher bacana e, se isso ajuda, não acho que você seja louca, nem ele acha, mas... pare.

— Ele disse isso? Não acha que sou louca? O que mais ele disse sobre mim?

As lágrimas escorriam pelo meu rosto, caindo no concreto gelado. Era inacreditável que eu estivesse nessa situação. Ali, com aquele homem. Aquele completo desconhecido, implorando por migalhas.

— Melhor você não se encontrar com ele — acabou dizendo Martin. — Vá por mim. É melhor você não encontrar o Eddie David.

Ele deu meia-volta e retornou ao contêiner, dizendo que havia sido um prazer me conhecer e que esperava que o que eu tinha visto ali dentro não me marcasse para o resto da vida.

Um trem passou no viaduto que margeava os campos, e eu estremeci. Precisava ir para casa.

O problema é que já não sabia onde ficava minha casa. Não sabia de mais nada, além do fato de que precisava encontrar Eddie David. Não importando o que aquele homem tivesse dito.

CAPÍTULO VINTE E SEIS

Vesti um short de corrida. Eram 3h09, exatamente sete horas depois de eu ter saído, desorientada, do campo de futebol. Meu quarto tinha o cheiro forte da insônia.

Sutiã esportivo, top de corrida. Minhas mãos tremiam. A adrenalina ainda formava poças efervescentes em meu corpo, dançando sobre a exaustão nauseante que devia haver por baixo. Tommy havia barrado a minha saída ao me ver surgir do quarto pronta para correr logo depois de ter voltado da incursão ao campo de futebol. Ele tinha feito um chá para mim e ordenado que eu fosse me deitar.

"Não quero nem saber o que aconteceu nesse campo de futebol", tinha bradado.

Mas, cinco minutos depois, batia à minha porta, entreabrindo-a, implorando que eu lhe contasse o que tinha acontecido.

"Sinto muito", sussurrou, quando terminei. "Mas parabéns por reconhecer... que tem alguma coisa errada com você. É preciso coragem."

"As cartas, Tommy, todas aquelas cartas que mandei pelo Facebook. Ligando para a oficina, escrevendo para o amigo dele, Alan. *Onde eu estava com a cabeça?*"

"Ficar no vácuo traz à tona o que há de pior em nós", observou ele. "Em todos nós."

Passamos um tempão sentados na minha cama. Nenhum dos dois disse muita coisa, mas a presença dele me acalmou o suficiente para que eu tentasse dormir.

"Me perdoa", eu tinha dito, antes de ele sair para ir se deitar. "Eu me tornei um fardo para você de novo. Você não deveria ter que passar a vida inteira me salvando."

Tommy tinha sorrido.

"Não salvei você naquela época e não estou salvando agora", afirmou. "Estou sempre a seu dispor, Harrington, você sabe, mas tenho certeza de que vai sair dessa. Você é uma sobrevivente. Uma das baratas da vida."

Eu tinha conseguido abrir um breve sorriso.

Agora, três horas depois, tentava amarrar o cadarço do tênis, mas parecia ter perdido a coordenação motora. Estava tudo errado.

Meu táxi para o aeroporto estava marcado para as cinco horas. Eu não tinha dormido nem dormiria. Havia tempo de sobra para correr, tomar banho e embrulhar o pequeno limoeiro que eu havia comprado de presente de agradecimento para Tommy e Zoe. E seria uma corrida curta; só para me ajudar a pregar o olho no avião.

Saí do quarto, aliviada por Zoe estar viajando. Quando Tommy ia para a cama, era lá que ficava, mas Zoe sempre se levantava de madrugada para responder aos e-mails da Ásia, vestindo um elegante quimono de seda cinza. Mais de uma vez deparara comigo saindo do apartamento para dar uma corridinha antes do amanhecer.

Embora isso, eu sabia, consultando o relógio — 3h13 — não fosse uma corridinha. Isso era um problemão.

Avaliei minha imagem no enorme espelho do corredor, emoldurado com madeira de uma árvore do jardim dos finados pais da Zoe, em Berkshire. Ela tinha razão; eu havia emagrecido. Meus braços pareciam gravetos, o rosto estava mais fino, como se eu tivesse destampado o ralo para deixar escoar uma parte dele.

Desviei os olhos, envergonhada de olhar para mim. Assustada também. Sempre me perguntei qual seria o grau de consciência das pessoas com distúrbios mentais quando começam a ir ladeira abaixo. Com que facilidade reconhecem seu declínio? Quão visível era a linha divisória entre fato e ficção, antes de desaparecer completamente?

Será que *eu* não estava mentalmente sã?

Passei na cozinha para beber água. Os músculos das minhas pernas se contraíam, impacientes. *Já vamos*, tranquilizei-os. *Já vamos*.

À porta da cozinha, parei de repente. O quê? Zoe? Mas ela estava...

— Jesus! — gritou a mulher, na cozinha.

Congelei. A mulher estava nua. Outra pessoa nua, em pouco mais de sete horas desde a última. A luz alaranjada de um poste de rua revelava os seios e a barriga, enquanto ela tentava se cobrir. Alguns palavrões lhe escaparam da boca.

Virei o corpo; cobrindo os olhos. Então me virei de volta, porque um lápis começava a juntar os pontos no meu cérebro: *Essa não é uma mulher qualquer*.

— Pare de olhar para mim — pediu ela, embora com menos ímpeto agora, e meu queixo caiu quando finalmente entendi que se tratava da minha melhor amiga.

— Ai, meu Deus — falei, fracamente.

— Ai, meu Deus — concordou Jo, pegando uma caixa de som Bluetooth na bancada da Zoe para cobrir os pelos pubianos.

— Jo? — sussurrei. — Não, não, não. Me diga que isso não é o que parece.

— Isso não é o que parece — gaguejou Jo, trocando a caixa de som por um livro de receitas, antes de desistir de vez. — Já falei pra você parar de olhar pra mim — acrescentou, agachando-se atrás da ilha central da cozinha.

Fiquei imóvel, paralisada, até ouvir um murmúrio irritado do outro lado do cômodo.

— Sarah, você pode, por favor, pegar alguma coisa para eu vestir?

Sem dizer nada, voltei andando pelo corredor, onde peguei um casaco no cabide. Entreguei o casaco a ela e desabei num dos bancos da Zoe.

— O que está acontecendo aqui? — perguntei.

Jo se levantou, vestindo o que na verdade era um gigantesco casaco de esqui. Ela bufou, enrolando o punho para liberar as mãos.

— Quer uma calça de esqui também? — perguntei de um jeito meio atordoado. — Bastões de esqui? Capacete? Jo, o que é *isso*?

— Eu poderia te fazer a mesma pergunta — protestou ela, voltando os olhos cheios de censura para o casaco. — Gente rica idiota — resmungou, aparentemente referindo-se a qualquer pessoa que gostasse de esquiar. — O que você está fazendo aqui?

— Estou hospedada aqui — respondi. — Como você bem sabe. Vou sair para correr e depois vou para o aeroporto.

— São três e quinze da manhã! — irritou-se Jo. — Ninguém sai para correr a essa hora.

— Você está nua na cozinha do Tommy! — protestei. — Não comece!

Jo fechou o zíper do casaco.

— Inacreditável — foi tudo que conseguiu dizer.

Respirei fundo.

— Jo, você está dormindo com o Tommy? Meus dois melhores amigos estão tendo um caso? Já já falaremos de mim — acrescentei, antes que ela tentasse me interromper.

— Vim fazer uma visita — balbuciou ela, afinal. — O Tommy disse que eu podia dormir no sofá.

— Nem vem — respondi. — Nem vem, Joanna Monk. O Tommy foi dormir à meia-noite, ou pelo menos achei que tivesse ido. Você não estava aqui. Mas agora está, nua, e sei como adora seu pijama.

— Ai, droga — murmurou alguém. Ergui os olhos. Tommy estava no vão da porta, de roupão. — Eu falei que não era uma boa ideia — lamuriou-se.

— Eu precisava beber água. Não bebo água de torneira de banheiro, Tommy, você sabe disso. — Havia agressividade em sua voz, o que significava que ela estava entrando em pânico. — E a Sarah deveria estar dormindo, não saindo para correr.

Apoiei os cotovelos na bancada.

— Quero saber exatamente o que está acontecendo. E há quanto tempo. E como isso se justifica, já que Tommy é casado. — Fiz uma pausa. — Aliás, você também, Jo, embora eu peça desculpas por não me importar tanto com o Shawn.

Tommy se sentou na bancada, nem a meu lado, nem ao lado da Jo.

— Então, sabe... — balbuciou, fazendo uma pausa.

A pausa se transformou em silêncio, que se adensou no ambiente feito névoa. Ele olhou para as mãos. Puxou uma pele do polegar. Mordeu o dedo.

— Também quero saber por que só estou descobrindo isso agora — exigi.

Jo se sentou.

— Nós estamos transando — admitiu.

A voz saiu talvez um pouco mais alta que o necessário.

Tommy se encolheu, mas não negou.

— E não acredito que você se importe tanto assim com a Zoe, Sarah, mas ela está dormindo com o cliente. O diretor da empresa que ela representa, o cara que faz esses relógios com monitor de batimentos cardíacos. Foi por isso que ela foi para Hong Kong. Ele a convidou. E o Tommy não se importa — afirmou Jo. — Ele foi à minha casa na noite em que ela contou para ele, nós bebemos mais do que devíamos e... aconteceu.

Tommy olhou para Jo como se perguntasse *Sério?*. Encolheu os ombros e inclinou a cabeça, confirmando o que ela dizia. Estava roxo de vergonha.

Outro longo silêncio.

— Desculpe, mas não basta — objetei. — Como assim "Bebemos mais do que devíamos e... aconteceu"? Beber e transar não são atividades interdependentes.

— Pare de ficar tentando me desmascarar com suas palavras difíceis — protestou a Jo.

— Ah, comporte-se.

Ela suspirou.

— Foi na noite em que viemos todos jantar — disse, sem olhar nos meus olhos. — O miojo que você fez, Sarah. Você foi se deitar, triste por causa do Eddie, eu fui para casa. Aí a Zoe deu a notícia para o Tommy, e ele saiu daqui enfurecido, mas logo se deu conta de que não tinha para onde ir. Por isso me ligou, em vez de voltar com o rabo entre as pernas. Pegou um Uber.

Um sorriso com o qual eu não estava acostumada iluminou o rosto da Jo. Ela olhou para o Tommy, talvez dividida entre a necessidade de respeitar a privacidade dele e dizer isso em voz alta. Confirmar o caso. Encarei Tommy.

— Você pegou um táxi para Bow e, quer dizer, você estava planejando...

Minha voz se perdeu. Eu não conseguia nem fazer a pergunta.

— Não — respondeu ele, imediatamente. — De jeito nenhum. Mas isso não quer dizer que eu tenha me arrependido — acrescentou, quando o sorriso desapareceu do rosto da Jo.

— Entendi. E agora... vocês estão tendo... um caso? É isso? — perguntei.

Fez-se um longo silêncio. Então:

— Eu amo o Tommy — respondeu Jo. — Mas não posso falar por ele.

Tommy olhou para ela.

— Como é que é?

— Você ouviu o que eu disse — afirmou ela, furiosamente abrindo e fechando o zíper de um bolso do casaco de esqui. — Mas essa não é a questão. Não contamos a você, Sarah, porque não contamos a ninguém. A Zoe disse ao Tommy que ele pode ficar aqui o tempo que precisar, até encontrar um apartamento. Ela vem passando as noites com o ricaço dela, para o Tommy poder contar para você, no tempo dele. O Tommy acha que ela está sendo generosa. Eu acho que ela não suporta a ideia de ser a vilã da história.

Depois de alguma reflexão, abri um sorriso. Isso, pelo menos, parecia verdade.

— O problema aqui não é ela. É o Shawn. — Jo parou de abrir e fechar o zíper. — Ele é o problema.

— Por quê? O que ele fez?

— É o que ele pode fazer — respondeu Tommy, ao se dar conta de que Jo não conseguia. — Ela está com medo de que ele transforme a questão da custódia num pesadelo se descobrir que está saindo com alguém. Por isso vai se separar dele e resolver a questão da custódia, sem falar nada de mim. Depois... vamos ver o que acontece.

A fisionomia da Jo não revelava nada, mas, apesar da minha surpresa, eu via nitidamente que ela estava de fato apaixonada pelo Tommy. E que estava apaixonada há muito tempo. Estava morrendo de medo de que tudo não passasse de um caso sem importância. De uma tentativa do Tommy de se vingar da traição da esposa. Mal conseguia olhar nos olhos dele. "Vamos ver o que acontece" estava longe de bastar para ela.

Tommy, como se sentisse isso, contornou a ilha da cozinha para se sentar ao lado dela. Vi minha amiga baixar a cabeça quando ele pôs a mão em sua perna e senti uma espécie de ternura brotar no peito.

— Ele é vingativo, o escroto — resmungou Jo. Shawn era território mais seguro que o amor dela pelo Tommy. — Não posso deixar que ele descubra.

— Pessoalmente, não sei como ele conseguiria a custódia — opinou Tommy. — O cara está pior do que nunca: não aparece para pegar o filho na escola, passa a maior parte do tempo chapado, chegou a deixar o Rudi sozinho em casa algumas semanas atrás. O menino quase botou fogo no apartamento, tentando fazer chá. É o pai da Jo que está com o Rudi hoje.

Ele voltou os olhos para ela, mas Jo havia se fechado, como sempre se fecha quando se sente muito exposta.

O sofisticado relógio de parede da Zoe bateu 3h30.

— Então foi isso que aconteceu — disse Jo, sem conseguir suportar o silêncio. Ela pôs as mãos fechadas sobre a bancada. — E agora falei mais do que devia — lamentou, virando-se para o Tommy, sem olhar para ele. — Não tem importância se for só sexo, está bem? Esqueça essa história de amor. Eu estava devaneando. Exagerando. Você me conhece.

Fez-se um silêncio incômodo.

— Vou deixar vocês conversarem — decidi.

— Fique — pediu Jo.

— Obrigado — disse Tommy, ao mesmo tempo.

Hesitei, quando já me levantava do banco.

— Não sou boa nisso — afirmou Jo. Seu rosto estava da cor de um tijolo. — Se você sair daqui, vou acabar dizendo mais bobagem.

Voltei a me sentar, abrindo um sorriso de pedido de desculpa para o Tommy, mas ele estava absorto em pensamentos, as sobrancelhas enredadas em algo que superava minha capacidade de interpretação. Desviei os olhos. Fitei a coleção de livros de receitas da Zoe, destinados a mulheres modernas. O retrato dela com Tommy se exercitando em Kensington Gardens, no começo da relação dos dois, quando ela não conseguia parar de abraçá-lo.

Um ônibus noturno subiu a Holland Park Road. Fiquei imaginando como seria o novo namorado da Zoe. Onde ele morava. Zoe parecia impossivelmente rica para uma pobretona como eu, mas esse homem botaria no chinelo Zoe e o apartamento dela na Holland Park. Decerto era rico de doer, bem relacionado. E, sobretudo, perfeito para a Zoe. Perfeito de um jeito que Tommy jamais poderia ter sido, por mais que ela o obrigasse a ascender profissionalmente.

Por fim, Tommy respirou fundo. Virou-se para Jo.

— Olha — disse, num murmúrio. — Eu amo você, sim. Amo você. Só imaginava dizer isso... em outras circunstâncias.

Jo, que eu desconfiava ter parado de respirar, não disse nada. Tommy passou o dedo na beira da bancada.

— Você é a única mulher com quem já me senti à vontade — prosseguiu ele. — A única com quem posso conversar sobre tudo, sempre. Sinto sua falta quando você sai de perto. Apesar de não se cansar de me chamar de "babaca privilegiado". Apesar de ser o tipo irritante de mulher que me obriga a dizer essas coisas na frente da Sarah.

Jo se permitiu esboçar um sorriso, mas ainda não conseguia olhar para ele.

— Eu achava que era feliz quando vim morar aqui — continuou Tommy. — Mas não era. Não era nem um pouco feliz, e faz muito tempo que não sou. Até o mês passado, eu ainda conseguia me convencer de que isso... — ele correu os olhos pela cozinha imaculada da Zoe — ... de que isso era o que eu queria. Mas não é. O que eu quero é ser eu. De verdade. Com você, eu rio até chorar, várias vezes por semana. Nunca fiz isso com a Zoe.

Jo permaneceu calada.

— Quer dizer, minha carreira. Nunca bastou para ela que eu fosse personal trainer. Tenho certeza de que ela só subsidiou meu negócio porque queria dizer às pessoas que o marido era consultor esportivo.

Jo ficou revirando o tecido do casaco, até Tommy pará-la.

— Me escute.

— Estou escutando — respondeu Jo.

Depois de alguns instantes, Tommy deu uma risada.

— Não acredito que estamos tendo essa conversa com a Harrington aqui. É... Sem querer ofender, Harrington, mas é horrível.

— Não me ofendi. E acho lindo. Embora seja um pouco estranho.

Jo ainda não relaxara.

— Desculpe — sussurrou. — É meio assustador para mim. Eu... tenho mais a perder do que você.

Tommy segurou a mão dela.

— Não tem, não. Ah, pelo amor de Deus, olhe para mim, sua doida!

Relutante, ela obedeceu.

— Eu estou *aqui*. Estou nessa. Com você.

A adrenalina se dissipara. De repente, eu estava sentada com meus dois melhores amigos, que diziam se amar, e tudo fez sentido. Lembrei-me dos meses que passamos todos juntos na Califórnia. Por que nunca pensei nisso antes? Os dois ficavam horas juntos, viajavam, surfavam, faziam coquetéis tenebrosos na garagem da casa dos pais do Tommy. Talvez eu não tivesse percebido porque estava mergulhada demais em sofrimento e culpa. Ou talvez porque não conseguisse imaginar um casal menos provável. Mas o amor não funciona assim, como vim a aprender. Ali estavam eles, tateando: desajeitados, vulneráveis. Apaixonados. Incapazes de fazer outra coisa senão ficar juntos, apesar dos riscos.

Abri um sorriso, que se transformou em bocejo.

— Isso vai demorar um pouquinho. Mas estou feliz.

Jo olhou para a mão de Tommy, entrelaçada à sua.

— É o que eu quero também — disse. — Ser feliz. É só o que desejo hoje em dia.

Meu coração ficou apertadinho. Jo nunca falava assim.

Eu estava morrendo de frio, só de top e short de corrida, mas desejei que aquele momento durasse para sempre. Amava aqueles dois. Adorava o fato de eles se gostarem de um jeito que eu não sabia. Adorava o fato de estarem tão desesperados para se ver que Jo entrou no apartamento às escondidas, depois que fui me deitar.

— Preciso terminar de fazer a mala — avisei. — Queria poder ficar mais.

— Tudo bem. — Tommy bocejou quando me levantei. — Mas... Sarah. A gente precisa se preocupar com você?

— Eu... — Minha voz se perdeu. — Fiquei um pouco assustada comigo mesma nesses últimos dias.

— Nós também — concordou Jo. — Você anda muito estranha, querida.

— Você já deve saber a história do futebol, né?

Ela assentiu.

Passei a mão no cabelo.

— Quando entrei naquele vestiário, tive um momento terrível de lucidez. Foi como se finalmente caísse em mim. E senti medo.

— Talvez você devesse procurar um terapeuta — disse Jo.

— Talvez. Existem muitos em Los Angeles.

As sobrancelhas do Tommy abrandaram.

— Você nunca tinha feito nada insensato assim — lembrou ele.

— Mas isso talvez seja porque não havia celular quando conheci o Reuben, e mal existia internet na época...

— Não. Você não é maluca, Sarah. Se metade do que você nos contou é verdade, o Eddie deveria ter te ligado.

Contornei a ilha da cozinha e abracei os dois. Meus amigos, agora namorados.

— Obrigada, Tommy e Jo. Obrigada por não me abandonarem.

— Você é minha melhor amiga — afirmou Tommy. — Além da Jo — acrescentou às pressas.

Os dois ainda estavam ali quando ressurgi quarenta minutos depois com a mala. Comendo torrada de pão branco, o tipo que Zoe jamais toleraria. Parecia que estavam juntos havia anos.

Deixei a mala junto à porta.

— Então é isso.

Tommy se levantou.

— Olhe, Harrington. Mais uma coisa, antes de você ir embora. Eu... preciso dizer que ainda estou encucado com esse desaparecimento do Eddie.

— Então somos dois, Tommy. Somos dois.

Ele se deteve.

— É que... Me parece muita coincidência você ter conhecido o cara naquele lugar, naquele dia.

Um passarinho arriscou a primeira música da manhã, do lado de fora do apartamento.

— Como assim? Você sabe alguma coisa que eu não sei?

— Claro que não! Mas pense bem no que você estava fazendo no dia em que o conheceu. Marcando presença no aniversário do acidente, andando pela Broad Ride. Acho que você precisa se perguntar por que o Eddie também estava lá naquele dia. — As sobrancelhas dele tinham ganho vida própria. — Será que ele não tem alguma coisa a esconder?

— Claro que... Não. Não, Tommy.

Concedi à ideia um ou dois minutos do meu tempo antes de descartá-la completamente. Não havia como. De jeito nenhum.

CAPÍTULO VINTE E SETE

Eddie,

Estou escrevendo para me desculpar.

    Ignorei todos os seus sinais, bombardeando você de mensagens. Não deveria ter escrito, não deveria ter ligado. E com certeza não deveria ter aparecido na sua partida de futebol ontem à noite. (Imagino que já tenha ficado sabendo.) Estou muito envergonhada. Sei que a essa altura não faz nenhuma diferença, mas o restinho de dignidade que ainda tenho me obriga a dizer que normalmente não me comporto assim.

    Por motivos que não entendo, nosso encontro e seu silêncio parecem ter trazido à tona muitos sentimentos antigos relacionados ao acidente de carro no qual estive envolvida, dezenove anos atrás. Acho que isso contribuiu para meu comportamento insano.

    Estou no Heathrow, prestes a entrar no avião para Los Angeles. O sol está brilhando e me sinto muito triste por partir assim, sabendo que nunca mais vou ver você, mas aliviada por voltar para lá, onde tenho um trabalho que ocupa todo o meu tempo, amigos, a possibilidade de uma vida nova, agora que estou solteira. Vou tentar descobrir por que me comportei desse jeito com você. Vou consertar isso. Vou me consertar.

Ainda assim, seria negligência da minha parte não dizer que achei que você foi covarde e cruel em manter esse silêncio e espero que pense duas vezes antes de fazer o mesmo com outra mulher. Mas aceito que foi sua escolha e aceito que você deve ter seus motivos.

Por fim, eu gostaria de te agradecer. Os dias que passamos juntos estão entre os mais felizes da minha vida. Vou me lembrar deles por muito tempo.

Fique bem, Eddie. E adeus.

Beijos,
Sarah

CAPÍTULO VINTE E OITO

PASTA RASCUNHOS

    Por favor, não vá. Não vá embora.

    Parei de escrever naquela hora pra te ligar, mas não consegui.

    Você já deve estar voando. Vou ali fora, olhar o céu.

    Eddie

✓ APAGADO 10:26

Parte II

CAPÍTULO VINTE E NOVE

— Bem-vinda! — gritou Jenni.
Mesmo depois de tantos anos cruzando o Atlântico, o jet-lag ainda me afetava. A pressão no peito que senti ao sair ao sol cegante e no calor sufocante, os zigue-zagues contornando minha visão durante o trajeto de táxi pela rodovia 110. Da primeira vez que vim para Los Angeles, em 1997, passei os dois primeiros dias certa de que estava muito doente.

— Senti tanta saudade, Sarah Mackey!

Jenni me abraçou, com cheiro de bolo recém-assado.

— Ah, Jenni, também senti. Oi, Frap! — exclamei, passando o pé cansado no cachorro da Jenni.

Frap — abreviatura de *frappuccino*, um dos vícios da Jenni — ergueu a perna, como sempre erguia ao me ver, mas me esquivei a tempo.

— Ah, Frappy! — repreendeu Jenni. — Por que você insiste em querer fazer xixi na Sarah?

Segurei os cotovelos dela.

— E aí?

Ela não olhava nos meus olhos.

— O teste de gravidez! Não foi hoje?

— Não, é amanhã. — Ela se afastou. — Estou supernervosa, então, quanto menos conversarmos sobre isso, melhor. Entre, venha se sentar no sofá.

Entrei na sala com ar condicionado, com cheiro de chocolate, e notei que Jenni havia comprado mais uma obra de arte. Tratava-se da silhueta abstrata de uma mulher grávida, feita de milhares de impressões digitais minúsculas. A especialista que ela vinha consultando recomendara visualização positiva durante o processo de fertilização in vitro: o quadro decerto era uma medida nesse sentido. Ele estava pendurado acima da poltrona que Javier usava das 17h15 até ir para a cama, às 22h30. Na bancada que separava a sala da cozinha, havia um bolo de chocolate e uma garrafa de champanhe, num balde.

Sorri, exausta, à beira das lágrimas, enquanto Jenni se dirigia à cozinha, onde se pôs a jogar bolas de sorvete no liquidificador.

— Jenni Carmichael, você é muito gentil e muito travessa. Nós não te pagamos o suficiente para sair comprando bolo e champanhe.

Jenni deu de ombros, como a dizer: *De que outra forma eu iria te dar as boas-vindas?*

Acrescentou outros ingredientes ao liquidificador — poucos dos quais pareciam comida de verdade — e ligou-o, gritando para se fazer ouvir acima do barulho:

— O Javier foi jogar sinuca com os amigos, para botarmos o papo em dia. E eu não podia receber você sem muito doce. Seria absurdo.

Afundei no imenso sofá dela, com suas almofadas malva, e senti um alívio tão grande que parecia quase dor. Estava segura aqui. Poderia refletir, me reerguer, seguir em frente.

Jenni desligou o liquidificador.

— Escolhi sabor chiclete.

— Meu Deus! Sério?

Jenni riu.

— Hoje não estou para brincadeira — foi tudo que disse.

* * *

Duas horas depois, quando já tínhamos tomado nossos milk-shakes, comido várias fatias do bolo gigantesco e devorado um saco grande de chips de pão pita, recostei-me e soltei um arroto. Jenni fez o mesmo, rindo.

— Eu nunca arrotava antes de conhecer você — comentou.

Toquei o pé dela com o meu, empanzinada demais para me mexer.

— Que lanche maravilhoso! Obrigada.

— Ah, de nada. — Ela sorriu, esfregando a barriga. — Agora, Sarah, eu não devo beber, mas você precisa tomar um pouco do champanhe, está bem?

Voltei os olhos para a garrafa e senti um verdadeiro asco.

— Não consigo — respondi. — Obrigada, querida, mas bebi demais com a Jo na semana passada e não tenho conseguido encarar nenhuma bebida desde então.

— Sério? — Jenni parecia surpresa. — Nem uma tacinha?

Mas eu não conseguiria. Nem mesmo por ela.

Então lhe contei tudo. Até a parte constrangedora do campo de futebol, quando, ao mesmo tempo que eu deparava com a bunda nua de um desconhecido, deparava também com o fato de que havia enlouquecido. Jenni se solidarizou, se impacientou, e até, quando mostrei minha última mensagem para o Eddie, se emocionou. Em momento algum, me ridicularizou. Nem me censurou. Apenas assentia, como se minhas atitudes fossem totalmente compreensíveis.

— Não podemos deixar a possibilidade de amar nos escapar pelos dedos — afirmou. — Você fez bem em tentar de tudo. — Ela me fitou. — Você se apaixonou mesmo por ele, não foi?

Depois de uma pausa, assenti.

— Embora as pessoas não se apaixonem desse jeito em apenas...

— Ah, pare — interrompeu-me Jenni. — Claro que é possível se apaixonar em uma semana.

— Imagino que sim. — Segurei a bainha da blusa. — Mas quero voltar ao que sei fazer. Quero ganhar aquele asilo em Fresno. Quero convencer George Attwood a participar do projeto em Santa Ana. É hora de seguir em frente.

— Sério?

— Sério. Não vou mais tentar falar com o Eddie. Aliás, vou excluí-lo da lista de amigos do Facebook. Agora mesmo, com você de testemunha.

— Ah — suspirou Jenni. — Imagino que seja melhor. Mas é tão triste! Achei que ele fosse o grande amor da sua vida, Sarah.

— Também achei.

— Conhecê-lo naquele dia, naquele lugar... Foi tudo tão maravilhoso! Fiquei arrepiada.

Não disse nada. Estava tentando esquecer o que Tommy tinha dito sobre isso. A explicação da Jenni, por sua vez, era mais agradável. Uma grande coincidência romântica, o timing perfeito. Eu preferia.

Olhei para ela.

— Você está bem?

Ela assentiu.

— Só estou triste, por você. E cheia de hormônios.

Recostei-me a seu lado, enquanto esperava o Facebook localizar o Eddie na minha lista de amigos. Meu estômago deu um nó.

— Ele me excluiu — murmurei.

Carreguei o perfil dele, para ver se contava outra história. Não contava. *Adicionar aos amigos*, sugeria.

— Ah, Sarah — lamentou Jenni.

Aquela dor gelada retornou ao meu peito, como se jamais o tivesse abandonado. A ânsia infinita, um poço no qual uma pedra poderia cair para sempre.

— Eu... — Engoli em seco. — Acho que é isso, então.

Nesse momento, Frappuccino se alvoroçou anunciando a chegada de Javier.

— Oi, Sarah — cumprimentou-me ele, fazendo o aceno estranho que sempre fazia em vez de abraçar.

Javier só tocava a Jenni e os carros.

— Oi, Javier. Como você está? Obrigada por nos dar esse tempinho para botar o papo em dia.

Eu me sentia prostrada, sem forças.

— De nada — respondeu ele, dirigindo-se à cozinha para pegar uma cerveja.

Jenni lhe deu um beijo ao se retirar para o banheiro.

— Você cuidou direitinho da minha mulher? — perguntou ele, sentando-se em sua poltrona, abrindo a cerveja.

— Foi ela que cuidou de mim — admiti. — Você sabe como ela é. Mas cuidarei dela amanhã, Javi. Vou passar o dia inteiro aqui, se ela precisar.

Javier tomou um gole demorado da cerveja, fitando-me com olhos ressabiados.

— Amanhã?

Fiquei olhando para ele. Havia alguma coisa errada.

— Hã... é — respondi. — Para o resultado.

Javier deixou a garrafa no chão, e de repente eu soube o que ele estava para me dizer.

— O resultado saiu hoje — anunciou. — Não deu certo. Ela não está grávida.

Fez-se um silêncio entre nós.

— Acho que ela queria que você pudesse conversar sobre seus... hum, problemas... primeiro — balbuciou Javier. — Você sabe como ela é.

— Ah... Ah, meu Deus! — murmurei. — Javi, sinto muito. Eu... Ah, meu Deus, por que fui acreditar nela? Eu *sabia* que era hoje.

Voltei os olhos para a porta da cozinha.

— Como ela está?

Ele encolheu os ombros, mas sua fisionomia me revelou tudo que eu precisava saber. Ele estava perdido. Desorientado. Durante anos, houvera esperança, e manter Jenni agarrada a essa esperança era o trabalho do Javier, algo que o protegia do peso de chumbo do medo dela e dava a ele um papel ativo. Agora não havia nada, e a esposa dele — que, apesar de suas limitações emocionais, ele amava com cada célula do corpo — estava mergulhada num mar profundo de sofrimento. Ele já não tinha um papel, não tinha esperança a oferecer.

— Ela não disse muito. Ficou calada na clínica. Acho que não está se permitindo pensar nisso. Pelo menos, ainda não. Imaginei que ela contaria a você e aí choraria, deixaria as emoções aflorarem, sabe? Foi por isso que saí. Em geral, quando não consegue conversar comigo, ela conversa com você.

— Ah, não! Ah, Javi, sinto muito!

Ele bebeu um gole da cerveja e se recostou na poltrona, olhando para fora da janela.

Voltei os olhos para a porta. Nada, ainda. O relógio na parede da cozinha tiquetaqueava, alto como uma bomba.

Vários minutos se passaram.

— Ela foi ao banheiro de propósito — sussurrei. — Para se esconder. Sabia que você me contaria. Talvez seja melhor... tentarmos falar com ela.

Levantei-me, mas Javier já estava de pé. Atravessou a cozinha, os ombros curvados.

Mantive-me a certa distância, impotente, enquanto ele batia à porta do banheiro.

— Amor? — chamou. — Amor, me deixe entrar...

Depois de uma pausa, a porta se abriu e ouvi o choro desesperado da mulher dele, minha amiga fiel, que adiara seu sofrimento para cuidar de mim. Ouvi a respiração ofegante enquanto as lágrimas escorriam.

— Não estou aguentando — murmurou ela. — Não estou aguentando, Javi. Não sei o que fazer.

Ela se calou, e o que sobreveio foi apenas a aflição em estado bruto, abafada pelo algodão da camisa do marido.

CAPÍTULO TRINTA

Quando a crise de choro passou, Jenni se sentou no sofá entre mim e Javier e comeu sistematicamente tudo que não tínhamos comido ainda. Ignorei a exaustão da viagem e permaneci com ela até a meia-noite, volta e meia comendo um pedaço de bolo para me manter acordada.

Agora era manhã: a manhã ensolarada com a qual eu havia sonhado, minha primeira de volta a Los Angeles. Durante a última semana na Inglaterra, eu tinha certeza de que essa primeira manhã traria renovação e esperança, um senso de perspectiva que eu não conseguia encontrar em Londres ou Gloucestershire. Eu me sentiria feliz. Focada.

Na realidade, eu me sentia estranha, incomodada e congelada, depois de uma noite inteira com o ar-condicionado no máximo. Tinha ficado encolhida na cama do quarto de hóspedes da Jenni, cansada demais para me levantar e ajustar o termostato. Fitei-me no espelho, no outro lado do quarto. Parecia inchada, branca, doente. Antes mesmo de me dar conta do que estava fazendo, peguei o celular para ver se Eddie tinha respondido à minha mensagem de despedida. Não tinha, evidentemente, e meu coração se encheu de tristeza.

Adicionar aos amigos, sugeriu o Facebook quando abri o perfil dele. Só para olhar. *Adicionar aos amigos*.

Uma hora depois, ainda aguardando a chegada da serenidade, saí para dar uma corrida. Eram quase oito horas, e, fugindo à regra, Jenni e Javier ainda estavam na cama.

Eu sabia que correr não era muito indicado depois de um voo transatlântico e de uma noite emocionalmente tumultuada. Isso sem falar no fato de que eu não havia dormido em Londres, na véspera, e no fato de que o termômetro na varanda da Jenni anunciava que o calor já chegava a trinta e oito graus. Mas eu não conseguia ficar parada. Não conseguia ficar sozinha comigo mesma. Precisava de me mover bem rápido para não deixar nada grudar em mim.

Precisava correr.

Depois de avançar trezentos metros pela Glendale Avenue, lembrei-me do motivo de eu não correr em Los Angeles. Parei na esquina da Temple, fingindo alongar o quadríceps, para poder me encostar no poste. O calor era sufocante. Olhei o sol, indistinto atrás do nevoeiro, e sacudi a cabeça. *Precisava correr!*

Tentei de novo, mas, quando a Hollywood Freeway surgiu adiante, minhas pernas cederam e me peguei sentando no gramado de uma quadra de tênis municipal, tonta e enjoada. Fingi amarrar o cadarço do tênis e admiti minha derrota.

Quase podia ouvir a voz da Jo dizendo que eu era maluca, perguntando se eu tinha *algum* respeito pelo meu corpo. E concordei com ela, concordei inteiramente, lembrando-me de como sentia dó ao ver mulheres magérrimas correndo pelas encostas do Griffith Park no calor escaldante.

Voltei para a casa da Jenni, tomei banho e pedi um táxi. Jenni provavelmente não conseguiria ir trabalhar tão cedo, e eu não conseguia ficar parada nem mais um instante.

Durante o trajeto para o escritório, em East Hollywood, esbocei a proposta que apresentaríamos, na semana seguinte, aos diretores de um asilo na Califórnia. Estávamos tão acostumados a ter nossos serviços solicitados pelas unidades médicas que andava um pouco fora de forma na arte das vendas. A Vermont estava engarrafada, por isso saltei na Santa Monica e andei duas quadras, ensaiando a proposta enquanto o suor escorria pelas minhas costas.

Então: Eddie?

Um homem num táxi, preso no engarrafamento da Vermont. Indo em direção ao meu escritório. Cabelo curto, óculos de sol, uma camisa de malha que eu tinha certeza que conhecia.

Eddie?

Não. Impossível.

Comecei a andar em direção ao táxi. O homem, que eu jurava ser Eddie David, olhava a confusa proliferação de placas de ruas e consultava o celular.

Os carros se puseram a andar, algumas pessoas buzinaram. Eu estava no meio de uma rua de seis pistas. Quando fui obrigada a me afastar do táxi, vi o homem tirar os óculos de sol e olhar para mim. Mas, antes de conseguir ver seus olhos, para ter certeza de que era mesmo o Eddie, precisei correr para não ser atropelada.

Eddie?

Mais tarde, dispensada por meus colegas de trabalho ("Pode deixar com a gente, Sarah, vá descansar"), mas sem conseguir ficar parada, decidi caminhar de volta para casa. Passei quinze minutos no mesmo cruzamento movimentado, observando carros e táxis. Uma ambulância aérea pousou no terraço do Hospital Pediátrico, e mal notei.

Era ele. Eu tinha certeza que era ele.

CAPÍTULO TRINTA E UM

Reuben e eu ficamos calados no pequeno avião durante o voo para Fresno. Lá fora, um resto de sol vertia sobre as nuvens; ali dentro, um resto de civilidade mantinha a nossa trégua. No dia seguinte, apresentaríamos a proposta ao conselho de diretores do que chamavam de asilo, mas que na verdade era um hospital residencial para pacientes terminais de todas as idades, inclusive crianças, e Reuben já estava chateado comigo.

Na manhã de segunda-feira, ele havia chegado ao trabalho com Kaia, chamando-nos à sala de reunião. Não conseguia me olhar nos olhos.

"Tenho uma ótima notícia", anunciou.

"Ah, que bom", disse Jenni.

Ela não mostrava a animação de sempre, mas estava tentando.

"Quando estávamos em Londres na semana passada, a Kaia mandou um e-mail para um amigo dela, um cara chamado Jim Burundo, que tem uma série de escolas particulares para crianças com necessidades especiais, em Los Angeles. A Kaia contou a ele sobre nosso trabalho, mandou alguns vídeos, e ele respondeu perguntando se poderíamos começar a fazer visitas regulares."

Fez-se um breve silêncio.

"Ah!", exclamei, afinal. "Ótimo. Mas... Reuben, no momento não temos gente suficiente para assumir esse compromisso."

E Jenni acrescentou:

"Querido, nós precisaríamos estimar em quanto ficaria isso e estabelecer uma meta de captação de recursos. Eu precisaria..."

Reuben ergueu as mãos para interrompê-la.

"Eles mesmos vão financiar", explicou, com orgulho. "Vão cobrir todos os gastos. Poderemos treinar mais gente, porque a empresa do Jim vai pagar tudo."

Fiz uma pausa.

"Mas, ainda assim, precisamos visitar a escola, Roo. Marcar reuniões. E fazer um milhão de outras coisas. Não podemos apenas..."

Reuben me interrompeu com um sorriso que continha — surpreendentemente — uma advertência.

"A Kaia fez uma coisa maravilhosa", observou, com tato. "Deveríamos ficar satisfeitos! Estamos ampliando nosso alcance de novo!"

Jenni parecia estar cansada demais para objetar.

Kaia levantou a mão, hesitante, como se estivesse numa sala de aula.

"Na verdade, eu não esperava que o Jim fosse concordar de imediato", disse, num murmúrio. "Espero não ter complicado as coisas."

"Vou marcar umas reuniões, para podermos planejar isso", decidiu Reuben. "Mas, por ora, acho que devemos agradecer à Kaia."

E começou a aplaudir.

Todos o acompanhamos. *Minha vida*, pensei. *Jesus, minha vida.*

A primeira reunião aconteceu dois dias depois. E embora parecesse que tudo de fato daria certo, embora a equipe do Jim tivesse realmente se comprometido a financiar tudo, inclusive o treinamento — "Claro, basta nos dizer o que vocês precisam" —, fiquei tensa. Estava acontecendo tudo rápido demais. Mas, quando tentei comentar sobre isso com o Reuben antes da viagem, ele ficou irritado. Disse que eu deveria ser menos burocrática e mais agradecida.

Olhei para ele de canto de olho quando o avião se aproximava de Fresno. Ele tinha pegado no sono, o rosto relaxado, entregue. Eu conhecia aquele rosto tão bem. Os longos cílios negros, as sobrancelhas perfeitas, as veias no vale profundo da órbita dos olhos. Fitei aquele rosto conhecido, e meu estômago se contraiu. *Já era para eu estar normal*, pensei quando o avião fez uma curva, e o sol dourado deslizou formas geométricas pelo rosto do Reuben. *Era para eu estar bem.*

Depois que jantamos no restaurante próximo ao hotel, eu me sentei à beira da pequena piscina, provavelmente nunca utilizada. Ela era delimitada por uma cerca alta de metal, e as poucas espreguiçadeiras pareciam mofadas.

Pela primeira vez, eu me permiti pensar direito no que Tommy tinha dito sobre Eddie, na semana anterior. O que poderia haver no fato de Eddie e eu termos nos conhecido naquele lugar, naquele dia. Se ele tinha algo a esconder. No começo me pareceu uma teoria absurda: Eddie havia saído naquela manhã simplesmente porque precisava de um descanso da mãe, parou naquele lugar porque encontrou um carneiro. Seria absurdo deduzir qualquer outra coisa disso.

Mas o problema é que eu estava, finalmente, começando a assimilar os pensamentos que andavam sussurrando nos arredores da minha consciência nas últimas semanas. Eles começaram a formar um desenho. E não gostei do que vi.

Entrei no quarto quando os primeiros raios de sol surgiam no céu, sem conseguir me livrar da sensação de que uma crise despontava no horizonte.

Na manhã seguinte, a reunião foi antecedida por um passeio pela propriedade.

Assim como qualquer outra pessoa, eu achava difíceis essas instalações para pacientes terminais. Afinal, poucos lugares tratam a morte com tanta certeza. Mas exibi minha melhor fisionomia impassível, mantendo o medo escondido, obrigando-me a respirar devagar. E estava indo muito bem, eu achava, até entrarmos na sala de televisão, onde havia uma garota sentada perto da janela.

Olhei para ela.

— Ruth?

Ela estava enrolada numa manta macia, o rosto macilento, terrivelmente magra.

Ruth ergueu os olhos e, depois do que me pareceu uma pausa agonizante, abriu um sorriso.

— Ah, meu Deus! — exclamou. — Por essa eu não esperava.

— Ruth!

Reuben se aproximou para abraçá-la.

— Cuidado — pediu Ruth. — Parece que meus ossos estão meio frágeis. Não me quebre no meio. Você sabe que a minha mãe adora um processo judicial.

Reuben a abraçou com delicadeza, e fiz o mesmo.

Ruth foi uma de nossas primeiras pacientes, quando éramos apenas o Reuben e eu, e sabíamos muito pouco sobre as iniciativas de visitas de palhaços a hospitais. Ela era um bebezinho minúsculo, que se submeteu a muitas cirurgias, e sempre soubemos que sua expectativa de vida — se ela sobrevivesse — era muito baixa.

Mas, meu Deus, a menina lutou. E a mãe dela também, levantando dinheiro para tratá-la no Hospital Pediátrico de Los Angeles porque um médico de lá era especialista na rara doença genética da filha. A postura delas nos incentivou a seguir com nosso trabalho.

Eu não tinha o hábito de lidar com as crianças. Era doloroso demais. Mas havia alguma coisa na Ruth à qual não resisti. Mesmo quando meu trabalho parou de exigir visitas ao hospital, eu ia vê-la, porque não podia deixar de ir.

Agora ela estava ali, aos quase dezesseis anos, enrolada numa manta de algodão azul, com um desenho da lua, e um suporte de soro ao lado da poltrona. Mirrada, valente, o cabelo ralo e quebradiço. Por um instante, fiquei imóvel, o choque me apertando a garganta.

— Que surpresa boa! — exclamei, sentando-me a seu lado.

— O quê, me encontrar parecendo uma galinha morta num lugar para pacientes terminais? — perguntou ela. A voz era fraca. — O que você achou das minhas mãos? Está vendo? Parecem pés de galinha. Ah, qual é! — disse, quando tentei discordar. — Você não vai querer me convencer de que estou linda, né? Porque, se for querer, desista.

Ela abriu um sorriso com os lábios ressecados, e senti meu coração despedaçar.

— Então você voltou para cá — interveio Reuben. — Para a ensolarada Fresno.

— É. Achei que o mínimo que eu podia fazer era bater as botas perto de casa — respondeu ela. — Coitadinha da minha mãe, está exausta.

E de repente ela começou a chorar. Chorou em silêncio, como se já não tivesse forças para produzir barulho ou lágrimas.

— É uma droga — murmurou. — E cadê vocês? Onde tem palhaço quando a gente precisa?

— É sobre isso que viemos conversar — explicou Reuben, enxugando as lágrimas dela com um lenço. — Mas, mesmo que não dê certo, tentaremos mandar um só para visitar você. Desde que não ache que está velha demais para isso.

— Não acho — afirmou ela. — Vocês nunca conversaram comigo como se eu fosse criança. Da última vez que vi o Dr. Zê, ele disse que me ajudaria a escrever um poema para o meu velório. É um grande trovador quando não está sendo babaca. Vocês podem mandar o Dr. Zê?

— Vai ser a primeira coisa que diremos na reunião — garanti-lhe. — Tenho certeza de que o Zê vai querer visitá-la.

— Adoro aqueles caras — observou Ruth. Ela se recostou na poltrona, o esforço de conversar conosco rapidamente arrancando a energia de seu corpo. — Durante todos esses anos, eles foram a única constante. As únicas pessoas que são mais ridículas do que eu. Sem querer ofender — acrescentou, olhando para Reuben. — Sei que você começou como palhaço.

Ele sorriu.

— Você quer ajuda para voltar para o quarto? — perguntei.

Ajeitei a manta em torno dela. Havia um nó na minha garganta. Como isso era possível? Ruth, tão divertida, tão inteligente, com seu rabo de cavalo ruivo e aqueles imensos olhos verdes. Por que sua vida estava acabando quando nem começara direito? Por que não havia nada que ninguém pudesse fazer?

— Quero — murmurou ela. — Preciso tirar um cochilo. Seus bandidos, me fizeram chorar.

Quando saímos do quarto dela, alguns minutos depois, enxuguei uma lágrima de raiva, e Reuben segurou minha mão.

— Eu sei — disse ele. — Eu sei.

Depois da nossa apresentação ao conselho, fomos tomar café na varanda ensolarada. O gerente geral me chamou num canto para fazer mais algumas perguntas.

Eu já deveria ter imaginado. Deveria ter adivinhado pelas perguntas que ele tinha feito antes. Sempre deparávamos com pessoas como esse homem, que não enxergavam nada além do nariz vermelho, que se recusavam a ver diferença entre nossos profissionais e os palhaços de festa.

— A questão — dizia ele, com seus óculos de armação grossa, sua papada mole, sua altivez indisfarçável — é que minha equipe tem anos de treinamento. Não sei se me sinto à vontade de tê-los trabalhando com... palhaços.

A paixão que norteara nossa apresentação havia se dissipado. Eu senti uma necessidade atroz de fugir.

— Sua equipe sempre será responsável pelos cuidados médicos das crianças — obriguei-me a responder. Observei um pássaro, numa árvore. — Encare nossos profissionais como qualquer outro animador que venha fazer visita. A única diferença é que eles se submeteram a meses de treinamento especializado.

Ele franziu a testa, bebeu um gole do café e disse que sua equipe também tinha excelente formação, mas não precisava usar roupas engraçadas nem tocar instrumentos musicais. E de repente — apesar dos muitos anos de trabalho já terem me ensinado a *nunca* enfrentar pessoas como esse homem — peguei-me fazendo exatamente isso.

— O senhor pode se concentrar no lado divertido do que eles fazem, se quiser — respondi. — Mas muitos médicos e enfermeiros já nos disseram que aprenderam ferramentas valiosas com nossos profissionais.

O homem ficou perplexo.

— Ah! — exclamou. O sol refletiu nos óculos dele. — Então a senhora está me dizendo que nossa equipe poderia aprender alguma coisa com um bando de atores desempregados?

Reuben, que conversava com o grupo principal, se virou.

— Não — respondi, olhando nos olhos dele, como se estivéssemos numa espécie de duelo. O que eu estava *fazendo*? — O que eu disse, que o senhor já teria entendido se estivesse prestando atenção, é que recebemos muito *feedback* positivo dos profissionais de saúde. Mas esses profissionais tinham um certo nível de humildade para tal.

— *Sra. Mackey.* A senhora acabou de dizer o que acho que disse?

Reuben se aproximou imediatamente.

— Posso ajudar com alguma coisa? — perguntou.

— Acho que não — respondeu o homem. — Sua sócia estava aqui me dizendo que minha equipe pode aprender uma ou duas coisas com seus palhaços. Inclusive humildade, se é que dá para acreditar. Ainda estou tentando absorver isso.

— Sr. Schreuder... — começou Reuben, mas logo foi interrompido.

— Tenho uma equipe para supervisionar — disse o Dr. Papada. — Tenham um bom dia.

O pássaro voou da árvore. Fiquei olhando para ele, desejando poder acompanhá-lo.

— O que está acontecendo? — perguntou Reuben, assim que entramos no táxi.

— Desculpe.

— *Desculpe?* — Reuben estava furioso. — Isso pode ter nos custado todo o contrato. E não haveria nenhum problema, Sarah, se a questão fôssemos só nós, ou dinheiro, mas não é. A questão é a Ruth. E todas as outras crianças que estão neste lugar e nas quatro outras unidades que eles possuem.

O taxista conversava ao telefone em espanhol, ouvindo cúmbia. Respirei fundo algumas vezes. Se eu fosse o Reuben, também estaria furiosa.

— Pelo amor de Deus, Sarah! — explodiu Reuben. — O que está acontecendo?

O motorista havia encerrado a ligação e nos ouvia, com curiosidade. Mas não deve ter ficado muito satisfeito, porque eu não tinha nada a dizer.

Depois de uma longa pausa, Reuben voltou à carga.

— O problema somos eu e a Kaia? — perguntou. Ele olhava fixamente o congestionamento do outro lado da rua. — Porque, se for, precisamos resolver isso. Eu...

— O problema não é a Kaia — respondi. — Embora, para ser sincera, eu ache que ela precisa segurar um pouco a onda.

— Então o que é? Faz tempo que você está estranha. Sarah, nós passamos dezessete anos casados. Ainda conheço você.

— Não conhece, não.

Uma mãe com dois filhos atravessou a rua, no sinal. O menino chutava as pernas no carrinho, a menina dançava diante deles com uma cornetinha de festa, soprando como se não houvesse amanhã. Hannah tinha uma cornetinha daquelas. Às vezes tocava no meu ouvido, quando acordava antes de mim, e eu berrava de ódio, o que a fazia morrer de rir. Ela saía correndo e tocando, às gargalhadas.

Quando o sinal ficou verde e seguimos em frente, me dei conta de que eu estava chorando.

Diante do vidro sujo do portão de embarque, observei os aviões se deslocarem no céu cor de ferrugem. O celular tocou três vezes antes de eu perceber que era o meu.

— Jenni?
— Oi, Sarah, que bom que você atendeu.
— Você está bem?
— Melhor não perguntar. Mas, olhe, acabou de acontecer uma coisa muito estranha.

Aguardei.

Reuben acenava para mim. Os últimos poucos passageiros já desapareciam do portão de embarque.

— Acabei de ver o Eddie, Sarah. No nosso prédio.
— Sarah! — gritou Reuben. — Vamos!

Fiz sinal para que ele esperasse, mantendo a mão erguida.

— Eu tinha visto a foto dele muitas vezes — disse Jenni. — Era impossível não reconhecê-lo. Ele estava conversando com a Carmen, na recepção. Mas, quando saí, ele já havia ido embora.

— Ah.

Meu braço pendeu, o sangue tendo se esvaído.

— Ele perguntou à Carmen se você estava e foi embora sem deixar recado.

— Ah.

— Era ele, Sarah. Era, sem dúvida, ele. Fui conferir a foto logo depois. E a Carmen disse que ele tinha sotaque britânico.

— Tem certeza, Jenni? Absoluta?
— Absoluta.
— Entendi.
— Sarah, o que está acontecendo? — perguntou Reuben, mais uma vez nervoso.
— Preciso ir — murmurei, apressada. — Preciso embarcar.

CAPÍTULO TRINTA E DOIS

Eddie,

Prometi a você que a última carta que escrevi seria a última.

Mas estou começando a me perguntar quem você realmente é. Há pouco tempo, meu amigo Tommy quis saber se eu achava que você poderia ter alguma relação com o acidente. Descartei imediatamente a possibilidade, só que agora já não sei.

Foi você que apareceu no meu trabalho hoje? Foi você que vi parado no trânsito outro dia? E, se foi, por quê? O que você está fazendo?

Eddie, você sabe quem eu sou? Sabe por que nunca voltei a morar na Inglaterra?

Você é a pessoa que eu temo que seja?

É provável que você leia isso e pense: *O que essa mulher está falando? Por que não me deixa em paz? Está maluca?*

Mas e se você não estiver pensando isso? E se souber exatamente sobre o que estou falando?

São coisas que venho me perguntando, Eddie.

Sarah

CAPÍTULO TRINTA E TRÊS

Trecho do *Stroud News & Journal*
11 de junho de 1997

A polícia prendeu um homem relacionado com o acidente fatal ocorrido na A419, perto de Frampton Mansell, no início do mês. O inspetor de polícia John Metherell confirmou, ontem à noite, que um rapaz de dezenove anos, morador de Stroud, foi detido sob suspeita de homicídio culposo resultante de direção perigosa.

O acidente, que deixou uma família da cidade devastada, resultou em reivindicações para que houvesse limite de velocidade naquela parte remota da estrada. Mas a população também estava frustrada com o fato de a polícia ainda não ter prendido ninguém.

Desde o acidente, a polícia de Gloucestershire vinha procurando por um homem, na ocasião descrito como parecendo ter menos de vinte anos, que teria fugido do local do crime por trilhas e plantações. Novas informações, recebidas na segunda-feira, conduziram por fim à sua detenção.

Até o momento de ser impresso, o *SNJ* ainda não havia recebido confirmação de que o suspeito fora indiciado.

CAPÍTULO TRINTA E QUATRO

Eu estava na cama do quarto de hóspedes da Jenni, ouvindo Javier carregar a caminhonete lá fora. No rádio do veículo, um homem falava rápido sobre o incêndio que se alastrava nas montanhas secas da Califórnia. *El fuego avanza rápidamente hacia nosotros.* Quando disse *fuego*, sua voz se tornou mais lenta, acariciando as sílabas como uma chama lambendo um papel. *Fu-e-go.*

Jenni ouvia Diana Ross no chuveiro, embora não cantasse junto com a música. O boiler bramia. A gata dos vizinhos miava angustiadamente, o que significava que Frappuccino estava solto no jardim.

Eu me virei na cama e cocei a barriga.

Havia um homem por aí, em algum lugar, um homem sem nome, no qual pensei nos últimos dezenove anos. Não conhecia seu rosto nem sua voz, só sabia seu sobrenome, mas sempre soube que o reconheceria quando ele me encontrasse. Olharia nos olhos dele e saberia.

Era por isso que Eddie David não podia ser esse homem, afirmei para mim mesma. Além do fato de o sobrenome ser outro, eu teria sentido quem ele era no instante em que o visse. Eu saberia.

O fogo avança rapidamente em nossa direção.

De repente, pulei da cama, corri para o banheiro e vomitei.

* * *

— Ressaca no meio da semana! — Kaia sorriu com aqueles olhos gentis dela, para deixar claro que não estava me julgando. — Você está fazendo com que eu me sinta uma velha, Sarah.

Eu me agachei diante da geladeirinha, abarrotada de saladas e wraps, e fechei os olhos. Não ia conseguir almoçar. Não conseguia nem passar pelo processo de procurar meu almoço ali dentro.

— Você não deveria ficar impressionada — objetei. — Deveria me julgar. Eu mereço.

E me pus de pé.

— Todos já passamos por isso — disse Kaia.

Ela estava curvada sobre alguma coisa perto da chaleira elétrica, como se tentasse tirá-la do meu campo de visão. Dei uma espiada sobre seu ombro e vi que, como esperado, era uma bela salada.

Queria que ela não fosse tão boa assim em lidar comigo, pensei. *Que não fosse tão atenciosa.* Ela só estava escondendo a salada para eu não me sentir mal. Sobretudo, eu queria que ela não estivesse aqui no nosso escritório. No dia anterior, a desculpa era que ela tinha tido uma ideia durante uma reunião de captação de recursos no Hospital Pediátrico, mas hoje não houve nenhuma justificativa. Ela simplesmente apareceu às dez horas e se sentou de frente para um computador. Até Jenni estava incomodada.

Voltei para minha mesa com um copo d'água na mão e tremor na outra. Reuben e Kaia saíram para comer na varanda.

Tentei ler os e-mails, mas de novo as palavras se embolaram, disformes. Tentei beber a água, mas meu estômago se recusou. *Gelada*, exigiu. *A água precisa estar gelada!* Eu me arrastei de volta à cozinha, onde encontrei a forma de gelo vazia. Sentei novamente à mesa e fiquei olhando meu marido e a namorada dele se beijando lá fora. Kaia estava apoiada na dobra do braço de Reuben.

— Não aguento mais — disse alguém.

Eu mesma, notei, depois de uma pausa.

Eu mesma tinha dito aquilo.

Quase ri. Ali estava eu, trêmula, enjoada, tonta, agora conversava comigo mesma à minha mesa. O que viria a seguir? Rugidos animalescos? Sair nua pela cidade?

Então:

— Não aguento mais — eu me ouvi repetir. A voz vinha de uma parte minha que eu não conseguia controlar. — Não aguento mais nada disso.

Entrei às pressas numa sala de reunião.

Pare com isso, disse a mim mesma, fechando a porta. *Pare com isso agora mesmo.* Contornei a mesa, fingindo mandar mensagem de texto para alguém, olhei novamente para eles. Kaia beijava a testa de Reuben. Um gato os observava da varanda da clínica de Botox que era nossa vizinha. Atrás deles, erguiam-se os arranha-céus do centro da cidade.

— Não aguento mais.

Pare com isso!

Qualquer pessoa se sentiria incomodada vendo o ex-marido se apaixonar de novo, ponderei. Era normal eu ficar irritada.

Só que o problema não eram o Reuben e a Kaia.

O fogo avança rapidamente em nossa direção.

Tentei conter as palavras que escapavam da minha boca, mas não tinha forças.

— Quero voltar para casa — falei.

A sala de reunião zumbia.

— Pare com isso — murmurei. Meus olhos começaram a arder. — Pare com isso. Aqui é sua casa.

Não é, não. Aqui nunca passou de um esconderijo.

Mas eu adoro essa cidade! Adoro!

Isso não faz dela sua casa.

Jenni entrou na sala.

— Sarah, o que houve? — perguntou. — Você está falando sozinha.

— Eu sei.

— É o Reuben? Posso pedir para a Kaia ir embora, se você quiser. Eles não deveriam se comportar assim aqui.

Respirei fundo. Mas, enquanto eu procurava as palavras certas, Jenni se retirou. Fiquei olhando as costas dela enquanto se afastava, entendendo o que estava prestes a fazer.

Kaia e Reuben ergueram os olhos. Jenni disse alguma coisa. Eles sorriram, assentiram. Reuben assobiava ao entrar na sala, mas algo em sua fisionomia me disse que ele sabia o que estava por vir.

Não, pensei, em desalento. *Não é isso. O problema não é esse.* Mas Jenni já havia começado. Estava à cabeceira da mesa, falando com uma voz que eu tinha ouvido três, talvez quatro, vezes em toda a nossa história.

— Kaia, ficamos muito agradecidos com sua ajuda, mas acho que precisamos esclarecer de que projetos você está participando e se há de fato excesso de volume de trabalho em alguma parte da nossa equipe. Porque, se houver, acho que é um problema que precisamos resolver. Você não pode ficar aqui nos ajudando quando der na telha. Isso não foi algo que nós tenhamos combinado.

Silêncio.

Reuben voltou os olhos perplexos para mim.

Kaia estava lívida.

— Claro — começou, embora eu soubesse que ela não fazia ideia do que dizer. — Eu... só queria ajudar com algumas coisas que o Reuben tinha pendentes... E a assistente da Sarah, a Kate, parecia...

Ela mexeu no anel que ficava na metade do dedo, e reparei que suas mãos tremiam.

Esse não é o problema e essa também não é a solução, pensei. Estava muito cansada. Desesperadamente cansada.

— Desculpem — disse Kaia, depois de uma pausa. — Não era minha intenção incomodar. É verdade que passo muito tempo aqui...

Os olhos dela se encheram de lágrimas.

Instintivamente, dei um passo à frente, mas Jenni me detém.

— Pode deixar — disse, entregando um lenço de papel para Kaia.

Ela não a abraçou. Num misto de horror e fascínio, vi minha amiga dirigir toda sua raiva e frustração à mulher que chorava do outro lado da nossa mesa de reunião.

Reuben estava paralisado.

— Eu... perdi um... Me faz bem vir aqui... — Kaia agora se encolhia, feito um animal atropelado. — Desculpem. É que me faz bem. Mas vou parar de vir. Eu...

Ela avançou para a porta. E de repente entendi.

— Kaia — murmurei. — Espere.

Ela se deteve.

— Aquela história que você me contou, no dia em que nos conhecemos — falei, e o rosto dela murchou, como uma barraca da qual tirassem as hastes. — A história do menininho na ala de oncologia, que nossos palhaços animaram. — A barraca desabou de todo, e vi um ser humano arrasado. — Era seu filho? — perguntei.

Reuben me encarou. Kaia respirou fundo e assentiu.

— O Phoenix — balbuciou. — Era meu filho, sim.

Fechei os olhos. Coitada.

— Como você soube? — perguntou Reuben, perplexo.

Durante a manhã, quando abri a correspondência, havia uma carta de um casal chamado Brett e Louise West. Quatro meses depois de perder o filho, eles tinham finalmente encontrado forças para escrever. Era sua primeira carta. *Muito obrigado... Vocês melhoraram muito as últimas semanas dele... Ficamos nos perguntando se poderíamos ajudar sua organização de alguma forma... Adoraríamos ser voluntários... Seria muito bom mesmo poder retribuir... Nos sentir úteis...*

Isso havia me feito pensar novamente na Kaia: por que ela estava aqui. Eu tinha certeza de que não era só pelo Reuben.

Alguns dias antes, tínhamos recebido um telefonema avisando que uma criança com quem vínhamos trabalhando havia meses entrara em remissão e voltaria para casa. Kaia, que não conhecia a criança, desatou a chorar.

"Uma segunda chance", escutei quando comentou com minha assistente, Kate, que foi quem nos deu a notícia. "Uma segunda chance de viver. Ah, que dádiva!"

Era, sim, uma dádiva. A equipe toda comemorou. Mas fiquei observando Kaia, depois que todos voltaram a trabalhar, e me perguntando se ela teria conhecido alguém que não tinha tido uma segunda chance.

E agora, ao vê-la tentando se justificar para Jenni, me pareceu óbvio que o menininho de quem ela me falara no dia em que nos conhecemos era seu filho. Ela o havia perdido e, com ele, uma parte insubstituível de si mesma. Em algum momento, quando conseguiu se levantar da cama para respirar, Kaia quis se fazer útil — assim como os pais que haviam nos escrito, assim como eu e muitos outros — porque parecia a única maneira de fazer o bem a partir do mal. A única maneira de seguir em frente.

— Sinto muito — murmurei.

Ela assentiu.

— Eu também. E peço desculpas por passar tanto tempo aqui. Meu marido e eu nos separamos no ano passado, o casamento não resistiu. E ando me sentindo... sozinha. Não que seja problema seu, mas... me ajuda ficar aqui.

Fechei os olhos. Estava tão, tão cansada.

— Eu entendo.

Fiquei olhando a saída deles. Jenni havia desabado na cabeceira da mesa. Eu me aproximei dela e botei a mão em seu ombro.

— Pare — pedi. — Não tinha como você saber.

Jenni apenas sacudiu a cabeça.

— Olha, Jen, estou comovida por você ter tomado uma atitude por mim, pela equipe. Você foi gentil, educada, entregou a ela um lenço. O que mais poderia ter feito?

— Poderia não ter dito nada — respondeu ela, a voz carregada de culpa. — Poderia tê-la deixado em paz.

Esfreguei seu ombro, olhando para fora da janela. Minha perna começou a tremer, e me sentei a seu lado.

— O pior é que a Kaia e eu estamos no mesmo barco — observou Jenni. — Há uma parte de nós faltando. Embora ela *tenha tido* um filho, Sarah, que foi arrancado dela e... Meu Deus, dá para imaginar?

Quando ela finalmente se recompôs, avisei que precisava sair.

— Acho que vou ao hospital. Não estou... Não estou batendo bem da cabeça, né?

— Não — admitiu Jenni. — Mas como o médico vai ajudar a botar sua cabeça no lugar? Você não vai pedir remédio para isso, vai?

Fiz uma pausa.

— Não — respondi. — Só preciso... conversar.

Ela franziu a testa.

— Você sabe que pode conversar comigo.

— Sei. E obrigada de novo — sussurrei. — Sua intenção foi boa.

Jenni suspirou.

— Eu sei. Vou fazer um bolo enorme para ela. De legumes frescos, usando verduras em pó ou qualquer coisa assim. Vai ficar ótimo.

Instantes depois, a porta do nosso prédio se fechou atrás de mim. O ar abafado do início de tarde de julho me açoitou e me escorei na porta. Queria dormir, mas não suportava o silêncio da casa da Jenni. Queria ficar no ar condicionado, mas não suportava a ideia de voltar para o trabalho. Queria...

Congelei.

Eddie. Eu queria o Eddie. Mas, bem no fundo do meu cérebro, alguma coisa devia estar dando defeito, porque ele estava ali.

Ali.

Do outro lado da Vermont Avenue. Esperando o sinal fechar. Olhando para mim.

Não!

Sim.

Fiquei imóvel. Olhei para ele. Um ônibus vermelho comprido atravessou entre nós, demorando o que me pareceram horas para passar. Mas ele continuava ali. Olhando para mim.

Eu me sentia anestesiada. De repente, havia um silêncio estranho, incondizente com o estrondo dos carros que passavam entre nós. O sinal fechou, e a luz branca dos pedestres me convidou a andar até ele, mas não andei, porque ele se pôs a andar na minha direção, ainda olhando para mim. Estava de bermuda, a mesma que usava no dia em que nos conhecemos. O mesmo chinelo. Eles pisavam o asfalto fervente, e sobre eles gingavam os mesmos braços que haviam me envolvido enquanto eu dormia.

Eddie estava vindo. Do outro lado do mundo, do outro lado da rua. Até dar meia-volta de repente. O sinal dos pedestres exibiu uma mão vermelha, contou três, dois, um, e os carros voltaram a andar. Eddie olhou para trás e desceu a rua.

Quando o sinal fechou e pude atravessar, ele havia desaparecido na Lexington Avenue. Fiquei na esquina da Lexington com a Vermont, desorientada com a intensidade do que sentia. Mesmo agora, depois de semanas de humilhação. Nada havia mudado. Continuava apaixonada por Eddie David. Só que agora sabia, já não podia negar, quem ele era.

Continuei andando até o hospital.

O sol mergulhava no horizonte. Lá embaixo, as estradas prateadas se estendiam ao infinito, perdidas na névoa. Helicópteros dividiam o céu com aves de rapina que deslizavam impulsionadas pelas correntes de ar. Pessoas caminhavam pelas trilhas abertas na encosta feito cicatrizes.

Fazia duas horas que eu estava ali. Provavelmente mais. Sozinha, no meu banco preferido, perto do observatório do Griffith Park. A maioria dos turistas já havia ido embora, ansiosa para descer antes que escurecesse. Mas uns poucos permaneciam, ansiosos para fotografar o pôr do sol perfeito. Entre eles, eu me mantinha imóvel, tentando esquecer o que o médico tinha dito, concentrando-me na minha semana com o Eddie. Esperando que uma pista se revelasse. Ainda não a havia encontrado, mas estava perto. É incrível o que descobrimos quando sabemos o que estamos procurando.

Eu tinha passado um pente fino em todos os nossos momentos juntos, do início ao fim, e, agora que o sol se derramava sobre o Pacífico, começava a pensar em nossa última manhã juntos. A claridade lá fora, a sensação de desamparo quando nos despedimos, o entusiasmo com o que estava por vir. Ele se apoiou no balaústre da escada. A janela estava aberta, e eu sentia o perfume doce dos pilriteiros, o cheiro limpo de grama quente. Fechei os olhos. Ele me beijou, com a mão nas minhas costas. Encostou o nariz no meu, de olhos fechados. E conversamos. Ele me deu uma flor, pegou todos os meus contatos, me adicionou no Facebook, me deu a Ratinha para guardar. Disse:

"Acho que me apaixonei por você. Isso é ir longe demais?"

"Não", respondi. "É perfeito."

E fui embora.

Imaginei-o virando de costas depois que eu saí, subindo os últimos degraus da escada. Pegando o chá que havia deixado na bancada. Talvez parando para tomar um gole. Ele ainda estava com o celular na mão, porque tinha acabado de adicionar meus números. Talvez tenha se sentado na poltrona à janela e aberto meu perfil no Facebook, para dar uma olhada...

Peguei o celular.

Eu me sentia inusitadamente calma ao abrir o Facebook. E lá estava, óbvio. Uma mensagem carinhosa de Tommy Stenham, no dia 1º de junho de 2016.

> Bem-vinda, Harrington! Espero que você tenha feito boa viagem. Não vejo a hora de nos encontrarmos.

Calcei as sandálias. Voltei ao observatório e pedi um Uber. Enquanto esperava o carro chegar, peguei o celular e comecei a escrever. Já tinha a minha resposta.

CAPÍTULO TRINTA E CINCO

Eddie,

Sei quem você é.

Durante muitos anos, sonhei que encontrava você. Os sonhos aconteciam num canto escuro da minha mente e, neles, você nunca tinha exatamente rosto ou voz. Mas sempre estava lá, e a sensação era sempre terrível.

Aí você apareceu, naquele dia de junho, no gramado, com o carneiro, em Sapperton. Você sorriu para mim, me convidou para beber, e foi maravilhoso comigo. E eu nem desconfiei de nada.

O mundo tem o gosto que teve no verão em que completei dezessete anos. Gosto de bile.

Precisamos conversar. Pessoalmente. Segue abaixo o número do meu celular aqui de Los Angeles. Por favor, me ligue. Podemos combinar de nos encontrar.

Sarah

CAPÍTULO TRINTA E SEIS

— Sarah Mackey — disse Jenni. — Onde você estava? Eu te liguei várias vezes.

Tirei as sandálias de couro e me sentei na beira de um banco.

— Desculpe. Deixei o celular em modo silencioso. Você está bem? Jenni ignorou minha pergunta e foi pegar água para nós.

— Posso te servir um refrigerante, se preferir — ofereceu, estendendo o copo.

Seus olhos estavam vermelhos. Eu sabia que ela não tinha saído da cama desde que voltara do trabalho.

Desatei a chorar.

— O que foi? — Jenni se aproximou. Tinha cheiro de xampu de coco e de hidratante corporal. — Sarah...?

Como eu podia explicar aquela bagunça toda para uma mulher que havia acabado de perder a última esperança de constituir uma família? Era impensável. Ela me ouviria, ficaria horrorizada e depois se sentiria péssima, porque não havia nada — absolutamente nada — que pudesse fazer por mim.

— Diga — exigiu Jenni.

— Foi tudo bem no médico — menti, depois de um longo silêncio. Assoei o nariz. — Ainda falta o resultado do exame de sangue, mas está tudo bem.

— Sei...
— Mas...

Meu celular começou a tocar.

— É o Eddie! — exclamei, procurando o celular.

— O quê? — Jenni imediatamente pescou o aparelho na minha bolsa, atirando-o para mim. — É ele? — perguntou. — É o Eddie?

E meu peito se contraiu de dor, porque era. E a situação era impossível. Jamais poderíamos ficar juntos. Eu finalmente o havia encontrado, e não tínhamos nenhum futuro.

— Eddie? — falei.

Houve uma pausa, então a voz dele, dizendo alô. Exatamente como eu havia sonhado, só que dessa vez era real. Familiar e estranha, perfeita e triste. *A voz dele.*

A minha conseguiu sair, mas só o suficiente para responder que sim, que poderíamos nos encontrar no dia seguinte e que sim, podia ser na praia de Santa Monica: eu o encontraria em frente à área de aluguel de bicicletas, perto do píer, às dez horas.

— Eu já estava começando a achar que era mentira que Los Angeles fica no litoral — comentou ele. Parecia cansado. — Passei dias andando pela cidade e ainda não vi o mar.

Quando encerramos a ligação, eu me aninhei no canto do sofá da Jenni e chorei como uma criança.

CAPÍTULO TRINTA E SETE

Oi, Ouriço,

Já se passaram duas semanas do dia em que você deveria ter comemorado seu aniversário, mas ainda penso em você o tempo todo. Não só nos aniversários.

Às vezes, gosto de imaginar o que você estaria fazendo se ainda estivesse aqui. Hoje imaginei você morando na Cornualha, uma jovem pintora, sem dinheiro, com tinta no cabelo. Nessa versão, você estuda belas-artes em Falmouth e vai morar num prédio abandonado, no alto de uma colina, com amigos artistas. Você gosta de usar lenço na cabeça, provavelmente é vegetariana, está sempre arranjando financiamentos junto à Secretaria de Cultura, organiza exposições e dá aula de artes para crianças. Você é eletrizante.

Aí vem o pêndulo da tristeza, e me lembro de que você não está nesse prédio maluco, no alto da colina. Você está num canto tranquilo de Gloucestershire, uma lembrança muda onde antes havia minha luminosa irmã.

Fico me perguntando se você sabe o que vou fazer amanhã. Se sabe com quem vou me encontrar na praia.

E, caso saiba, fico então me perguntando se você vai me perdoar por isso.

Porque não posso deixar de ir, Ouriço. Preciso saber como você estava no dia em que morreu: o que fez, o que disse, até o que comeu. Quando tive de identificar seu corpo, desabei num canto como algo que tivesse derretido. Levei horas para me levantar e voltar para casa. Mas, quando cheguei, encontrei uma torrada pela metade na bancada da cozinha. Fria e dura, com a marca dos seus dentinhos. Como se você tivesse cogitado dar uma última mordida, mas então resolvido fazer outra coisa.

O que mais você comeu naquele dia? Cantou alguma música? Mudou de roupa? Estava feliz, Ouriço?

Preciso saber essas coisas. E preciso descobrir por que, apesar de tudo, continuo amando a pessoa que tirou você de nós.

Sinto como se estivesse decepcionando você, indo amanhã. Espero que entenda por que vou.

Te amo.

Beijos,
Eu

CAPÍTULO TRINTA E OITO

Fiquei observando um grupo de crianças jogando vôlei enquanto esperava pelo Eddie. Não sabia nem se ele apareceria, não sabia se seria melhor, mais fácil, que ele não aparecesse.

A maré estava baixa; a praia, tranquila. Nuvens esparsas se interpunham entre Santa Monica e o sol incandescente. O ar tinha cheiro de algo quente e doce — caramelo, talvez, ou donuts assando —, um cheiro de infância, que acionou um canto da minha memória. Férias em Devon. Areia áspera, pernas salgadas, pedras escorregadias. O tamborilar da chuva em nossa barraca. Conversas sussurradas até tarde da noite com minha irmã, cuja presença em minha vida eu jamais havia pensado em questionar.

Consultei o relógio.

Na quadra de vôlei, as crianças finalmente terminaram a partida e começaram a juntar seus pertences. O calçadão bramiu quando alguém passou de patins. Corri os dedos úmidos pelo cabelo. Respirei fundo, bocejei, abri e fechei as mãos.

A voz do Eddie surgiu atrás de mim.

— Sarah?

Demorei um pouco antes de encará-lo, esse homem que morava na minha cabeça há tanto tempo.

Mas, quando afinal olhei para ele, vi apenas Eddie David. E senti apenas o que sentia antes de saber quem ele era: amor, desejo, anseio. Aquele clique do meu corpo se acendendo.

— Oi — murmurei.

Eddie não respondeu. Olhou dentro dos meus olhos, e me lembrei do dia em que o conheci, quando achei que os olhos dele tinham a cor de oceanos longínquos, cheios de calor e boas intenções. Hoje estavam gelados, quase vazios.

Endireitei o corpo.

— Obrigada por vir.

Ele mexeu de leve os ombros.

— Passei as duas últimas semanas tentando vir falar com você. Estou hospedado na casa do meu camarada Nathan. Mas...

A voz se perdeu.

— Claro, eu entendo.

Uma família de bicicleta amarela alugada passou no calçadão, entre nós, e ele se afastou, mantendo os olhos fixos em mim.

Caminhamos pela praia e nos sentamos na areia, no ponto em que ela descia até o mar. Ficamos um bom tempo olhando o Pacífico estourar em si mesmo, camadas de espuma prateada numa viagem incansável para lugar nenhum. Eddie abraçou os joelhos. Tirou um chinelo e enfiou os dedos do pé na areia.

A perplexidade do desejo quase me deixou sem ar.

— Não sei como fazer isso, Sarah — admitiu ele, afinal. Os olhos estavam vítreos. — Não sei o que dizer. Você...

Ele abriu as mãos, parecia desamparado.

Era uma vez, muito tempo atrás, um jovem chamado Eddie. Ele tinha uma irmã, uma menininha chamada Alex. Ela tinha cabelo louro, emaranhado. Estava sempre cantando. Tinha grandes olhos azuis. Era cheia de vida e planos. E gostava de balas de fruta. Era a melhor amiga da minha irmã.

Senti o estômago embrulhar ao me lembrar dela, enquanto aguardava o que sabia que estava por vir.

— Você matou minha irmã — disse Eddie.

Ele respirou fundo, e eu fechei os olhos.

A última vez que ouvi essas palavras tinha sido na secretária eletrônica Panasonic dos meus pais. Fazia uma semana, talvez duas, desde o acidente, e Hannah finalmente recebera alta do hospital. Ela havia se recusado a entrar no carro comigo, havia se recusado até mesmo a ir para casa. Fez uma cena, e por fim minha mãe conseguiu que um ônibus de transporte de pacientes as levasse para casa, enquanto eu e meu pai íamos de carro.

Quando chegamos, havia o pisca-pisca vermelho da secretária eletrônica — passei a ter pavor disso — e um recado da mãe da Alex, que a essa altura estava internada num hospital psiquiátrico. A voz dela parecia porcelana quebrada. *Sua filha vai pagar por isso. Pode ter certeza. A Sarah matou a minha filha. Matou a Alex e vai ser presa, vou botá-la na cadeia. Ela não merece ficar livre. Não pode ficar livre quando a Alex está... está...*

"Ela vai botar você na cadeia", ecoara Hannah, lançando-me um olhar fulminante, entre lágrimas. Havia cortes e hematomas em seu corpo. "Você matou minha melhor amiga. Não merece estar aqui, se ela não está." E começou a chorar. "Odeio você, Sarah. Odeio você!"

E essa foi a última coisa que ela me disse. Dezenove anos haviam se passado — dezenove anos, seis semanas e dois dias — sem que ela me dissesse uma única palavra, por mais que eu tenha tentado, por mais que meus pais tenham tentado.

— Sinto muito, Eddie — sussurrei. Esfreguei os tornozelos com as mãos trêmulas. — Se isso ajuda de alguma forma, nunca me perdoei. A Hannah também não.

— Ah, sim, a Hannah. — Ele me encarou e imediatamente desviou os olhos, como se sentisse repulsa. — Você me disse que tinha perdido sua irmã.

— E perdi. — Tracei uma linha tremida na areia. — A Hannah parou de falar comigo. Me cortou da vida dela. Por isso, é como se eu não tivesse mais irmã.

Ele olhou a linha que eu havia traçado na areia.

— A Hannah nunca mais falou com você?

— Nunca. E Deus sabe que tentei.

Ele ficou em silêncio por um instante.

— Não posso dizer que estou tão surpreso quanto deveria estar. Ela manteve contato com minha mãe. Você pode imaginar as conversas. — A voz dele era dura. — Mas isso não vem ao caso. O fato é que você tem irmã. Mesmo que ela não queira saber de você, você tem irmã.

Fiquei em silêncio. Gostaria de poder fugir. *Eu sou a mulher que ele mal consegue olhar nos olhos. Eu sou a mulher que ele provavelmente desejou ver morta durante todos esses anos.*

— Lamento muito que sua irmã fosse a melhor amiga da minha, Eddie. Lamento muito ter saído com elas naquele dia. Lamento muito que meus reflexos não tenham sido os que eu deveria ter tido quando ele... quando aquele homem... — Engoli em seco. — Não acredito que você é o irmão da Alex.

Eddie hesitou. Então:

— Quero que você me conte tudo — disse ele, e pude ver o esforço que fazia para manter a voz neutra.

— Eu... Tem certeza?

O corpo dele, o corpo forte, caloroso e lindo com o qual eu havia sonhado tantas vezes, fez uma espécie de movimento de anuência.

Por isso, contei.

Naquele verão, tentei a todo custo manter meu lugar no círculo de amizade de Mandy e Claire. Nas semanas que se seguiram às provas semestrais, elas se encontravam todos os dias, mas só me convidavam algumas vezes.

"Ai, Sarah, pare de achar que tá rolando uma conspiração contra você", respondeu Mandy quando tive coragem de confrontá-la.

Éramos adolescentes. Evidentemente, eu achava que tava rolando uma conspiração contra mim.

Durante o tempo que passavam juntas, elas haviam criado um novo código de conduta que não quiseram compartilhar comigo, por isso minhas primeiras semanas no segundo ano foram um campo minado. Eu dizia as coisas erradas, conversava com as pessoas erradas e usava as roupas erradas, sabendo disso apenas quando as via revirando os olhos.

No dia em que fiz dezessete anos, quando cheguei à escola, descobri que elas já não se sentavam no mesmo canto da sala, tendo se mudado para outro lugar. Não sabia se era para eu me mudar junto.

Na primavera, Mandy começou a sair com um cara de Stroud, onde ficava nossa escola. Seu nome era Greggsy. Ele tinha vinte anos e, portanto, era um ótimo partido. Não importava que tivesse um rosto de fuinha pavoroso nem uma relação duvidosa com a lei. Claire morria de inveja e passava o tempo todo correndo atrás deles. Comecei a perder a esperança, certa de que aquela seria a gota d'água para mim. As meninas que saíam com caras mais velhos eram de outro patamar. Eram criaturas sexualizadas, bem-sucedidas, independentes, intocadas pelas inseguranças da adolescência.

Mandy talvez fosse levar Claire consigo antes de puxar a escada, mas com certeza não me levaria.

Num dia de março, porém, Mandy comentou casualmente que Bradley Stewart vinha perguntando por mim. Bradley Stewart era primo do Greggsy. Dirigia um Astra. Era um dos garotos mais bonitos daquele grupo medonho, e fiquei pateticamente deleitada.

"Ah, é?", perguntei, sem erguer os olhos do rótulo da Coca Diet, que eu estava descascando. Era importante saber como agir: Mandy usaria minhas palavras para me humilhar depois, caso eu parecesse interessada demais. "Ele é ok."

"Vou providenciar o encontro", anunciou ela, descontraída.

Claire, com quem Mandy havia se desentendido, ficou furiosa, e me dei conta de que essa oportunidade jamais teria se apresentado caso elas não tivessem brigado.

Não tivemos um encontro de verdade, porque ninguém tinha encontros de verdade naquela época. Apenas nos esbarramos em frente ao Pelican, com todos os outros adolescentes. Bebemos garrafas de Hooch e Smirnoff Ice e tentamos ser engraçados. Bradley, com seu cabelo preto, tênis pretos e olhar incisivo, de algum modo me convenceu a ir ao edifício-garagem da London Road, "para beber". Me apertou contra a parede e começou a me beijar. Passou a mão por baixo da minha blusa, e eu deixei, embora estivesse sendo bruto, impaciente. Enfiou a mão na minha calça, e eu deixei: não queria, mas não tinha praticamente nenhuma experiência sexual, e uma oportunidade assim não apareceria tão cedo. Tentou transar comigo; eu disse não. Me pediu sexo oral, contentando-se afinal com uma masturbação nervosa. Não gostei, mas ele gostou, e isso me bastava.

Depois ele não me ligou, e eu fiquei arrasada. Passei dias fitando o telefone, até ceder afinal e arriscar ligar para ele quando já não aguentava mais. Ninguém atendeu. Peguei um ônibus até a casa dele, perto de Stroud. Passei diante da porta três vezes em trinta minutos, ensopada de chuva, esperançosa, perdida.

"Você devia ter transado com ele", observou Mandy. "Ele deve ter achado que você está saindo com alguém. Ou que é frígida."

Claire, pazes refeitas, riu.

Eu já sentia se esvair aquela centelha de autoestima que vinha acalentando desde que Bradley me levara ao edifício-garagem. Por isso pedi à Mandy que dissesse a ele que eu estava pronta para "dar" (palavra dela), e ele me ligou.

Viramos um casal, ou um arremedo disso. Convenci a mim mesma de que era amor e nunca nem cogitei que merecia coisa melhor. E nem desejaria coisa melhor: eu agora fazia parte da gangue, e me sentia em casa aonde quer que fosse. Vivia naquele outro patamar com Mandy, e nada me tiraria dali.

Bradley sempre me falava de outras meninas que gostavam dele, e meu coração adolescente paralisava de medo. Passava dias sem me ligar, nunca me acompanhava ao ponto de ônibus e sempre fazia questão de ir sozinho à Maltings, uma boate de azaração, para poder "ser ele mesmo". Mais de uma vez, decidiu isso quando já estávamos na fila, sabendo que eu não teria onde ficar se não fosse na casa dele. No dia em que passei no exame de direção, nem me deu parabéns. Apenas sugeriu que eu fosse à casa dele, para transarmos.

— Que cara legal, esse — observou Eddie.
Dei de ombros.
Ele me encarou por um instante, e me lembrei da nossa primeira manhã juntos, quando nos sentamos um de frente para o outro no balcão que separava a cozinha do resto da casa. Eu, ele, o cheiro de pão e esperança. Ele desviou os olhos, como se não conseguisse me olhar.
— Você se importa se formos direto ao ponto? — pediu, num murmúrio. — Entendo por que você está me contando isso, mas... eu preciso saber.
— Desculpe. Claro. — Senti os acordes crescentes do pânico. Fazia anos que eu não conversava sobre o que havia acontecido naquele dia. — Eu... Que tal se nós formos caminhar um pouco? Está quente demais para ficar aqui parado.
Depois de um instante, Eddie se levantou.
Passamos pela guarita dos salva-vidas, indo em direção ao calçadão, que serpenteava até a praia de Venice. Pessoas de bicicletas e de patins passavam por nós, gaivotas deslizavam no céu. As nuvens esparsas da manhã haviam se dissipado, e o ar tremeluzia de calor.

Era verão, uma tarde de segunda, em junho. Minha mãe e meu pai tinham ido fazer alguma coisa em Cheltenham, e deixaram Hannah aos meus cuidados, depois da escola. Hannah tinha levado Alex para casa. Depois de uma hora fingindo fazer os deveres, elas me disseram que estavam "morrendo de tédio" e me pediram para levá-las ao Burger Star, em Stroud. Respondi que não. Por fim, entramos num acordo: iríamos até a Broad Ride, matar o tempo por lá. Elas haviam criado um esconderijo lá alguns anos antes, quando construir e manter esconderijos ainda era uma maneira aceitável de passar o dia. Agora, finda essa fase, gostavam de ficar lá ouvindo música e lendo revistas.

Eu estava sentada numa manta, a uma curta distância delas, estudando. Não tinha nenhum interesse em sua conversa cochichada sobre um menino da turma, mas elas tinham doze anos, e eu não as perderia de vista. Hannah gostava demais de se exibir para ser responsável por sua própria segurança. Não entendia a fragilidade da vida, as consequências da bravata de uma menina de doze anos.

Era um dia quente, de poucas nuvens, e eu me sentia tranquila, até onde conseguia me sentir tranquila naquela época. Mas então ouvimos o barulho de um carro se aproximando, tocando música alta. Quando vi quem era, senti um misto de euforia e apreensão. Bradley havia telefonado mais cedo, querendo que eu o pegasse em casa. Seu carro não queria ligar, ele disse, portanto, será que eu poderia buscá-lo? E emprestar dinheiro para o conserto?

Não, respondi para ambas as perguntas. Eu estava tomando conta de duas meninas de doze anos. E ele já estava me devendo setenta libras.

"Peguei emprestado o carro novo do Greggsy", comentou, aproximando-se com um raro sorriso. "Já que você não quis me ajudar." Ele voltou os olhos para Hannah e Alex, com curiosidade. "E aí, meninas?"

"Oi", responderam elas.

"Desde quando o Greggsy tem um carro assim?", perguntei.

Era uma BMW. Toda equipada, exatamente como Bradley e Greggsy gostavam. Mas, ainda assim, uma BMW.

"Ele arranjou um dinheirinho, sabe como é." Bradley deu umas batidinhas com o indicador no nariz.

Hannah se animou.

"Ele roubou esse carro?"

Bradley riu.

"Não, princesa. Tudo dentro da lei."

Ele não conseguia ficar muito tempo parado. Depois de dez minutos sentado na manta, propôs que "apostássemos corrida" com nossos carros.

"De jeito nenhum", respondi. "Com as meninas, não."

Eu já havia participado de uma corrida com ele: Bradley contra Greggsy, de lá para cá na Ebley Road, em plena madrugada. Tinham sido os vinte minutos mais assustadores da minha vida. Quando acabou, no novo estacionamento do supermercado, baixei a cabeça no peito e chorei. Eles riram de mim. Mandy também, embora tivesse ficado tão apavorada quanto eu.

Mas Hannah e Alex, que já tateavam o oscilante trampolim da adolescência, acharam a ideia incrível.

"Isso, vamos apostar corrida!", exclamaram, como se meu pai tivesse me deixado um carro esportivo, não uma lata-velha de motor 1.0 com uma junta de cabeçote que tinha os dias contados.

Hannah e Alex insistiram, com Bradley fazendo coro. *Não é a autoestrada, Sarah. É só uma estradinha de merda que não vai a lugar nenhum.* Alex ficava jogando o cabelo louro para os lados, e Hannah a copiava, embora fosse menos convincente.

Minha necessidade de proteger Hannah não diminuíra com o passar dos anos. Na verdade, cresceu quando ela passou de criança destemida a pré-adolescente atrevida. Por isso neguei. Repetidamente. Bradley ficava cada vez mais irritado. Eu ficava cada vez mais estressada. Não estávamos acostumados comigo dizendo não.

Mas então as coisas fugiram ao meu controle. Sorrindo, Hannah correu para o carro do Bradley e se sentou no banco do carona. Bradley logo se acomodou no banco do motorista. Comecei a gritar com eles, mas ninguém me ouvia porque o carro que Bradley tinha pegado emprestado possuía escape duplo e agora rugia. Eles partiram em direção a Frampton, e senti o medo gelar meu corpo.

"Hannah!", gritei.

Corri para o carro, com Alex atrás de mim.

"Merda!", sussurrou ela, parecendo ao mesmo tempo impressionada e temerosa. "Eles foram mesmo!"

Pedi que ela botasse o cinto de segurança. Avisei que ela não deveria dizer palavrão. Rezei.

— E fomos atrás deles — murmurei, parando no calçadão.

Eddie desviou os olhos, fitando o mar, as mãos enfiadas nos bolsos.

— Você estava em Sapperton porque tinha acabado de andar pela Broad Ride — falei. — Não foi? No dia em que nos conhecemos. Você estava lá pelo mesmo motivo que eu.

Ele assentiu.

— Foi a primeira vez que fui lá no aniversário de morte dela. — Sua voz era firme, para impedir que desmoronasse. — Em geral, passava o dia com a minha mãe, que folheava antigos álbuns de fotografias e chorava. Mas naquele dia... não consegui. Queria estar lá fora, no sol, pensando coisas boas sobre a minha irmã.

Eu era a responsável por isso. Eu e minha fraqueza, minha monstruosa estupidez.

— Vou lá todo ano, no dia 2 de junho — contei. Queria abraçá-lo, absorver a tristeza dele. — Prefiro a Broad Ride à estrada principal, porque a Broad Ride foi o reino delas naquela tarde. As duas tinham levado esmalte, revista. Estavam felizes da vida. É disso que vou à Inglaterra para me lembrar.

Eddie me encarou.

— Que revista? Você lembra? Qual era o esmalte? O que comeram?

— Era da *Mizz* — respondi. Claro que eu me lembrava. Aquele dia havia martelado na minha cabeça durante toda a minha vida adulta. — Elas pegaram meu esmalte emprestado, que eu tinha ganho numa revista; o nome dela era Sugar Bliss. Comemos os salgadinhos vegetarianos da Linda McCartney, porque elas estavam numa fase de evitar carne. Batata chips sabor queijo e cebola, um pote de salada de frutas. E a Alex tinha levado bala.

Lembro como se fosse ontem: as vespas sobrevoando as frutas, os óculos de sol novos da Hannah, os matizes de verde das árvores.

— Aposto que levou Skittles — disse ele. — Sua bala preferida.

— Exatamente. — Eu não conseguia olhar para ele. — Skittles.

Alcancei-os na estrada principal. Bradley estava tentando dobrar à direita, para Stroud, mas uma fila de carros atrás de um trator o impedia.

Fique calma, pensei, saltando do carro e correndo até o lado do carona da BMW. *Pegue a Hannah e trate o assunto como se não passasse de uma grande brincadeira. Ele não vai se importar se...*

Quando me viu, Bradley imediatamente acelerou, dobrando à esquerda. Corri de volta para o carro.

"Você pode andar mais rápido, se quiser", observou Alex. O carro do Bradley já havia quase sumido. "Pode pisar fundo. Não ligo."

"Não, ele vai desacelerar e esperar por mim, para poder apostar corrida. Eu conheço o Bradley."

Meus ouvidos latejavam. Por favor, meu Deus, que nada de mau aconteça a ela. Que nada de mau aconteça à minha irmã. Conferi o velocímetro. Oitenta quilômetros por hora. Reduzi a velocidade. Mas logo acelerava. Não estava aguentando.

Alex ligou o rádio. Tocava uma música-chiclete boba chamada *MMMBop*, de um grupo de meninos americanos, os Hanson. Passados dezenove anos, ainda não consigo ouvir essa música.

Depois de um intervalo terrivelmente curto, Bradley voltava pelo outro lado da rua, a cem, talvez cento e dez, quilômetros por hora.

"Pare de correr!", gritei, piscando o farol.

Ele decerto havia feito o retorno em algum lugar da estrada.

"Calma", pediu Alex. "A Hannah está bem."

Bradley passou buzinando e girou o carro para nosso lado da estrada.

"Cavalo de pau!", admirou-se Alex.

Quase freei completamente, olhando pelo retrovisor. Não consegui nem respirar até a BMW se reposicionar para acelerar. Podia ver minha irmã no banco do carona, pequena ao lado dele. Uma criança.

Ela olhava para a frente. Hannah só ficava imóvel daquele jeito quando estava com medo.

"Como você sabe o que é cavalo de pau?", perguntei.

Eu estava dirigindo devagar, com o pisca-alerta ligado. *Por favor, pare. Devolva minha irmã.* Abri a janela e indiquei freneticamente a beira da estrada.

"Meu irmão me ensinou", respondeu Alex. "Ele está na faculdade."

Por um instante, senti raiva pelo fato de o irmão dela — um *idiota* — ter achado bacana ensinar à irmã caçula o que era cavalo de pau. Mas então Bradley acelerou para bater na nossa traseira, freando na última hora. Fiquei atônita. Ele repetiu. Várias vezes. Tentei parar, mas, sempre que eu tentava parar, ele fazia menção de me ultrapassar. Por isso continuei dirigindo, como ele queria. Não podia deixá-lo desaparecer de novo com minha irmã.

Ele continuou assim até nos aproximarmos da descida da estrada, perto do cruzamento de Sapperton, onde ele deve ter se entediado, porque não parou quando se aproximou da traseira do meu carro: bateu. De leve, mas o suficiente para me deixar em pânico. Fazia apenas três semanas que eu tinha tirado carteira.

"Merda", disse Alex, só que mais baixo do que antes.

Ela continuava tentando parecer animada, mas era evidente que sentia medo. Os dedinhos apertavam o cinto de segurança.

Descemos a estrada com Bradley piscando o farol e buzinando em meu encalço. Ele ria. E, embora estivéssemos nos aproximando de uma curva, ele desviou o carro para nos ultrapassar.

Tudo pareceu ficar em suspenso, como uma gota na torneira, pronta para cair.

Um carro surgiu de repente da curva, no outro lado da estrada, como eu sabia que surgiria.

Bradley estava quase emparelhado comigo. Não havia como eles evitarem a batida.

Minha irmã.

Hannah.

Minha reação foi instintiva, contei aos policiais mais tarde. Sei disso porque o que se passou não foi uma questão de escolha. Foi apenas o que aconteceu. Meu cérebro instruiu os braços a girarem o volante para a esquerda, e o carro avançou para a esquerda.

Se perder o controle do carro, procure nunca bater em árvore, advertia meu pai quando estava me ensinando a dirigir. Prefira jogar o carro para um muro ou uma cerca. Eles cedem. Árvore não cede.

E a árvore não cedeu quando o lado do carona do carro — o lado que trazia a pequena Alex Wallace, com seu cabelinho louro, sua bala Skittles e suas unhas pintadas — bateu nela.

Obriguei-me a encarar o Eddie, mas ele continuava olhando para o mar. Uma lágrima escorria lentamente por seu rosto, e ele a enxugou, apertando o alto do nariz. Mas, depois de alguns instantes, deixou cair a mão e, com ela, uma torrente de lágrimas. Aquele homem grande e gentil se pôs a chorar, e eu senti, mais forte do que já havia sentido, a antiga aversão por mim mesma, aquele desespero de querer fazer alguma coisa, mudar alguma coisa, e o desespero subsequente de saber que não podia. O tempo havia seguido em frente, deixando Alex para trás. Deixando Eddie arrasado e minha irmã sem conseguir me perdoar.

— Passei muitos anos imaginando o que eu faria se encontrasse você — admitiu Eddie, afinal. Ele enxugou os olhos com o antebraço e se virou para mim. — Eu odiava você. Não conseguia acreditar que aquele filho da puta foi preso e você não foi.

Assenti, porque também me odiava.

— Eu não entendia por que não estava sendo punida — respondi, em desalento. — Mas disseram que eu não tinha cometido nenhuma infração. Eu não estava dirigindo de forma imprudente.

— Eu me lembro. Nosso advogado precisou nos explicar. — A voz do Eddie era vazia. — Aquilo não fazia sentido para a minha mãe.

Fechei os olhos, porque sabia o que ele diria em seguida.

— Só sei que você preferiu salvar sua irmã e, por causa disso, a minha morreu.

Abracei meu corpo.

— Não foi uma escolha que eu tenha feito — murmurei. As lágrimas obstruíam minhas vias respiratórias. — Não foi uma escolha consciente, Eddie.

Ele suspirou.

— Talvez não. Mas foi o que aconteceu.

A polícia chegou ao hospital. A BMW era roubada, disseram.

Por que eu havia acreditado na história que Bradley contara? Por que havia acreditado em *qualquer coisa* que ele já havia me dito? O desespero se apoderou de mim quando pensei em tudo que eu tinha dado àquele homem. Minha virgindade. Meu coração. Meu amor-próprio. E agora a vida de uma menininha. A melhor amiga da minha irmã.

Uma testemunha vira o motorista fugindo por uma plantação. Quem era ele?

"Quem era ele?", repetiu meu pai, confuso. Ele estava sentado na minha cama, segurando minha mão. Minha mãe estava do outro lado, um escudo humano se interpondo entre a polícia e a filha. "Quem era ele, Sarah?"

"Meu namorado. Bradley."

"Seu o quê?" Meu pai ficou ainda mais perplexo. "Você tinha namorado? Há quanto tempo? Por que não nos contou?"

Virei o rosto e chorei no travesseiro, porque agora era muito óbvio. Muito óbvio que Bradley era uma criatura vil — sempre tinha sido uma criatura vil — e muito óbvio que, no fundo, por baixo de todas aquelas camadas de insegurança adolescente, eu já sabia disso.

Minha conduta pode ter salvado minha irmã da morte, mas não impediu que ela se ferisse. Bradley havia jogado o carro no espaço que deixei, batendo o lado do carona da BMW roubada na traseira do meu carro. Hannah se submeteu a duas cirurgias em dois dias. Ficou internada no mesmo hospital que eu, um andar acima do meu.

Estava cheia de hematomas e, pela primeira vez em doze anos, não dizia nada.

Bradley, cujo nome entreguei à polícia, havia sumido.

"Procurem na casa do Greggsy", sugeri, e ele foi preso naquela tarde.

Depois que recebi alta, passei duas semanas sentada na cama da Hannah, até ela ser liberada. Não fui à escola, mal fui em casa. Não me lembro de quase nada, além do bipe baixo dos aparelhos e do burburinho da movimentada ala pediátrica. Do medo que senti quando um aparelho começou a emitir um barulho estranho, da culpa que me queimava o peito como um maçarico. Ela passava a maior parte do tempo dormindo. Às vezes, chorava, dizendo que me odiava.

A polícia avisou que eu não seria indiciada, por mais que a família da Alex quisesse que eu fosse punida. Minha culpa aumentou. Testemunhei contra o Bradley no Tribunal de Gloucester e fui repreendida porque pedi ao juiz que também me julgasse.

Não conhecia a família da Alex. Era minha mãe ou meu pai que sempre a levavam em casa, porque — como costumavam dizer — "a mãe da Alex está com alguns probleminhas". Depois ela sofreu um colapso nervoso de fato, disseram no tribunal. E, como era solteira desde que Alex era muito novinha, o filho precisou largar a faculdade para cuidar dela. Nenhum dos dois compareceu ao tribunal.

Uma pessoa do júri me encarou nessa hora. Uma mulher da idade da minha mãe, que decerto imaginava o que devia ser perder um filho. Ela me lançou um olhar fulminante que dizia: *Isso também é sua culpa, fedelha. Isso também é sua culpa.*

Carole Wallace conseguiu nos telefonar três vezes, até as enfermeiras do hospital psiquiátrico perceberem que ela não estava ligando para o filho e suspenderem seu acesso ao telefone. Eu era assassina, disse ela, uma vez para o meu pai, duas vezes para a secretária eletrônica. Os vizinhos deixaram de convidar minha mãe e meu pai para jantar, paravam de falar quando eles passavam. Não me culpavam, eu acho. Apenas não sabiam o que nos dizer.

"Às vezes, o elefante é grande demais para a sala", observara meu pai.

Hannah se recusava a se sentar à mesa comigo. As pessoas ficavam olhando meus pais no supermercado. A fotografia da Alex continuava aparecendo na imprensa. Voltei à escola, mas em poucas horas soube que não daria mais para mim ali. As pessoas cochichavam. Claire afirmou que eu deveria ser indiciada por homicídio culposo. Mandy não falava comigo porque eu tinha mandado a polícia à casa do Greggsy. Mesmo alguns professores não conseguiam me olhar nos olhos.

Uma noite, meus pais me avisaram que botariam a casa à venda. O que eu achava de me mudar para Leicestershire? Minha mãe havia crescido em Leicestershire.

"Podemos todos recomeçar", sugeriu, o rosto tomado de preocupação e cansaço. "Tenho certeza de que encontraremos vaga para você em outra escola, mesmo faltando um mês para o fim do ano letivo."

Minha mãe era professora. Sabia que isso era impossível. Só então percebi o quanto ela estava desesperada.

Subi para o quarto, telefonei para Tommy e fui para Los Angeles no dia seguinte.

Fui embora para que a família da Alex pudesse viver seu luto em paz, sem a possibilidade de esbarrar comigo. Fui embora para que meus pais não precisassem se mudar para o outro lado do país, para que tivessem a chance de recomeçar sem a sombra gigantesca da filha pairando sobre tudo. Fui embora para encontrar refúgio num lugar onde ninguém saberia o que eu tinha feito, onde eu não seria "aquela menina".

Mas sobretudo fui para me tornar o tipo de mulher que gostaria de ter sido no dia em que conheci Bradley: forte, segura, corajosa, sem jamais temer dizer "não".

* * *

Eddie e eu nos aproximávamos de Venice, o calçadão agora trançando entre lojas e barraquinhas de bugigangas e tatuagem de hena. Saía música de uma caixa de som. Mendigos dormiam debaixo das palmeiras. Dei dois dólares a um homem com uma mochila cheia de remendos. Eddie voltou os olhos vazios para mim.

— Preciso me sentar — disse. — Preciso comer alguma coisa.

Nós nos sentamos do lado de fora de uma lanchonete, onde fomos o foco de atenção de um acordeonista de rua e uma mulher maluca com um papagaio. Eddie não tinha nenhuma resposta para as perguntas da mulher maluca e se limitou a fitar o músico, que tocava à nossa volta.

— Podemos ir à Abbot Kinney, se você quiser — sugeri. — É outra rua, aqui perto. Mais sofisticada, se você estiver achando isso aqui louco demais.

Reuben adorava a Abbot Kinney.

— Não, obrigado — respondeu Eddie. Por um instante, pareceu que ele abriria um sorriso. — E desde quando sou sofisticado?

Dei de ombros, subitamente constrangida.

— Não tive tempo de descobrir isso.

Ele me deu uma olhada de canto de olho, e vi o que talvez fosse uma ponta de ternura.

— Acho que chegamos a ter uma boa ideia um do outro.

Eu te amo, pensei. Te amo e não sei o que fazer.

O muffin dele chegou. Imaginei minha vida se desenrolando sem Eddie David e fiquei tonta de pânico. Então o imaginei, anos antes, antevendo a vida se desenrolar sem a irmã.

Ele comeu o muffin em silêncio.

— Minha ONG... — murmurei, afinal. — Eu criei a organização por causa da Alex.

— Eu imaginei.

— Por causa da Alex e da Hannah. — Puxei uma pele do dedo. — A Hannah teve filhos. Vi fotos. No começo, enviava presentes de aniversário para eles, mas ela mandou recado pela minha mãe, pedindo que eu parasse. Minha mãe e meu pai ficam para morrer. Tentaram de tudo para nos reaproximar. Achavam que ela acabaria cedendo. Talvez tivesse cedido, se eu ainda morasse na Inglaterra. Não sei. Ela era muito teimosa. Imagino que seja o tipo de adulta que se tornou.

Eddie correu os olhos pela praia.

— Não subestime o impacto que minha mãe deve ter tido sobre ela. Minha mãe nunca deixou de odiar você. Às vezes, acho que é a única coisa que a mantém viva.

Tentei não imaginar a casa da mãe do Eddie, as paredes conservando aquele ódio antigo feito manchas de nicotina. Tentei não imaginar minha irmã ali com Carole Wallace, as palavras que elas trocavam, o chá que bebiam. Embora, por incrível que pareça, também houvesse consolo nessa imagem. Na possibilidade de que a aversão que minha irmã sentia por mim talvez tivesse sido estimulada por outra pessoa.

— Você acha que em parte foi isso? — perguntei, virando-me para ele. Meu desespero era visível. — Acha que sua mãe pode tê-la instigado nesse sentido?

Eddie encolheu os ombros.

— Não conheço bem sua irmã. Mas conheço minha mãe. Acho que eu teria reagido de outra maneira quando descobri quem você era, se não tivesse ficado ouvindo minha mãe por dezenove anos.

Parecia que ele estava prestes a dizer outra coisa, mas se calou.

— Desde o acidente, tenho muita dificuldade de ficar perto de crianças — observei. — Nunca aceitei emprego como babá, só visitava o hospital com o Reuben quando não tinha outro jeito. Até me recusei a engravidar. A pedido dele, comecei a fazer terapia, mas nada me fazia mudar de ideia. Quando via uma criança, qualquer criança, eu via sua irmã. E me afastava. É mais fácil assim.

Eddie comeu o último pedaço do muffin e apoiou a testa na mão.

— Teria sido melhor se você tivesse se apresentado com o sobrenome da sua família quando a gente se conheceu. Teria sido melhor se você tivesse dito: "Meu nome é Sarah Harrington."

Arranquei a pele do dedo, deixando um pedaço de carne ligeiramente rosada.

— Não vou reassumir meu nome de solteira, mesmo depois do divórcio. Não quero nunca mais ser Sarah Harrington.

Eddie pescava os últimos farelos do prato com o dedo.

— Isso teria nos poupado muita dor de cabeça.

Assenti.

— E seus pais iam se mudar para Leicester. Durante algumas semanas, havia uma placa de VENDIDA no jardim da sua casa.

— Eu sei. Mas acabei me mudando para Los Angeles e o problema era eu. O comprador desistiu, e eles resolveram ficar. Acho que àquela altura já estava bem claro que eu não voltaria.

Fez-se um longo silêncio.

— Por que você se apresenta como Eddie David? — perguntei, quando já não aguentava mais. — Seu nome é Eddie Wallace.

— David é meu segundo nome. Comecei a usá-lo depois do acidente. Durante um tempo, todo mundo reconhecia meu nome, e tinha uma... sei lá... uma espécie de solidariedade sufocante, eu acho, quando as pessoas se davam conta de quem eu era. Foi mais fácil ser Eddie David. Ninguém o conhecia. Assim como ninguém conhecia Sarah Mackey.

Depois de alguns instantes, ele se virou para mim, mas logo desviou o olhar novamente, como a água voltando para o mar.

— Eu daria tudo para ter descoberto quem você era antes que fosse tarde demais — murmurou. — Não consigo... não acredito que nunca ligamos os pontos. — Ele coçou a cabeça. — Você sabia que ele foi solto depois de cinco anos?

Assenti.

— Fiquei sabendo que se mudou para Portsmouth.

Eddie não disse nada.

— Foi meu Facebook, não foi? — perguntei. — Você viu o *post* do Tommy. Ele me chamava de Harrington.

— Vi uns vinte segundos depois de você ter ido embora. E, por um minuto, antes de assimilar o choque, pensei: *Não. Finja que não viu. Esqueça, porque não posso ficar sem ela. Foi só uma semana, mas...* — Ele enrubesceu. — *Ela é tudo* — completou. — Foi o que pensei.

Permanecemos em silêncio por um longo tempo. Meu coração batia acelerado. O rosto do Eddie estava vermelho.

Então ele me contou sobre a mãe, sobre a depressão dela, que piorou depois da morte da Alex, desandando num misto de problemas mentais do qual jamais se recuperou de fato. Contou que ela se mudou para Sapperton depois de sair do auge da crise, porque queria ficar "mais perto" da filha morta. Notando que ela estava vulnerável demais para viver sozinha, Eddie abandonou a esperança de voltar para a faculdade e foi passar um tempo morando com ela. Convenceu Frank, o fazendeiro dono dos carneiros, a alugar para ele um celeiro no fim da Siccaridge Wood, que aos poucos transformou em oficina e, mais tarde, quando a mãe já conseguia ficar sozinha, em lar.

— Meu pai financiou — disse. — Quando nos deixou, dinheiro era sua solução para tudo. Ele não conseguia nos ligar, depois do enterro da Alex, nem visitar, mas não se importava em mandar dinheiro. Por isso decidi não me importar em gastar.

Contou sobre o dia em que descobriu quem eu era. Que as árvores pareceram desabar quando ele me ressignificou como Sarah Harrington, a mulher que havia matado sua irmã. Que cancelou a viagem para a Espanha. Deu um tempo no trabalho. Que foi visitar a mãe e a encontrou entorpecida de remédios, a culpa que sentiu ao vê-la dormir.

— Seria catastrófico se ela descobrisse sobre nós — observou, num murmúrio. — Embora parecesse catastrófico mesmo sem ela saber. Caí numa espécie de buraco. Parei de olhar Facebook, e-mail, tudo. Me isolei. Caminhava muito. Pensei muito, conversando comigo mesmo. — Ele estalou os dedos. — Até meu amigo Alan aparecer para ver se eu estava vivo e me contar que você tinha entrado em contato.

— Ele suspirou. — Eu deveria ter te respondido. Perdão por não ter feito isso. Você tem razão: não é jeito de se tratar ninguém. Comecei a escrever, várias vezes, mas não tinha coragem de falar com você.

Tentei não imaginar o que ele teria dito.

— Mas adorei a história da sua vida. Suas mensagens. Ansiava por elas quando não vinham. Li várias vezes.

Engoli em seco, tentando não agregar nenhum significado a isso.

— Você chegou a me ligar? — perguntei, hesitante.

Ele sacudiu a cabeça.

— Tem certeza? Eu... recebi algumas ligações, em que a pessoa desligava. E uma mensagem, me avisando para manter distância de você.

Ele ficou intrigado.

— Ah, você escreveu sobre isso. Numa das cartas. Desculpe, não prestei muita atenção. Acho que deduzi que você tinha inventado.

Eu me retraí.

— Isso voltou a acontecer?

— Não. Mas cheguei a pensar... Fiquei me perguntando se não seria sua mãe. Existe alguma maneira de ela ter descoberto sobre nós? Vi uma mulher, na trilha do canal, entre a casa dos meus pais e seu celeiro... E quando fui à apresentação do Tommy na minha antiga escola, vi alguém usando a mesma capa de chuva. Quer dizer, não tenho certeza se era a mesma pessoa, mas acho que era. Ela não estava fazendo nada de esquisito, mas nas duas vezes era como se estivesse me encarando. E acho que com hostilidade.

Eddie cruzou os braços.

— Que estranho. Mas não tem como ser minha mãe. Ela não faz ideia de você. E de qualquer forma... — A voz se perdeu. — Ela não seria capaz. Passar trote, seguir alguém, essas coisas estão além de sua capacidade. Ela ficaria superestressada só de imaginar fazer algo assim. Na verdade, desmoronaria.

— E não existe nenhuma outra pessoa que poderia ter sido?

Eddie parecia realmente confuso.

— Não — respondeu, e acreditei nele. — As únicas pessoas para quem contei foram meu melhor amigo, o Alan, e a mulher dele, Gia. Ah, e o Martin, do futebol, porque ele também viu seu post na minha página de Facebook. Mas pedi segredo a todos.

Ele se inclinou para a frente, a fisionomia concentrada. Mas não deve ter chegado a lugar nenhum, porque, depois de alguns minutos, apenas endireitou o corpo.

— Não sei mesmo — falou. — Mas não foi minha mãe. Disso você pode ter certeza.

— Tudo bem.

Tirei o pé do chinelo e coloquei-o sobre a cadeira. Eddie se mostrava novamente infeliz. Apertou com o dedo a ponta do prato, de modo que ele se ergueu como um disco voador. Girou-o para a direita, para a esquerda.

— Por que você está aqui? — perguntei, afinal. — Por que veio até aqui?

Ele olhou finalmente para mim. Olhou para valer, e meu estômago subiu à garganta.

— Vim porque você me escreveu dizendo que estava voltando para Los Angeles, e eu entrei em pânico. Ainda sentia raiva, mas não podia deixar você sair da minha vida sem falar com você, sem ouvir o que você tinha a dizer. Sabia que o ponto de vista da minha mãe não era o único.

— Entendi.

— Comprei passagem e mandei e-mail para meu amigo Nathan, perguntando se podia me hospedar na casa dele. Pedi à minha tia para ficar com minha mãe. Na verdade, era como me ver na terceira pessoa. Sabia que não deveria vir, mas não consegui me impedir. E também não podia impedi-la: você já estava no avião quando me escreveu.

Mas, quando chegou aqui, ele ficou paralisado. Três vezes foi me confrontar, três vezes a culpa por causa da irmã obrigou-o a desaparecer novamente na cidade. Afundei na cadeira. Até conversar comigo parecia uma traição da parte dele.

— Por que você não me falou do seu passado? — perguntou ele, quando pedi a conta. — Você falou de tantas outras coisas. Por que não mencionou o que aconteceu?

Peguei o dinheiro na carteira.

— Não conto para ninguém, ponto. A última pessoa para quem contei foi minha amiga Jenni, e isso faz dezessete anos. Se nós... — Pigarreei. — Se tivéssemos ficado juntos, eu teria contado. Quase contei, na verdade, na última noite. Mas me ocupei com outras coisas.

— Eu, por minha vez, estou acostumado a contar às pessoas. Em geral é necessário, por causa dos altos e baixos da minha mãe. Mas aquela semana com você foi tão diferente de tudo. Eu não era o Eddie, filho da Carole, o cara que perdeu a irmã e precisa passar o tempo todo cuidando da mãe. Eu era eu. — Ele guardou o celular no bolso. — Pela primeira vez em muitos anos, não pensei no passado. Nem um pouco. Minha mãe estava com a irmã, porque eu viajaria para a Espanha, por isso eu nem precisava pensar nela. — Ele se levantou, abrindo um sorriso torto. — E isso é irônico, na verdade, levando-se em conta com quem eu estava.

Deixei alguns dólares sobre a mesa, e andamos até a beira do mar. As marolas se enovelavam em nossos pés, antes de retornar ao azul do Pacífico. O horizonte tremeluzia, indistinto.

Enfiei a mão no bolso. A Ratinha. Passei o dedo nela uma última vez, antes de estendê-la para Eddie. Ele a fitou por um longo instante.

— Fiz a Ratinha para a Alex — observou. — Para o aniversário de dois anos dela. Foi a primeira coisa decente que fiz de madeira.

Com ternura, ele a pegou, observando-a como se fizesse o reconhecimento do seu formato. Imaginei-o criando aquela pecinha de madeira, talvez na garagem do pai, ou simplesmente sentado à mesa da cozinha, e senti um aperto no peito. Um menininho de rosto redondo fazendo um ratinho de brinquedo para a irmãzinha.

— A Alex achou que a Ratinha era um ouriço. Só que não conseguia dizer "ouriço". Dizia "uricho". Achei engraçado. Passei a chamá-la de Ouriço.

Ele recolocou a peça no chaveiro e guardou no bolso.

Eu já não tinha mais nenhuma tática para retardar o fim do nosso encontro. O mar ia e vinha. Nenhum dos dois dizia nada.

Observamos as gaivotas sobrevoando o piquenique de uma família, e uma onda arrebentou perto de nós, mais rápido do que conseguimos nos afastar. A bermuda dele ficou molhada. Minha saia ficou molhada. Rimos, ele perdeu o equilíbrio, quase caiu, e por um instante senti o cheiro dele: sua pele, o cabelo limpo.

— Volto amanhã para a Inglaterra — anunciou ele, por fim. — Fico feliz por a gente ter conversado, mas não sei se há algo mais que a gente possa dizer. Muito menos fazer.

Não, pensei, em desalento. Não! Você não pode desistir de nós! Está aqui! O que sentimos! Está aqui, no ar!

Mas não saiu nada da minha boca, porque a decisão não cabia a mim. Eu tinha batido de carro numa árvore, e Alex tinha morrido, do meu lado. O tempo não mudaria isso. Nada mudaria isso.

Ele segurou minhas mãos, e abri os punhos cerrados. As unhas tinham deixado meias-luas tristes nas palmas.

— Nunca poderíamos voltar ao que tivemos naquela semana — disse ele, passando o polegar nas marcas deixadas pelas unhas, como um pai alisando o joelho arranhado do filho. — Não tem jeito. Você entende, não entende, Sarah?

Assenti e adotei uma expressão facial que transmitia algo parecido com anuência, ou talvez resignação. Ele largou minhas mãos e passou um tempo olhando o mar. Então, sem nenhum aviso, inclinou-se e me beijou.

Levei um tempo para acreditar que aquilo estava acontecendo. Que o rosto dele estava colado ao meu, a boca, o calor, o hálito, exatamente como eu havia imaginado uma centena de vezes. Durante alguns instantes, fiquei imóvel. Mas logo passei a retribuir o beijo, exultante, e ele me abraçou, como havia me abraçado da primeira vez, beijando-me com mais intensidade, e as gaivotas e as crianças ao redor desapareceram.

Mas, quando comecei a me entregar completamente, ele parou, apoiando o queixo na minha cabeça. Eu ouvia sua respiração, rápida, ofegante.

Então:

— Tchau, Sarah. Fique bem.

Ele desfez o abraço e se foi.

Observei-o se afastar, minhas mãos caídas ao lado do corpo, ele cada vez mais longe. Cada vez mais longe.

Só quando ele estava no calçadão, murmurei o que não conseguira dizer antes, nem para mim mesma:

— Estou grávida, Eddie.

E as palavras foram carregadas pelo vento, exatamente como eu desejava que fossem.

CAPÍTULO TRINTA E NOVE

Botei a mão na barriga. *Estou grávida. Gerando um filho.*
Jenni contava a Javier sobre uma geneticista eslovena que ela havia conhecido na sala de espera da clínica de acupuntura no dia anterior. Javier ouvia com atenção, enquanto mantinha os olhos atentos na mulher que entregava os pedidos no balcão. O último número que ela havia chamado era oitenta e quatro. O tíquete do nosso pedido, dobrado entre os dedos de Javier, era oitenta e sete.

Imaginei as células se multiplicando, semanas atrás. Células minhas, células do Eddie. Células nossas se desdobrando em outras. A internet dizia que agora o feto estaria do tamanho de um morango. Havia uma imagem gerada por computador que parecia uma criança em miniatura. Olhei um tempão para aquela imagem, sentindo coisas que jamais sentira, coisas que não saberia nem dizer o que eram.

Estou grávida de nove semanas. Mas tínhamos tomado cuidado! E como isso era possível se eu estava um quilo e meio mais magra?

"Você mesma disse que estava sentindo dificuldade para comer", o médico havia explicado. "É comum a mulher emagrecer por causa do enjoo matinal."

Náusea. Cansaço. Cambalhotas hormonais, aversão a alimentos, cabeça anuviada. A verdadeira surpresa não era a gravidez. Era o fato de eu ter ignorado tantos sinais óbvios.

Pela manhã, havia chegado uma caixa para mim. Eu estava deitada na cama, preenchendo o formulário da ultrassonografia, e estava tão desconectada da realidade que, por um instante, me perguntei seriamente se podia ser Eddie. O Eddie, encolhido dentro da caixa, pronto para saltar dela, gritando: "Mudei de ideia! Claro que quero ficar com você, mulher que matou minha irmã! Vamos constituir uma família!"

Era um carneiro de pelúcia, com um papelzinho no pescoço dizendo, com a letra do Eddie, LUCY. Também havia uma carta, num envelope com cheiro de refresco em pó. Levei a carta para a varanda.

Ali fora, aninhei-me na cadeira e passei o dedo na marca que a caneta do Eddie havia deixado no papel ao escrever meu nome. Sabia o que era aquela carta: o ponto final de uma relação que terminara dezenove anos antes de começar. Mas eu queria mais alguns minutos antes de ver esse ponto final. Mais alguns minutos de preciosa negação.

Fiquei olhando um gato. O gato me olhou. Eu respirava com a calma da pessoa que sabe que foi vencida. Quando o gato se afastou, o rabo levantado, enfiei o polegar na abertura do envelope.

Oi, Sarah,

Obrigado por sua sinceridade, ontem. Foi um alívio saber que a Alex estava feliz naquele dia.

Eu gostaria de dizer que está tudo bem, mas não está, nem pode ficar. Por isso acho melhor não mantermos contato: seria confuso demais ficarmos amigos. Mas te desejo tudo de bom, Sarah Harrington, e sempre vou me lembrar do tempo que passamos juntos. Foi muito especial para mim.

Que terrível coincidência, né? De todas as pessoas no mundo...

Enfim, eu queria mandar um presentinho para fazer você sorrir. Sei que tudo isso foi muito difícil para você também.

Seja feliz, Sarah.

Eddie

Li a carta três vezes, antes de guardá-la de novo no envelope. "Seja feliz, Sarah."

Encostei a cabeça na parede da casa e fitei o céu com nuvens. Um bando de aves passou em revoada, um avião fazia sua lenta subida.

Eu ainda não havia contado à Jenni sobre o bebê. Era impossível. Não conseguia dizer que engravidara mesmo tendo tomado precaução, quando ela havia passado mais de dez anos empregando todas as suas reservas emocionais, físicas e financeiras para poder engravidar.

Olhei minha barriga, tentando imaginar o início de alguém ali, e experimentei uma sensação nova no coração, como se meu peito se comprimisse. Seria prazer? Ou pânico? O feto agora tinha seu próprio coração, dissera o médico. Apesar da péssima alimentação, do vinho e do estresse a que eu o havia submetido, ele tinha seu coraçãozinho minúsculo, que batia duas vezes mais rápido que o meu. E eu o veria na ultrassonografia, na tarde do dia seguinte.

Contemplei o céu. Será que Eddie já estava lá em cima? Ou será que ainda aguardava no portão de embarque? Ergui metade do corpo. Precisava ir até o aeroporto. Procurar por ele. Impedir o embarque. Para o bem daquela criança, precisava persuadi-lo, convencê-lo de que eu...

O quê? De que eu não era Sarah Harrington? De que não tinha matado sua irmã?

Voltei a me sentar e fiquei tamborilando com os dedos na coxa, até Javier soltar Frappuccino no jardim e o cachorro urinar na minha perna. Comecei a rir, então chorei, imaginando como eu podia ter um filho quando havia passado toda a minha vida adulta evitando crianças. Como podia trazer alguém ao mundo sabendo que o pai não queria nada comigo. Mas ao mesmo tempo sabendo que era tarde demais para voltar atrás. Que eu queria aquela criança de um jeito que nem sequer chegava a compreender.

Passei horas perdida nesses pensamentos. Quando Jenni finalmente se levantou, tentou tomar conta de mim, mas já não tinha mais o que oferecer. Passamos duas horas sentadas num silêncio atroz.

Sem conseguir suportar essa carga emocional nem mais um instante, Javier propôs que fôssemos comer peixe frito no Neptune's Net, um restaurante de motociclistas, em Malibu. Era sua solução para todo problema grave. Ele se manteve debruçado sobre o volante ao subir o litoral a toda velocidade, embora eu não soubesse se era para nos dar logo o consolo da comida ou para se proteger de toda a confusão de sentimentos que o cercava.

E agora ali estávamos nós, espremidos como sardinhas em volta de uma mesa. O restaurante estava abarrotado. Todas as cadeiras se achavam ocupadas, e havia pessoas esperando para sentar. Nós, que já estávamos sentados, as ignorávamos. Elas, que esperavam, nos fuzilavam com os olhos. A música era abafada pelo barulho das conversas, pelo motor das Harley-Davidson bramindo lá fora e pelo furioso chiado da pesca daquela manhã mergulhando no óleo fervente. O restaurante estava longe de ser um lugar tranquilo, mas, de alguma forma, aquilo tudo ajudava.

— Oitenta e sete! — chamou a mulher do balcão.

E Javier se levantou, gritando, a voz rouca de alívio:

— *Sí! Sí!*

Jenni raramente comentava sobre a capacidade emocional limitada do marido, mas, nesse dia, só para mim, permitiu-se revirar os olhos. Depois me encarou e perguntou o que eu faria em relação ao Eddie.

— Nada — respondi. — Não há nada que eu possa fazer, Jenni. Você sabe disso. Eu sei disso. O Javier sabe disso.

Javier dispôs a travessa de frutos do mar entre nós, entregando à Jenni uma Sprite e a mim uma Mountain Dew. Então, soltando um suspiro baixo mas audível de alívio, virou-se para sua pilha de *tacos* de camarão, seus anéis de lula e batatas fritas com chili e queijo, sabendo que passaria um bom tempo sem precisar se manifestar na conversa.

— Ele não deixou mesmo nenhuma porta aberta? Nem uma sombra de esperança?

— Nem uma pontinha — falei. — Olha, Jenni, vou dizer isso pela última vez. Imagine se fosse sua irmã. Imagine se um homem tivesse batido de carro numa árvore, matando a Nancy. Você consideraria a possibilidade de ter um relacionamento com ele? De verdade?

Jenni largou os talheres, derrotada.

— Noventa e quatro! — gritou a mulher do balcão.

Espetei uma vieira.

Então: *Será que posso comer isso?*, me perguntei, de súbito. Já vira amigas grávidas evitando mariscos. Olhei para a comida à minha frente. Frutos do mar e um copo grande de Mountain Dew. Cafeína também não era proibido?

Mais uma vez as placas tectônicas da minha vida se deslocaram debaixo de mim. *Estou grávida de nove semanas.*

— Tome — disse Jenni. — Coma um pouco de vieira, antes que eu devore tudo. Estou sentindo que vou me empanzinar de novo.

Recusei.

— Mas você adora vieira.

— Eu sei... Mas não estou adorando nada hoje.

— Sério? Pelo menos coma um pouco de fritas com esse molho de gorgonzola. Acho que é queijo de verdade. Está uma delícia.

— Ketchup está bom para mim. Coma você.

Jenni riu.

— Sarah Mackey, você detesta ketchup! Não quer vieira nem gorgonzola, parece até que está grávida. Coma, querida. A vida não vale a pena sem comida.

Soltei uma risada, um pouco alta demais. Peguei uma vieira para provar que estava tudo bem, que eu definitivamente não estava grávida, mas não consegui. Não consegui me obrigar a comer o negócio. Havia um bebê do tamanho de um morango crescendo dentro de mim, um bebê que eu não tinha planejado nem tampouco desejado, mas ainda assim não conseguia comer a vieira. Jenni franziu a testa.

— É melhor vocês me ignorarem — sugeri, com alegria forçada. Javier me encarou. — Estou com o apetite estranho hoje.

— Seria o cúmulo da ironia, né? — considerou Jenni. — Você grávida.

— Rá! Dá para imaginar?

Jenni se pôs a comer, mas, depois de alguns segundos, voltou a olhar para mim.

— Quer dizer, você não está, está?

— Claro que...

Não consegui. Não podia mentir para ela. Por isso me calei.

Jenni largou o garfo sobre a mesa.

— Sarah? Você não está grávida, está?

Meu rosto ardia. Olhei para baixo, corri os olhos à volta, só não olhava para a Jenni.

— Não é por isso que você... Não é por isso que você anda se sentindo enjoada? O médico...

Javier me encarava. *Não se atreva*, advertia sua fisionomia. *Não se atreva.*

Jenni me observava, os olhos começando a se encher de lágrimas.

— Por que você não diz nada? Por que não responde?

Fechei os olhos.

— Jenni — murmurei. — Ai, Jenni, eu...

Ela levou a mão à boca. Olhava para mim sem conseguir acreditar, as lágrimas se avolumando até escorrerem.

— Não, você não está... Não pode estar gr... Ah, meu Deus. Sarah.

Javier a abraçou. Depois de respirar fundo, olhou para mim, o rosto revelando a primeira emoção tangível que eu via em quinze anos: raiva.

— Jenni — sussurrei. — Escute, querida. Quando fui ao médico, ele disse... Ele fez uns exames e disse... Jenni, sinto muito.

— Você está grávida.

— Estou... Não sei nem dizer quanto lamento.

No silêncio que tomou conta da mesa, meu celular começou a tocar.

— É o Eddie? — perguntou Jenni, porque, mesmo quando a amiga lhe desferia um golpe, ela não desistia.

— Não sei. Apaguei o número dele. Mas a ligação é da Inglaterra.

— Atenda — disse ela. — Atenda. Afinal, é o pai do seu filho.

Quando alcancei a porta abarrotada do restaurante, com o celular na mão, ocorreu-me que eu deveria me virar para ver o rosto da Jenni uma última vez. *Uma última vez antes de quê?*

Virei-me, sem entender o motivo, mas havia uma mulher muito gorda obstruindo minha visão. Por isso avancei, passando por entre as pessoas que comiam na varanda, passando pelos motociclistas, pelas motos, até alcançar a rua. E me perguntei se Jenni superaria aquilo. Se nossa amizade sobreviveria. Em desalento, atendi à chamada.

Houve uma demora de alguns segundos até a voz atravessar os cabos no fundo do Atlântico. Então:

— Sarah?

— Sim.

Depois de alguns instantes, a mulher disse:

— É a Hannah.

— Hannah?

— É. Hum... Hannah Harrington.

Estendi o braço para me apoiar, mas não havia onde me apoiar. Por isso segurei o aparelho com as mãos, porque era a única coisa sólida que eu tinha.

— Hannah?

— Isso.

— Minha irmã, Hannah?

— Sou eu. — Um instante de silêncio. — Imagino que você esteja um pouco surpresa.

— Sua voz — murmurei. — Sua voz.

Segurei o celular com mais força. Ela começou a dizer alguma coisa, mas a voz foi abafada pelo ronco de algumas motos chegando ao estacionamento, todas equipadas com motores possantes.

— O que houve? — perguntei. — Hannah?

— Você está me ouvindo agora? Estou meio gritando...

Os motociclistas, todos estacionados, agora aceleravam sem nenhuma razão. Uma fúria irracional brotou do meu peito.

— Parem! — gritei. — Por favor, parem!

No outro lado da rua, uma trilha de aspecto tranquilo conduzia ao mar distante. *Preciso atravessar*, pensei, em desespero, enquanto os veículos passavam a toda a velocidade à minha frente e as motos aceleravam atrás. *Preciso atravessar agora.*

— Você ainda está aí? — perguntou ela.

— Estou, sim! Você está me ouvindo?

— Mais ou menos. O que está acontecendo aí?

Fisicamente, eu sabia como a Hannah era: meus pais costumavam me mandar fotografias, até ficar doloroso demais para mim. Era quase impossível imaginar que a mulher dos retratos era a mulher com quem eu conversava agora. A mulher com o marido de cabelo encaracolado, com dois filhos e cachorro. Minha irmã.

— Vou atravessar a rua, Hannah. Estou num restaurante de motociclistas. Está muito barulhento, vai ser mais silencioso do outro lado...

— Você é *motoqueira*?

Havia uma ponta de riso em sua voz.

— Não, peraí, vou atravessar a rua. Por favor, continue na linha...

Houve uma brecha no trânsito que vinha da esquerda. Sem nenhuma razão concebível, não me virei para ver o trânsito da direita. Apenas corri. Em direção ao mar, em direção à Hannah.

Não vi nada, não ouvi nada. Nem o barulho do caminhão que vinha em alta velocidade, nem o guincho do freio, ou o grito assustado das pessoas que estavam na varanda. Não ouvi minha própria voz, que escapou num grito gutural, depois se calando, como a ambulância que desliga a sirene porque já não adianta mais nada. Não ouvi o grito da Jenni quando ela saiu correndo do restaurante.

Não ouvi nada.

Parte III

CAPÍTULO QUARENTA

Eddie

Oi,

São 3h37, quase dezoito horas desde que pousei no Heathrow.

Não tinha ninguém esperando por mim, claro, porque a única pessoa que sabia que eu voltaria hoje era a mamãe. Fiz uma cara meio de indiferença quando passei os olhos por aquele mar de plaquinhas que não tinham meu nome. Assoviei um pouco de Bowie.

Liguei pra mamãe a caminho do estacionamento. Por algum motivo, ela parece ter achado minha ausência mais difícil dessa vez. Talvez por causa da distância. Afinal de contas, não é a primeira vez que passo duas semanas fora. Mas ela disse que ficou a noite toda acordada, com medo que meu avião caísse. "Foi horrível", disse. "Estou tão cansada que mal consigo falar." Mas deve ter se recuperado logo, porque depois passou dez minutos me contando todas as coisas que a irmã dela não tinha feito. "Ainda não levou o lixo da reciclagem. Está lá no portão. Não consigo nem olhar para fora da janela. Eddie, você acha que poderia passar aqui antes de ir para casa?"

Coitada da tia Margaret.

Parece que a mamãe quase teve um ataque de pânico quando a tia Margaret tentou levá-la à consulta com o psiquiatra, por isso preciso levá-la na semana que vem. Ela disse que não aguentaria aquele monte de carro, hospitais, gente. Sem mim. A conversa foi carregada de culpa. Minha, por ter viajado — mesmo a mamãe sempre me dizendo que preciso viver minha vida —, e dela, por saber que é isso que acontece quando obedeço.

Peguei o Land Rover e segui pela rodovia M4. De volta a Gloucestershire, a Sapperton, a essa vida. Ouvi um pouco de rádio, porque me fazia parar de pensar na Sarah. Passei no posto da Membury Services para comer um sanduíche de queijo.

Quando estava na Cirencester Road, aconteceu uma coisa estranha: não virei para Sapperton. Nem cheguei a ligar a seta. Segui em frente, mas também não desci em Frampton. Dirigi até Minchinhampton Common. Estacionei no lago, tomei sorvete e dei uma volta por Amberley, depois fui ao pub de lá, o Black Horse. Tomei um refrigerante e passei duas horas admirando a vista de Woodchester Valley.

Não sei direito o que estava passando pela minha cabeça. Eu me sentia meio aéreo, como se estivesse vendo um filme de mim mesmo. Só sabia que não podia ir para a casa da mamãe.

A essa altura, ela já havia telefonado e mandado várias mensagens de texto, com medo que eu tivesse sofrido um acidente na estrada. Expliquei que estava tudo bem, que eu só tinha parado para resolver uma coisa, mas respondi isso mais porque não sabia o que estava fazendo do que por estar escondendo algo específico. Por volta das quatro horas, estava de novo na bifurcação de Tom Long's Post, e foi quando a situação ficou realmente preocupante, porque, em vez de dobrar à direita, para Sapperton, dobrei à esquerda, para Stroud.

Tomei uma cerveja no Golden Fleece e fui para a casa do Alan e da mulher dele, Gia. Eles foram maravilhosos. Solidários, acolhedores, me deram até um pouco do jantar da Lily, e disseram que eu tinha feito a coisa certa ao me afastar da Sarah. Não sabiam que eu estava me escondendo da minha própria mãe.

Lily não queria ir dormir. Ficou sentada no meu colo, desenhando sereias. Desde que conheci Sarah, sinto um nó estranho na garganta quando fico perto da Lily, uma espécie de tristeza misturada com o amor que tenho pela filha do meu melhor amigo. Sarah rompeu uma espécie de lacre dentro de mim, acho. Depois de muitos anos não dando bola para esse assunto, comecei a me imaginar sendo pai. Lily desenhou uma sereia na minha mão, e senti um vão abrindo dentro de mim, como um buraco no fundo do mar.

Escrevi pra mamãe, dizendo que tinha acontecido uma coisa com o Alan, que eu não ia conseguir passar na casa dela. "Vou amanhã de manhã", prometi. Ela não ficou muito satisfeita, mas aceitou. Não está acostumada a levar bolo meu.

Senti alívio e desespero ao mesmo tempo quando finalmente abri a porta de casa. Nunca pensei que eu fosse gostar de uma construção assim como gosto do meu celeiro, mas ele também é um lembrete terrível dos fatos da minha vida. Para as pessoas em geral, o celeiro diz: Vida Boa. Taças de vinho enquanto o sol se põe atrás das árvores! Jantar de vegetais orgânicos colhidos enquanto os pássaros cantam! Água translúcida, direto da fonte!

Elas não sabem que estou preso aqui. Mesmo se eu dissesse como é a situação com a mamãe, elas não acreditariam.

Arrumei um pouco a oficina e organizei minha agenda para amanhã. Não fiz o jantar. Quando entrei na cozinha, fui invadido por lembranças da Sarah ali comigo, cozinhando, conversando, rindo, pensando no futuro. E é claro que não consegui cozinhar sozinho, no silêncio. Por isso comi um pouco de castanhas e nozes e fui para a cama. Deixar a Sarah foi o certo a fazer, lembrei a mim mesmo, enquanto escovava os dentes. Notei que tinha um leve bronzeado.

Depois me deitei sob a claraboia, as estrelas piscando no céu, me dando parabéns pela minha firmeza, pela minha determinação, minha força de vontade. Muito bem, cara. Não foi fácil, mas era preciso.

Só que, quanto mais eu esperava o sono chegar, menos acreditava nisso.

Eu me levantei e tentei ver um pouco de televisão. Para me distrair. Mas deparei com a notícia sobre um acidente horrível na rodovia M25, com vários mortos e feridos, e, antes que eu me desse conta, uma voz na minha cabeça me perguntava o que eu sentiria se a Sarah morresse. (Muito útil essa voz, para não dizer o contrário.) E se você recebesse uma ligação avisando que ela sofreu um acidente?, perguntava a voz. Que foi atingida por uma bala perdida? Que foi atropelada? Ainda assim ia achar que fez a coisa certa?

Desliguei a televisão e voltei para a cama, mas o pensamento estava ali, cravado como um gancho enferrujado na minha consciência. Se a Sarah morresse, ainda assim você acharia que fez a coisa certa?

E o problema, Alex, é que, sendo totalmente sincero comigo mesmo, a resposta é não. Se a Sarah morresse, eu passaria o resto da vida arrependido.

Vivi bem essas últimas duas décadas. Consegui vencer a tristeza e abraçar a vida. Mas deixei a mamãe ser mais importante do que eu, durante todo esse tempo, porque achava que não tinha escolha. Que ser humano digno deixaria de cuidar da própria mãe, se ela precisasse de ajuda? Mas alguma coisa mudou quando me afastei da Sarah naquela praia. Escolher a mamãe não me pareceu certo. E ainda não me parece.

São 3h58. E estou literalmente rezando para dormir.

                                                    Beijos,
                                                      Eu

CAPÍTULO QUARENTA E UM

— Aquele homem não para de olhar para mim.
Volto os olhos para minha mãe, recostada na cadeira, o pescoço esticado para a frente como uma tartaruga. Então me viro para o homem, que é gordo, coitado, imenso, ocupando quase três assentos, tomando uma Coca Diet de dois litros. Acima da cabeça dele, uma vespa fica batendo na janela, repetidamente, como a criança que conta a mesma piada porque fez alguém rir meia hora atrás.

Fico observando o homem, mas ele não está olhando para a minha mãe. Está lendo um folheto do sistema público de saúde intitulado "Vamos conversar".

— Ele não está olhando para você — cochicho. — Mas podemos nos sentar lá naquele lugar, se você preferir.

Indico a fileira de cadeiras verdes viradas para o lado oposto desse homem perfeitamente inocente, mas sei que ela não aceitará a sugestão. No fim da fileira, há uma mulher com o filho dormindo num carrinho, e minha mãe anda evitando crianças. No mês passado, ela se trancou no banheiro do consultório do clínico geral porque uma menininha estava brincando de Lego na sala de espera.

— Acho que vou ficar aqui mesmo — responde, afinal. — Desculpe, Eddie, não quero fazer cena, mas você pode ficar de olho nele?

Assinto, fechando os olhos. Está quente demais aqui. Mas não por causa do sol que brilha lá fora. É esse calor indolente de sala de espera, produzido por respiração nervosa e corpos parados no lugar.

— Você está com saudade da praia? — pergunta minha mãe, com o tom de voz que ela costuma empregar quando teme ter me irritado. Mais suave que o normal, cheio de inflexão. — De Santa Monica?

— Rá! Não. Eu contei como foi?

Ela assente, o olhar cravado no homem da Coca Diet, antes de se voltar para mim.

— Pelo que você falou, deve ser lindo lá — diz.

Fico me perguntando que mentira contei a ela, ainda sob o efeito do jet-lag, sobre meu dia naquela praia. Não suporto mentir para ela. É difícil não achar que a vida traiu minha mãe, por isso é mais terrível quando eu faço a mesma coisa. Por mais que seja para protegê-la.

Minha mãe desvia os olhos, e meus pensamentos se voltam para o cortejo fúnebre que tinha visto mais cedo, passando ao lado do pequeno parque do vilarejo e indo em direção a Frampton Mansell. O carro que levava o caixão estava cheio de flores do campo, que pendiam sobre suas laterais de madeira como se estivessem nas margens de um rio. Três carros pretos sem passageiros o seguiam. *Deve ser alguém jovem*, pensei. Raramente havia tantos carros assim acompanhando o enterro de idosos. Fiquei imaginando quem os carros estariam indo buscar. Que família desesperada estava reunida numa casa próxima, tomando café, a roupa preta desconfortável, perguntando sem parar: *Como isso pode estar acontecendo conosco?*

Tinha olhado para a minha mãe quando o cortejo passou, esperando que aquilo não a desestabilizasse, mas deparei com uma expressão sisuda: "Parece que estão indo para Frampton Mansell", comentou ela, com um estranho ar de satisfação. Ou de rancor. "Vamos torcer para que seja aquela mulher. Sarah."

Ela voltou os olhos para mim, como se esperasse minha anuência. Passei alguns minutos sem conseguir dizer nada. Apenas me pus a respirar pela boca, uma espécie de Reação de Emergência do Eddie que eu recordava das semanas que se seguiram à morte da Alex. Fiquei mal. Fisicamente mal, com um aperto no peito. Tentei de todas as formas enterrar o que ela disse, mas não conseguia.

Não era de admirar que a Sarah tivesse se mudado para o outro lado do mundo, pensei. Como poderia ter sobrevivido aqui?

A vespa da janela se mantém em silêncio por um instante, e penso que a Sarah aprovaria flores do campo em caixão. Ela levou ramalhetes e mais ramalhetes delas para a minha casa durante a semana que passamos juntos. Encheu quase todas as canecas que tenho.

"Existe coisa mais bonita?", perguntou, sorrindo para as flores.

Você, pensei. Você é a coisa mais bonita que já entrou nessa casa.

Tirando o meu camarada Baz, que trabalha na Natural History Unit, em Bristol, Sarah é a primeira pessoa que conheço com menos de sessenta anos que sabe tudo sobre a natureza. Eu me lembro da animação dela quando perguntei sobre os pássaros daquele livro da Collins Gem. Trepadeira-azul! Cartaxo-comum! E sua risada travessa, cheia de vida.

Meu Deus, como dói! Dói como nunca imaginei ser possível doer.

Eu me viro para a minha mãe, para reforçar para mim mesmo que a Sarah é a última mulher com quem eu poderia ter uma relação. *Esta é sua mãe*, penso. *Sua mãe, que tem distúrbios mentais há quase duas décadas. Uma mulher que não se lembra das texturas da vida, do ritmo do mundo, porque se isolou de tudo. Ela precisa de você.*

Minha mãe finge descansar a cabeça nas mãos, como se estivesse morta de cansaço, mas está só observando o homem da Coca Diet por entre os dedos abertos.

— Mãe — sussurro. — Está tudo bem.

Não sei nem se ela me ouve.

Quando fui à casa do Alan no outro dia, ele disse que eu deveria entrar no Tinder. Respondi que sim, porque era o que ele queria que eu respondesse, depois fui ao banheiro, como se precisasse expelir o horror que senti. *Tinder?* Ninguém nos avisa que a vida continua sendo complicada depois que Fazemos o Certo. Que não há recompensa, além de uma ideia intangível de força moral. Faz onze dias que voltei para a Inglaterra e, na verdade, me sinto pior do que quando larguei a Sarah naquela praia.

Tinder! Pelo amor de Deus!

— Cadê o Arun? — sussurra minha mãe. — Faz uma eternidade que estamos esperando.

Consulto o relógio. Faz dez minutos que estamos esperando.

— Você acha que ele faltou, Eddie? — pergunta ela. — Acha que ele já foi embora?

Seu rosto se anuvia com a possibilidade.

— Não. — Prendo a mão dela no meu cotovelo. — Acho que ele só está atrasado. Não se preocupe.

O psiquiatra da minha mãe, Arun, é uma das duas únicas pessoas que não fazem parte da família com quem ela consegue conversar sem ficar sobressaltada. A outra é o Derek, o enfermeiro psiquiátrico que também atende em domicílio e sabe lidar com minha mãe melhor do que qualquer um de nós. Mas ela recebe outras visitas esporádicas: a vigária Frances aparece quando pode, porque minha mãe tem achado estressante demais ir à igreja com "toda aquela gente"; e, na verdade, Hannah Harrington, a irmã da Sarah, costumava visitá-la de vez em quando, embora faça bastante tempo que minha mãe não a menciona, por isso fico imaginando se essas visitas chegaram ao fim. Mas nem Hannah nem a vigária ficavam muito tempo. Depois de meia hora, minha mãe começa a recolher pratos e xícaras, consultando o relógio como se precisasse sair.

A capacidade do Arun de estabelecer contato com minha mãe se deve, em parte, ao fato de ele ser uma criatura boa, e excelente profissional, mas também se deve, eu acho, ao fato de ela ter desenvolvido uma certa quedinha por ele. E é claro que ele não foi embora. Nem faltou. A consulta teria sido cancelada com antecedência, e com certeza encaminhariam um psiquiatra à casa dela. Mas a ideia agora se instalou em sua cabeça, exatamente como esses pensamentos terríveis sobre a Sarah se instalaram na minha.

E se a Sarah morresse? Ainda assim você acharia que fez a coisa certa? A pergunta se infiltra em tudo, feito umidade. De onde veio isso? Por que esse pensamento não me deixa em paz?

A Sarah está bem, digo a mim mesmo. Provavelmente está dormindo agora, a milhares de quilômetros daqui, na casa da amiga. Tranquila. O corpo relaxado, o rosto sereno.

Quando percebo que estou me imaginando deitado a seu lado, enlaçando sua cintura, eu me levanto.

— Vou perguntar quanto tempo falta — aviso a minha mãe.

A secretária sabe que não estou perguntando por mim. SUE, diz o crachá.

— Vocês serão os próximos — responde ela, alto o bastante para que minha mãe ouça.

Atrás dela, há um retrato de sua família. Um homem de aspecto agradável, duas crianças, uma delas usando fantasia de leão. Fico me perguntando se Sue olha famílias como a minha e pensa: *Graças a Deus não estou no lugar deles!* Isso é basicamente o que minha última namorada, Gemma, disse quando terminamos. Ela terminou a relação depois de três meses porque não conseguia lidar comigo tendo de sair às pressas para resolver emergências relacionadas à minha mãe uma vez por semana.

Fiquei mal um tempinho — Gemma era a terceira namorada, em seis anos, que se cansava das exigências da minha mãe —, mas encontrei-a em Bristol alguns meses atrás, de mãos dadas com um sujeito que se chamava Tay, que disse fazer arte urbana e usava coque. E, enquanto Gemma e eu trocávamos amenidades na calçada, me dei conta de que não tínhamos ficado loucos de paixão um pelo outro.

Loucos de paixão um pelo outro — como Sarah e eu —, é assim que deve ser. É isso que se deve sentir. Precisa ser tão bom assim.

Quando volto a me sentar, minha mãe está verificando o cabelo num espelhinho compacto. O penteado hoje tem a forma de uma bola de rúgbi.

— É um *beehive* — explica. — Eu usava nos anos sessenta. — Ela mantém os olhos fixos no espelho. — Você acha que está exagerado?

— Não, mãe. Está bonito.

Na verdade, o *beehive* está (a) murcho e (b) pendendo para a direita, como a Torre de Pisa, mas sei que ela caprichou no penteado para o Arun.

Ela guarda o espelhinho e começa a mexer no celular. Depois de alguns instantes, noto que está fingindo digitar uma mensagem de texto para tirar fotos do coitado da Coca Diet, provavelmente para que sejam usadas como prova quando ele a assassinar. Se Arun Sopori não aparecer logo com seus belos traços indianos e seu sorriso cálido, hoje será mesmo um dia difícil. E ainda preciso voltar ao trabalho.

— Oi, Carole! — exclama Derek. Ele caminha lentamente (nunca anda rápido) e aperta minha mão, antes de se sentar do outro lado da minha mãe. — Como você está?

Ele estica as pernas, e sinto que ela começa a relaxar ao lhe responder que, para ser sincera, já teve dias melhores.

— Seu cabelo está lindo — elogia ele, quando ela termina.

— Você achou?

Ela já sorri.

— Achei, sim. Lindo.

Graças a Deus pelo Derek! Toda semana, ele a visita. É como um mágico, às vezes chego a pensar. Ele vê coisas que ninguém mais vê, consegue fazê-la falar quando ninguém mais parece estabelecer contato com ela. Nunca perdeu a calma, por pior que ela ficasse.

"Sua mãe tem um diagnóstico específico?", perguntou Sarah, um dia.

Eu tinha acabado de passar o cortador de grama no jardim, porque queria seduzi-la de volta à Inglaterra com o cheiro de grama cortada. Quando terminei, nós nos sentamos para beber um refresco de gengibre, e ela ficou farejando o ar, deleitada. Aí se virou para mim e perguntou sobre minha mãe, sem rodeios, e gostei ainda mais dela.

Mas, no começo, não quis responder. Queria ser o homem do celeiro de pedra que assa pão, faz refresco de gengibre e tem uma vida superincrível, não o homem que precisa receber vários telefonemas da mãe por dia. Mas era uma pergunta razoável, que merecia uma resposta razoável.

Por isso me preparei para desfiar a lista de diagnósticos que ela havia recebido ao longo dos anos — depressão crônica; transtorno de ansiedade generalizada; o transtorno de personalidade do grupo C que ficava entre o ansioso, o dependente e o obsessivo-compulsivo; estresse pós-traumático, a depressão psicótica que *podia* ser bipolar —, mas quando abri a boca, um imenso cansaço tomou conta de mim. Em algum momento, eu havia desistido dos rótulos. Os rótulos me davam esperança de recuperação, ou pelo menos de melhora, e fazia quase vinte anos que minha mãe estava doente.

"Ela tem uns probleminhas", respondi, afinal. "Se minha tia não estivesse com ela essa semana, eu precisaria atender várias vezes ao telefone. E provavelmente sairia para vê-la algumas vezes."

Agora eu gostaria de ter falado mais. Mas o que isso teria adiantado, além de interromper o tempo que passamos juntos? Teríamos descoberto quem éramos em poucos minutos e eu nunca saberia como é ser tão feliz daquele jeito. Como é estar tão *certo* de algo.

— Sra. Wallace.

Ergo os olhos. Minha mãe leva as mãos ao *beehive*/bola de rúgbi e se aninha a meu lado, subitamente tímida, enquanto Derek e eu a conduzimos à porta aberta do consultório do Arun.

CAPÍTULO QUARENTA E DOIS

Algumas horas depois, estou finalmente livre.
Caminho pela noite, suavizada por uma chuvinha fina, cantarolando. Prefiro andar pelas trilhas, mas às vezes pego a estrada. Terra molhada, asfalto molhado, folhas molhadas. Eu, molhado. De vez em quando, caem gotas da ponta do meu capuz.

Chuto uma pedra e penso na sessão com minha mãe hoje. De acordo com os últimos relatórios do Derek, Arun quer alterar a medicação dela, o que considero uma boa ideia. Eu já havia reparado que ela estava ficando paranoica: no começo, achei que talvez fosse apenas uma reação temporária à minha ausência, mas o Derek disse ter notado alguns sinais antes da viagem.

Aprendi, há muitos anos, que milagres não acontecem, por isso não espero nenhuma mudança fenomenal, mas, com um pouco de sorte, o novo coquetel do Arun deterá a piora e evitará uma crise, o que já está mais do que bom para mim. Por mais fantástica que seja a equipe médica dela, por mais brilhantes que sejam as pesquisas, por mais eficazes que sejam os tratamentos, eles não podem transplantar o cérebro da minha mãe.

O melhor foi que ela saiu da sessão relativamente animada. Tão animada, aliás, que consegui convencê-la a tomar chá em Cheltenham. Ela comeu uma fatia grande de bolo e suspeitou apenas de um homem com planos para assassiná-la. Até conseguiu rir de si mesma.

Quando a deixei em casa, para voltar à oficina, ela disse que eu era o homem mais maravilhoso do mundo e que ela sentia muito orgulho de mim.

Então isso foi bacana.

Depois o Derek me ligou.

"Como você está?", perguntou.

"Bem", respondi.

"Tem certeza?"

Ele disse que eu parecia muito cansado.

"Não se esqueça de que estou por aqui, se você tiver algum problema, Eddie."

Depois de meia hora, chego a Bisley, e começa a chover de verdade.

Que ótimo, murmuro para um corvo pousado no fio telefônico.

Ele levanta voo, provavelmente indo para algum lugar mais agradável, e sinto uma ponta de inveja. Minha mãe pode estar escapando do perigo, por ora, mas nada na minha vida mudou. Não estou livre, não posso ter a Sarah. E nada que o Derek faça por mim — nada que ele conseguisse com o sistema de saúde — seria capaz de mudar isso.

— Tudo bem, Ed — diz Alan, alguns minutos depois. Ele me encara com a expressão mais sisuda de que é capaz, que na verdade não tem nada de sisuda. — Mas isso não basta.

Alan é uma das pessoas mais legais e sensíveis que conheço. Hoje está com um fedor azedo de morango, e seu pulôver está cheio de manchas cor-de-rosa. Lily teve um ataque de pirraça envolvendo iogurte de morango quando ele disse que não poderia ler uma história para ela dormir.

Sorrio para ele, embora não consiga me lembrar de uma época em que tenha me sentido menos feliz.

— Eu sei. Me dê mais uma ou duas semanas para superar essa história da...

Não consigo dizer o nome dela.

— ... da... moça... e vou me reestruturar.

Moça?

Alan é suficientemente gentil para não rir.

Fui convocado ao pub para discutir meu aniversário de quarenta anos, daqui a menos de um mês. Até agora não organizei nada, e Alan diz que está *preocupado*. Acho que preciso dar uma olhada em você, escreveu ontem. Começar a traçar uns planos e me certificar de que você não deixou crescer a barba.

Ele escolheu o Bear, em Bisley, para a intervenção. Trata-se de um pub antigo, com uma atmosfera legal, que nos lembra os dias gloriosos da nossa juventude, mas não é conveniente para nenhum dos dois. Vamos ter que dividir um táxi na volta que vai custar uma fortuna, e Alan vai precisar voltar para buscar o carro amanhã. Mas ele está se mudando para a cidade, quer conferir a situação da cerveja local, e fiquei mais do que satisfeito de caminhar até aqui depois de um dia de hospitais e construção de armários de cozinha.

Hannah Harrington mora a poucas casas daqui. Esbarrei nela em Stroud, alguns anos atrás, na loja de produtos naturais. Eu estava comprando algo não exatamente natural, como chips de banana, mas ela carregava sacos de farelo de aveia e vários produtos que de algum modo se tornaram indispensáveis para a classe média. Era talvez a quarta ou quinta vez que eu a via desde que a Alex tinha morrido, e como sempre me impressionei com as semelhanças entre a Hannah de doze anos e a Hannah adulta.

Fiquei imaginando quanto minha irmã teria mudado, se estivesse viva.

Hannah me disse que ela e o marido haviam comprado uma casa em Bisley. Falamos sobre preços de imóveis e empreiteiros e nos despedimos. Ela bem poderia ter me contado que a Sarah havia se mudado para os Estados Unidos. Bem poderia ter dito: "Você se lembra da minha irmã do mal? Então, ela se mudou para o exterior, muitos anos atrás, portanto você e a Carole não precisam se preocupar em dar de cara com ela de novo."

Alan deixa um copo de cerveja na minha frente e se senta.

— Pensando na moça? — pergunta.

— Estou. Me faça parar.

Ele dá um golpe de caratê no meu antebraço, dizendo:

— Pare, Ed. Agora!

Então me encara, e vejo em seus olhos o fascínio mórbido das pessoas que estão casadas há muito tempo.

— O que você estava pensando? Tinha alguém pelado?

Sorrio.

— Não.

— Então o que era?

— Eu só estava pensando que tudo poderia ter sido evitado. Que eu teria descoberto na hora, se soubesse que ela havia se mudado para os Estados Unidos.

Alan parece refletir. Toma um gole demorado da cerveja, e noto que as manchas de iogurte descem até a bermuda. Há um respingo cor-de-rosa até nos pelos da perna.

— Mas, mesmo se tivesse descoberto, talvez você não tivesse conseguido interromper o progresso das coisas — considera ele. — Você disse que se apaixonou quase imediatamente.

Penso naqueles poucos primeiros minutos com a Sarah. No quanto ela havia se mostrado inteligente e divertida. No quanto era bonita. No quanto estendi a brincadeira sobre o carneiro porque queria que ela continuasse falando.

— Mas eu interrompi o progresso das coisas. Assim que descobri. Só que àquela altura já estava apaixonado demais. Olha aqui, imbecil, eu pedi para você me fazer parar de pensar nela.

Ele solta uma risada.

— É verdade, foi mal.

Alan é o homem que as pessoas acham que eu sou. Seguro, tranquilo. O cara que está sempre pronto para rir, mesmo quando acaba de perder o trem (o que acontece com frequência) ou a carteira (idem). Ficamos amigos no dia em que o surpreendi com o dedo no nariz durante o discurso de boas-vindas da escola, e, em vez de ficar envergonhado, ele abriu um sorriso e continuou. Depois me desafiou para um jogo de cartas, e não deu a mínima quando acabei com a raça dele.

Não conversamos sobre nos tornar amigos, porque estávamos ocupados demais jogando bola e fingindo não prestar atenção nas meninas, mas nos tornamos amigos mesmo assim. Cúmplices, sempre metidos em encrenca. Até fomos suspensos da escola uma vez, por inventar uma substância parecida com vômito e jogá-la pela janela do banheiro onde os professores rebeldes fumavam, os professores que usavam casaco de couro e não cortavam o cabelo com muita frequência. Achei que minha mãe me mataria, mas, quando entramos no carro, ela começou a rir. Ela ria muito, na época.

"Vocês são só crianças", disse ela.

Quase trinta anos depois, Alan e eu provavelmente parecemos não ter mudado muito.

Mas já não sou como o Alan. Aquele Eddie infantil, descomplicado, certamente desapareceu na primeira vez que encontrei minha mãe inconsciente, numa poça de vômito, cercada por frascos de remédios. E se não tivesse desaparecido ali, desapareceria quem sabe na segunda vez, ou na terceira, quando a encontrei na banheira, com os pulsos cortados deixando rastros vermelhos na água. E, se essas três primeiras tentativas não tivessem me aniquilado, a quarta me aniquilaria, anos depois de ela ter recebido alta do hospital psiquiátrico, muito tempo depois de eu achar que tinham ficado para trás todas aquelas viagens de ambulância e as madrugadas intermináveis procurando moedas para comprar bebida nas máquinas do hospital.

Não me entenda mal: essas últimas duas décadas não foram horríveis, de jeito nenhum. Tenho muitos amigos, tenho uma vida social bacana (para um eremita que mora num celeiro) e tive até namoradas. Faço o que eu gosto, vivo num lugar lindo e, quando preciso dar uma fugida, tenho uma tia muito paciente que fica com a minha mãe.

Mas aí conheci a Sarah e agora não consigo parar de pensar em como a vida poderia ser. A leveza, a tranquilidade, a alegria. A vida em dó maior.

Já passei muito tempo me perguntando se, durante a semana que ficamos juntos, apresentei a ela uma versão falsa de Eddie David. Uma versão mais feliz, mais livre. Mas acho que não foi isso que aconteceu. Acho que ela simplesmente viu uma versão minha da qual eu já havia me esquecido, uma versão que apenas ela conseguiu ressuscitar.

— É difícil, Ed — suspira Alan, inclinando-se para a frente, para limpar o respingo de iogurte da perna. — Sinto muito.

Com firmeza, garanto a ele que estou superando.

Tomo um gole demorado da cerveja e me recosto na cadeira, pronto para falar dos problemas que Lily anda enfrentando na escola, ou do caso terrível do nosso amigo Tim, que foi traído pela esposa grávida.

Mas Alan não se deu por vencido.

— Tem certeza? — pergunta. — Foi mal, Ed, mas não parece que você está superando, não. Você está péssimo.

Ele me pega desprevenido.

— Tenho certeza — respondo, embora pareça mais uma pergunta do que uma afirmação. — De qualquer jeito, não tenho escolha. Se eu ficasse com a Sarah, isso acabaria com a minha mãe. Literalmente.

Alan se encolhe.

— Eu sei. Não discordo. Mas não foi isso que eu perguntei. Perguntei se você tem certeza de que está superando.

Ele me encara, e sinto, debaixo da pele, a pressão de todos esses anos querendo explodir, contida apenas pelas finas camadas dérmicas.

— Não — admito, depois de uma pausa. — Não tenho.

Ele assente. Me conhece.

— Estou no meu limite. Estou na porra do meu limite e não sei o que fazer.

Giro o copo de cerveja, tentando conter a ardência dos olhos.

— Não consigo dormir. Não consigo me concentrar. Só penso na Sarah. É um... desespero saber que eliminei toda possibilidade de qualquer coisa. E, desde que voltei de Los Angeles, cuidar da minha mãe começou a ficar impossível. Eu me pego pensando: *Não aguento mais fazer isso.* Mas não me resta alternativa, Alan, porque o que ela faria se eu desse o fora? Eu... Merda.

— Merda — concorda Alan, num murmúrio.

Não consigo dizer mais nada.

Alan toma um gole da cerveja.

— Às vezes fico me perguntando se você não deveria contratar alguém para cuidar da sua mãe, Ed. A Gia estava me falando de uma amiga que cuida do marido há quinze anos. Uma história horrível: ele caiu da moto e ficou completamente paralisado... Enfim, essa mulher teve um colapso nervoso no mês passado. Não aguentou. Não conseguia continuar nem mais um minuto. E não é que tenha deixado de amar o marido. Ela adora o cara.

Ele faz uma pausa, toma outro gole.

— Fiquei pensando na sua situação. Quer dizer, isso deve estar desgastando muito você.

Solto um murmúrio neutro, porque não quero conversar sobre isso. Gemma foi a última pessoa que tentou. Que tentou me dizer que eu acabaria surtando se não encontrasse um jeito de me dar mais liberdade. Considerei aquilo uma crítica à minha mãe e nós brigamos, mas no fundo eu sabia que ela provavelmente tinha razão.

— Só que ninguém pode fazer o que eu faço — respondo, afinal. — Ela não precisa de alguém que lhe dê banho, que prepare a comida. Precisa de alguém em quem ela confie no outro lado da ligação, alguém que possa aparecer quando ela se sente oprimida. Levo minha mãe para fazer compras, resolvo as coisas, converso com ela. Sou um amigo. Não sou enfermeiro.

Alan assente, mas acho que não concorda.

— Pense no assunto — pede. — Mas em relação à Sarah... Você fez o certo, Ed. Fez a única coisa possível.

— Hummm.

— Estão aí Romeu e Julieta, que não me deixam mentir. Ou Tony e Maria.

Geralmente acho lindo o amor do Alan por musicais, mas hoje não estou no clima para *West Side Story*.

— Eles sabiam que era errado — insiste ele —, mas mesmo assim quiseram ficar juntos e acabaram mortos. Você foi bem mais inteligente. Resistiu, o que exige muito mais coragem.

— Bom saber disso, Alan. Obrigado. O problema é que preciso esquecer a Sarah e não sei como.

Alan parece refletir.

— Sempre fiquei me perguntando como isso funciona. Esquecer alguém. O que a gente precisa fazer? Por que o Haynes não publicou um manual sobre isso?

Alan nunca precisou esquecer ninguém. Ele e Gia são casados há nove anos, estão juntos há dezenove. Antes dela, houve apenas a Shelley, cujo coração Alan partiu (com uma culpa terrível), e algumas meninas da escola com quem ele apenas tentava dar vazão à sua infinita ereção adolescente.

Como se *esquece* alguém? O amor que sinto pela Sarah não é apenas a versão de alguma coisa que já senti. É algo que construí a partir do zero, que criei. Quando nos despedimos, era tão tangível quanto ela mesma.

Como faço para matar esse amor? Mesmo se eu deixasse o tempo ir desgastando isso aos poucos, ainda haveria pedaços espalhados dentro de mim. A naturalidade do riso dela, seu cabelo esparramado no travesseiro. O balido de um carneiro, a lembrança da Ratinha entre seus dedos.

— Não sei como se esquece alguém — murmuro, afinal. Alan me observa novamente. — Acho que é só a gente esperar... sei lá, a intensidade diminuir? Mas, no momento é como se eu fosse uma panela de pressão.

— Talvez seja por isso que tantos poetas tenham escrito sobre o sofrimento do amor. Porque ajuda a diminuir a pressão. Tipo sangria. Para descarregar esses sentimentos de um jeito rápido.

— Entendi — suspiro. — Descarregar de um jeito rápido me parece uma boa ideia. Alivia a pressão.

A gente para de falar e Alan ri que nem um porco, então caio na gargalhada.

— Se você quiser ficar sozinho, para aliviar a pressão, eu não ligo — brinca Alan.

Ele se dirige ao balcão. Olho seus tornozelos e abro um sorriso. Alan tem altura mediana, mas os tornozelos são tão finos que dá para envolvê-los com as mãos. Ele fica furioso quando faço isso.

A adega de vinhos zumbe. Na cozinha, alguém raspa um prato.

Consulto o relógio. São 20h40. Fico me perguntando o que Sarah estará almoçando, é insuportável.

Alan volta com nossas cervejas e se senta, esfregando as mãos, animado com os filés que acaba de pedir, e quero mais do que qualquer coisa ser ele neste instante. Ser Alan Glover, com seu cheiro de iogurte, a vida resolvida, responsável apenas pelo bem-estar da filhinha encantadora.

— Vou ao banheiro — aviso.

Quando volto para a mesa, observo que há um casal sentado no canto. Os dois estão vestidos de preto, e imediatamente percebo que há alguma coisa errada. Os dois não conversam, embora a mulher se agarre ao homem como se eles estivessem num vendaval.

No mesmo instante em que me dou conta de que a mulher está chorando, percebo que a conheço. Diminuo o passo, para olhar melhor, e depois de alguns segundos vejo que é Hannah Harrington. A irmã da Sarah. A menos de dois metros de mim, aninhada junto a um homem que deduzo ser seu marido. O rosto está vermelho, transfigurado de tristeza, mas consigo enxergar nela uma sombra da Sarah. Como ela ficou na praia, quando a deixei: aturdida, desolada, calada.

Hannah não me olha, e volto para nossa mesa. Conto ao Alan sobre o cortejo fúnebre que vi indo em direção ao vilarejo da Sarah. Então, como meu estômago não para de se revirar, digo que, se a Hannah está chorando, certamente era alguém que a família da Sarah conhecia.

— Talvez a Sarah tenha vindo para o enterro! — exclamo, e minha voz parece tocar as raias da loucura. — Talvez esteja a poucos quilômetros daqui, Alan!

Ele se mostra alarmado.

— Não a procure — pede, afinal.

Nossos filés chegam pouco tempo depois, e ele acaba comendo o meu.

Quando me levanto para pedir outra rodada, vejo que Hannah e o marido já se foram. Não consigo parar de pensar em quem teria morrido. Por um instante terrível, considero até a possibilidade de que tenha sido a própria Sarah.

É irracional, evidentemente, mas, à medida que a noite avança, sinto cada vez mais dificuldade de abandonar a ideia. Ela se encaixa perfeitamente com aqueles pensamentos obsessivos que tive quando voltei de Los Angeles. Aquela voz me perguntando se eu continuaria achando que fiz a coisa certa se a Sarah morresse.

Fico constrangedoramente bêbado e, a certa altura, esmurro a mesa por causa da irremediabilidade das coisas.

Não sou homem de esmurrar mesa. Quando Alan sugere ir para minha casa, tomar uísque e assistir às Olimpíadas, não protesto. Acho que eu também não me deixaria sozinho, se fosse ele.

CAPÍTULO QUARENTA E TRÊS

Oi,

Chega! Preciso esquecer a Sarah. Não só dizer isso e depois passar o tempo todo pensando nela. Preciso interromper os pensamentos assim que eles surgem. Porque, além de inúteis, são perigosos: se espalham mais rápido que um vírus, é quase impossível controlá-los. E, quando olho para a mamãe, vejo aonde poderiam me levar.

Portanto é isso, Ouriço. É hora de exercer aquele poder de escolha sobre o qual gosto tanto de falar.

Obrigado por ser minha testemunha. Como sempre.

Beijos,
Eu

Releio a carta antes de pegar o envelope, como se tentasse me agarrar à Sarah um pouquinho mais. O sol da manhã entra pela janela, derramando-se sobre os objetos que vivem sobre a mesa: catálogos empoeirados, faturas, uma régua, vários lápis e aparas de madeira, xícaras de chá frio. Apesar desses obstáculos, o sol alcança o retângulo de papel roxo no qual acabo de escrever. Ilumina a carta parecendo quase tatear as palavras, à medida que as árvores balançam lá fora. Então uma nuvem passa, e a carta fica novamente entregue ao ar cinzento da manhã.

Pego o envelope roxo quando um estalo no andar de cima anuncia que Alan acordou. A voz abafada:

— Ed? Oi, Ed!

Ele dormiu no sofá enquanto escrevia uma mensagem para Gia sobre meu estado mental. Preciso ficar de olho nele, digitou, antes de pegar no sono. Terminei a mensagem e enviei para Gia, de modo que ela não se preocupasse. Ele deu uma surtada no pub, digitei. É melhor eu dormir aqui. Gia é muito tolerante quando se trata de Alan e eu.

De vez em quando, Alan roncava. A Grã-Bretanha ganhou medalha de ouro no salto ornamental sincronizado masculino. Eu tentava não pensar na Sarah.

Alan se desloca aos tropeços lá em cima. Deve estar vasculhando a cozinha, como um urso faminto, cheirando os alimentos antes de enfiar as patas. Vai precisar de uma xícara grande de chá e pelo menos quatro torradas antes de ir para o trabalho. Além de uma muda de roupa, porque a dele está suja de iogurte de morango.

Fico feliz em oferecer essas coisas, porque o Alan é um amigo de verdade. Ele sabia que eu estava precisando de companhia ontem à noite. Sabia que eu ficaria sofrendo pela Sarah e, de algum modo, também sabia que estou num momento delicado em relação à minha mãe. O mínimo que posso fazer é preparar seu café da manhã.

Guardo a carta no envelope roxo e escrevo o nome da Alex. Em silêncio, para que o Alan não ouça, dirijo-me ao gaveteiro que fica debaixo da bancada. Abro a gaveta intitulada CINZÉIS.

Dentro, há um mar de papel roxo. Uma triste arca do tesouro, meu grande segredo. A gaveta está cheia: algumas cartas no fundo correm o risco de cair no compartimento inferior, onde de fato guardo os cinzéis. Com cuidado, eu as puxo para a frente. É bobagem, na verdade, mas abomino a ideia de alguma delas se perder. Ou se amassar.

Respiro fundo, olhando para elas.

Não escrevo o tempo todo — talvez uma vez a cada quinze dias, menos, quando estou realmente ocupado —, mas já é a terceira gaveta que encho nas últimas duas décadas. Passo a mão nas cartas, o papel macio. *Qual é o problema desse cara?*, imagino as pessoas perguntando. *Ainda se apegando a uma menina morta? Deveria procurar ajuda.*

Foi uma terapeuta chamada Jeanne Burrows que sugeriu que eu escrevesse para a minha irmã morta. Eu não suportava a ideia de nunca mais poder falar com ela, ficava desorientado, em pânico.

"Escreva para ela", sugeriu Jeanne. "Diga o que você está sentindo, que tem saudades. Diga o que teria dito se soubesse o que aconteceria."

Nas horas silenciosas gastas entre o tribunal, o hospital psiquiátrico e minha casa vazia, encontrei conforto nessas cartas. Eu tinha amigos, evidentemente. Tinha até uma namorada em Birmingham, onde havia acabado de concluir o primeiro ano de faculdade. A irmã da minha mãe, Margaret, telefonava todos os dias, e meu pai veio de Cúmbria para ajudar nos preparativos do enterro da filha. Mas ninguém sabia de fato o que fazer comigo, ninguém sabia o que dizer. Meus amigos eram bem-intencionados mas inúteis, e minha namorada fugiu assim que conseguiu, sem ficar muito feio. Meu pai adiava o sofrimento passando a maior parte do tempo conversando ao telefone com a esposa.

Escrevi a primeira carta no meu quarto vazio, no alojamento, no dia em que fui buscar minhas coisas. Na época, minha mãe estava internada. Eu não tinha como continuar a faculdade.

Mas dormi profundamente depois que escrevi a carta. Dormi a noite inteira e, embora tenha chorado quando vi o envelope roxo na manhã seguinte, eu me senti menos... oprimido. Como se tivesse feito um furo, deixando escapar um pouco da pressão. Escrevi outra carta naquela noite, quando desfiz a mala em Gloucestershire, e nunca mais parei.

Marquei uma consulta com a Jeanne para daqui a alguns dias. Ela ainda atende, em casa, na Rodborough Avenue. A voz continua igual, e ela não apenas se lembrava de mim, como disse estar *encantada* por eu ter ligado. Expliquei que gostaria de vê-la porque meu envolvimento com Sarah Harrington havia reaberto algumas "feridas antigas", mas não sei se é exatamente isso.

É que parece — tem parecido, desde que voltei — que está tudo errado. Como se eu tivesse voltado para a casa errada, para a cama errada, para a vida errada.

O mais terrível é a sensação de que tudo está errado assim há quase vinte anos, sem que eu me desse conta.

Eu me viro para a bancada, meu porto seguro, meu esconderijo. O lugar onde martelei toda minha fúria e desespero. Onde bebi centenas de milhares de xícaras de chá, cantei com o rádio, arranquei uma infinidade de farpas e algumas vezes transei bêbado. Não sei o que eu teria feito se não tivesse isso.

E na verdade é à minha mãe que tenho de agradecer por isso tudo. Meu pai, que tinha sido o responsável pelo meu fascínio pela madeira, foi terminantemente contra a profissão. Durante os dez anos que se passaram entre ele fugir com Victoria Cara de Cu (esse foi o nome que o Alan deu para ela, na época, e sobrevive até hoje) e a Alex morrer, meu pai continuou intervindo na minha vida e em minhas decisões como se ainda estivesse sentado à cabeceira da mesa. Ficou furioso quando eu disse que estava considerando me matricular num curso de marcenaria em vez de fazer faculdade.

"Você é inteligente!", gritou, pelo telefone. "Não se atreva a desperdiçar isso. Você vai destruir seu futuro!"

Naquela época, minha mãe ainda conseguia discutir.

"E daí se ele não quiser ser contador?", respondeu, arrancando o telefone da minha mão. A voz dela tremia de raiva. "Você alguma vez chegou a *ver* o que ele faz, Neil? Provavelmente, não, já que nunca vem aqui. Pois vou lhe dizer: seu filho tem muito talento. *Deixe-o em paz!*"

Ela comprou minha primeira plaina número 7, uma Stanley antiga, maravilhosa, que uso até hoje. Por isso é sempre a ela que agradeço, quando penso no que tenho.

— *Bonjour* — diz Alan, a voz ligeiramente rouca. Ele acaba de descer a escada, usando bermuda e apenas uma meia. — Preciso de chá, torrada e carona, Eddie. Você pode me ajudar?

Uma hora depois, paramos na casa dele, no alto de Stroud. Deixo o motor ligado enquanto ele corre lá dentro para pegar uma roupa apropriada para o trabalho (recusou terminantemente tudo que ofereci) e contemplo o velho cemitério se estendendo a perder de vista, um tabuleiro de amor e perda. Não há ninguém ali, além de um gato avançando por uma fileira de lápides cheias de musgo.

Sorrio. Um gato típico. Por que caminhar respeitosamente na grama quando se pode caminhar desrespeitosamente sobre as sepulturas?

Um sino de igreja começa a tocar em algum lugar — devem ser nove horas —, e me lembro do cortejo fúnebre de ontem. O caixão envernizado, mudo, desconcertante em todos os sentidos. O rosto sério do motorista, a cascata de flores do campo, o medo intoxicante que surge sempre que somos lembrados da mortalidade humana. Cruzo os braços, subitamente enjoado.

Quem foi? Quem morreu?

Mas então me lembro da promessa que fiz à minha irmã, poucos minutos atrás. Não vou mais pensar na Sarah. Nem agora nem nunca. Fecho uma tela sobre essa parte da minha mente, e me ponho a planejar meu dia de trabalho. Em primeiro lugar: sanduíche de bacon da lanchonete de beira de estrada de Aston Down.

— Miau! — digo para o gato, mas ele está ocupado tramando a morte de um musaranho.

CAPÍTULO QUARENTA E QUATRO

Seis semanas depois

O outono chegou. Sinto o cheiro no ar, forte, bruto e apologético. Como se ele ficasse constrangido por destruir os sonhos do verão e abrir caminho para uma penosa caminhada.

Mas eu gosto do inverno. Há algo sobrenatural nesse vale quando o gelo toma conta e as árvores estendem longas sombras na terra nua. Adoro ver a fumaça saindo de uma chaminé solitária, a luz de conto de fadas numa janela distante. Adoro que meus amigos apareçam para ficarmos diante da lareira, comendo os ensopados que imaginam que eu cozinhe o tempo todo só porque moro num celeiro.

Por estranho que pareça, minha mãe também sempre parece ficar um pouco mais alegre no inverno. Acho que é porque é mais aceitável ficar dentro de casa quando a temperatura cai. O verão traz a expectativa de socialização e atividades ao ar livre, ao passo que no inverno a vidinha dela necessita de pouca explicação ou defesa.

Mas agora é setembro, e ainda estou de bermuda ao subir a encosta de Siccaridge Wood. Bermuda e um suéter que não consigo botar para lavar, porque a última pessoa que o usou foi a Sarah.

Aperto o passo. Uma ardência se espalha pelo músculo das panturrilhas quando subo a montanha, rápido o suficiente para não deixar os pés afundarem na terra. Começo a entoar a parte de Merry Clayton de "Gimme Shelter", as únicas criaturas me ouvindo cantar sobre estupro e assassinato sendo os pássaros, que já deviam me achar louco.

Minha voz alcança a última parte da música, onde Clayton basicamente grita, e começo a rir. A vida não me parece tão tranquila assim no momento, mas não pensar me dá um descanso.

O problema é que Jeanne Burrows não está exatamente de acordo com meu plano de bloquear qualquer pensamento sobre a Sarah. Minhas sessões com ela me fazem sentir melhor, menos sozinho, mas toda semana ela me destrói. Nunca imaginei que fosse possível destruir a pessoa com carinho e respeito, mas é o que a Jeanne faz.

A sessão de hoje, porém, foi inédita. Quando cheguei ao fim da Rodborough Avenue, onde ela mora, vi Hannah Harrington saindo da vaga da Jeanne. Estava concentrada em não bater no carro ao lado, por isso não me viu, mas eu a vi. Ela não estava muito diferente da última vez que a vi: o rosto molhado de lágrimas, cansada, perdida.

Evidentemente, comecei na mesma hora a me perguntar por que Hannah estaria fazendo terapia e, antes que me desse conta, a antiga máquina do medo já estava ligada. E se foi um parente da Sarah que morreu? A Sarah estaria arrasada. Ela tinha me dito, naquelas cartas, o quanto se sentia culpada por fazer questão de morar a quilômetros de distância. Decidi que era minha obrigação ajudá-la.

"Quero telefonar para Sarah Harrington", anunciei para Jeanne, assim que cheguei. "Posso fazer isso aqui, com você?"

"Venha se sentar", disse ela, com tranquilidade.

Ah, maravilhoso, imaginei-a pensando. *Aqui vamos nós.*

Alguns minutos depois, já havia me acalmado e aceitado que não me cabia telefonar para Sarah, mas isso conduziu a uma conversa sobre ela. Jeanne me perguntou de novo se eu achava que bloquear qualquer pensamento sobre a Sarah estava me ajudando a esquecê-la.

"Acho", falei. Mas me corrigi: "Talvez." Depois: "Não."

Conversamos sobre o processo de esquecer. Expliquei que estava cansado de não conseguir, mas que não sabia mais o que fazer.

"Só quero ser feliz", murmurei. "Quero ser livre."

Jeanne riu quando reclamei que não existe um manual para esquecer as pessoas. Admiti que, na verdade, essa era uma piada do Alan, e ela me lançou um olhar neutro, dizendo:

"Já que estamos falando de nos libertar, Eddie, eu gostaria de saber o que você acha disso em relação à sua mãe. Como se sente quando se imagina livre das suas obrigações para com ela?"

Fiquei tão surpreso que tive de pedir que ela repetisse a pergunta.

"O que você acharia da ideia de diminuir um pouco esse fardo?" Seu tom de voz era afetuoso. "Foi a palavra que você usou na semana passada. Deixe-me ver..." Ela voltou os olhos para suas anotações. "Você disse 'Um fardo torturante'."

Senti o rosto esquentar. Puxei um fio solto do sofá, sem conseguir olhar em seus olhos. Como ela se atrevia a mencionar isso?

"Eddie, quero lembrar a você de que não há nenhuma culpa em achar essa situação difícil. As pessoas que cuidam dos parentes têm muito amor por eles, mas também se ressentem, sofrem de desespero, solidão e toda uma gama de emoções que não gostariam que o paciente descobrisse. Às vezes, precisam fazer uma pausa. Ou até mesmo repensar completamente a assistência que podem oferecer."

Olhei para o chão. *Alto lá!*, queria gritar. *É da minha mãe que você está falando!* Só que não saía nada da minha boca.

"O que você está pensando?", perguntou Jeanne.

Não me irrito com facilidade — aprendi a não me irritar, por causa da minha mãe —, mas fiquei possesso. Furioso demais para entender o que ela estava tentando fazer por mim. Para me sentir agradecido pelo fato de ela ter esperado algumas semanas para tocar no assunto. Queria pegar o vaso de flores que estava sobre o console da lareira e atirá-lo na parede.

"Você não sabe de nada", falei para a terapeuta que tinha trinta e sete anos de experiência.

Se Jeanne estava chocada, não deixou transparecer.

"Como você se atreve?", continuei, levantando a voz. "Como se atreve a sugerir que eu a abandone? Minha mãe tentou se matar quatro vezes! A cozinha da casa dela parece a porra de uma farmácia! Ela é a pessoa mais vulnerável que eu conheço e é minha *mãe*. Você tem mãe? Gosta dela?"

Levei quase meia hora para me desculpar e me acalmar. Jeanne fazia perguntas educadas, respeitosas, e eu respondia com monossílabos, mas ela continuava. Ela foi me instigando, com aquelas malditas perguntas inteligentes, a compreender que eu estava muito perto de explodir com a minha mãe. Com a vida. Ela me instigou a aceitar que talvez fosse meu próprio sofrimento que me impedia de admitir isso.

Jeanne tinha certeza de que o Derek poderia encontrar uma solução.

"É o trabalho dele", ficava repetindo. "Ele é enfermeiro psiquiátrico, Eddie. Está ali tanto para sua mãe quanto para você."

E eu respondia que de maneira alguma poderia entregar minha mãe ao Derek. Por mais incrível que ele fosse.

"Sou a única pessoa para quem ela quer ligar quando precisa de ajuda", expliquei. "Não existe mais ninguém em quem ela confie."

"Você não sabe disso."

"Sei, sim! Se eu dissesse à minha mãe que ela não pode me telefonar, ou mesmo que não pode me telefonar *tanto*, ela desconsideraria o que eu disse e continuaria telefonando, ou simplesmente adoeceria. Você conhece o histórico dela. Sabe que não estou apenas sendo pessimista."

Quando a sessão chegou ao fim, não tínhamos feito nenhum progresso real, mas prometi continuar na semana seguinte sem dar nenhum chilique.

Jeanne riu. Disse que eu estava me saindo muito bem.

* * *

Finalmente alcanço o alto do morro, chegando debaixo da árvore que vim olhar. (Fica a poucos metros da galocha misteriosa.) Em junho, quando andava pela floresta, ruminando pensamentos coléricos sobre a Sarah, notei que a árvore estava doente. Só que agora está pior. Imagino que seja algum tipo de besouro, já que não há nenhum agente patogênico óbvio na casca, mas ela está sem dúvida morrendo. Ponho a mão no tronco, triste ao imaginar essa criatura magnífica abatida por uma eletrosserra.

— Sinto muito — murmuro, porque me parece errado não dizer nada. — E obrigado. Pelo oxigênio. Por tudo.

Corro os olhos pelas outras árvores (a galocha continua lá) e desço o morro, com as mãos nos bolsos. Meu cérebro fica tentando me puxar na direção da Sarah, da visita da irmã dela a uma terapeuta do luto, mas resisto. E me obrigo a pensar na árvore. A árvore é um problema que sei resolver. Vou telefonar para o Gloucestershire Wildlife Trust amanhã, ver se eles querem ajuda para derrubá-la.

Quando chego em casa, já estou me sentindo bem. Então deparo com minha mãe diante da gaveta de cartas roxas. A gaveta secreta, da qual ninguém, além da Jeanne, sabe. E vejo que ela está lendo uma das minhas cartas para a Alex. E tem uma expressão feia no rosto.

Preciso de um instante para me certificar de que isso está mesmo acontecendo: minha mãe querida invadindo minha privacidade desse jeito. Mas então ela vira a carta, para ler o verso, e não há dúvida.

Aos poucos, a incredulidade se transforma em raiva.

— Mãe? — digo, mantendo a mão agarrada à porta.

Num único movimento, ela esconde a carta e se vira para mim.

Repasso na mente a mensagem que mandei para ela antes de sair: Vou dar uma volta. Só para você saber: vou deixar o celular em casa. Mas estarei de volta daqui a duas horas. Sempre aumento o tempo de que precisarei para fazer as coisas. Senão ela entra em pânico.

— Oi, meu amor! — É aquela voz de novo, a que ela usa quando passou dos limites comigo. Só que hoje está ainda mais aguda. — Você voltou rápido.

— O que você está fazendo?

— Eu...

Cai sobre nós um silêncio pesado, enquanto ela avalia suas opções. Tudo se mantém imóvel. Até as árvores lá fora parecem ter parado, como se esperassem a confirmação dessa infâmia. Mas ela não consegue. Não consegue admitir a verdade.

— Ouvi um barulho — diz, a voz tão cheia de inflexão que é como se ela estivesse num programa televisivo infantil. — Parecia rato. Você teve algum problema com rato, Eddie? Foi perto daqui. Vim dar uma olhada. Abri umas gavetas. Espero que você não se importe.

E continua nessa lenga-lenga até eu gritar. Não, até eu berrar:

— HÁ QUANTO TEMPO VOCÊ LÊ MINHAS CARTAS?

Faz-se um silêncio sepulcral.

— Encontrei mesmo algumas cartas, pouco antes de você chegar — responde ela, afinal. — Mas não li. Dei uma olhada numa delas e pensei: *Ah, isso não tem nada a ver comigo.* Por isso estava guardando...

— *Não minta pra mim!* Há quanto tempo você lê minhas cartas?

Minha mãe começa a tirar os óculos, mas muda de ideia, deixando-os na ponta do nariz, como uma gangorra. Olho para ela e não vejo minha mãe. Só sinto raiva, um ódio imenso.

— Há quanto tempo você lê minhas cartas? — pergunto, pela terceira vez. Acho que nunca falei com ela nesse tom. — E não minta — acrescento. — Chega. Estou falando sério, mãe, não minta para mim.

Estou completamente despreparado para o que vem em seguida. Estou esperando choro, minha mãe caída no chão pedindo perdão, quando ela de repente se vira, agitando a carta como se o papel fosse uma multa de trânsito ou algum outro insulto à sua existência. A carta cai no chão.

— Assim como você mentiu para mim? — pergunta ela. — Assim como você mentiu para mim dizendo que queria ir a Los Angeles para conhecer a cidade? Dizendo que queria ver seu amigo Nathan e surfar um pouco? Assim como mentiu para mim dizendo que "aconteceu uma coisa com o Alan" no dia em que você voltou?

Com uma determinação que me deixa desorientado, ela avança na minha direção e planta as mãos na bancada da oficina.

— Assim como você mentiu para mim em relação àquela... àquela mulher? — Ela me fita como se procurasse pelo filho no rosto de um serial killer. — Como você pôde? Como pôde dormir com ela, Eddie? *Como pôde trair sua irmã assim?*

Com certeza ela vem lendo minhas cartas há meses.

Não é de admirar que esteja tão paranoica desde que voltei de Los Angeles. E não é de admirar que tenha tentado tudo que podia para me impedir de ir. Em geral, quando conto que pretendo viajar, ela se mostra satisfeita, porque isso faz com que ela se convença de que eu ainda tenho vida própria. Dessa vez, tinha sido como se eu estivesse me mudando para a Austrália.

— Aquela mulher — acrescenta, encolhendo os ombros. É como se ela estivesse se referindo a um estuprador ou a um pedófilo, não a Sarah Harrington. Embora eu imagine que, para minha mãe, não haja nenhuma distinção moral. — Eu estava falando sério naquele dia. Espero que aquele tenha sido o enterro dela.

— Meu *Deus*, mãe! — balbucio. — Depois de tudo que passamos, você deseja a mesma dor para outra pessoa? Sério isso?

Ela finge que não ouve o que digo. Minha mente se agita, procurando pistas por toda parte. Foi por isso que ela começou a adoecer de novo. Faz meses que sabe da Sarah.

— Foi você que telefonou para ela? — pergunto, num murmúrio. — Foi você que mandou mensagens de ameaça? Foi por isso que quis um celular novo em julho?

Comecei a receber aquelas ligações de telemarketing, justificou-se ela. Isso está me estressando, Eddie. Preciso de um número novo.

— Foi. Fui eu que telefonei. E não me arrependo.

Ela está usando um suéter cor-de-rosa. Por algum motivo, o cor-de-rosa deixa esse horror ainda mais abominável.

— E você foi à antiga escola dela naquele dia? Foi à trilha próxima à casa dos pais dela, quando estava de visita?

— Fui. — Minha mãe está quase gritando! — Alguém tinha de fazer alguma coisa. Eu não podia deixá-la contaminar você. Você é tudo que me restou.

Como não consigo dizer nada, ela repete:

— Alguém tinha de fazer alguma coisa. E obviamente não seria você. Lamuriando-se desse jeito, dizendo à coitada da sua irmã que está *apaixonado* pela mulher que a matou...

A voz se perde. Então ela volta a resmungar. Mas já não ouço as palavras. Só consigo pensar: *Você faz ideia do que eu passei para protegê-la disso? Da solidão que senti? Faz ideia do que sacrifiquei pelo seu bem-estar mental?*

A certa altura, me dou conta de que ela parou de falar. Os olhos estão arregalados, cheios de lágrimas.

— Como você conseguiu o número do telefone da Sarah? — ouço-me perguntar, embora já saiba a resposta. — Como você sabia que a Sarah estaria na antiga escola dela naquele dia? Andou mexendo no meu celular também?

Ela responde que sim.

— E é sua culpa, Eddie, por isso não fique irritado. Eu precisava intervir, de algum modo. Precisava proteger a Alex de... *disso*.

Cai uma lágrima de seu olho, mas a voz se mantém firme.

— É sua culpa — repete ela. — Você, que adora falar sobre poder de escolha! Você teve escolha e optou por aquela mulher. Aquela *garota*.

Aturdido, sacudo a cabeça. O ódio dela é tão violento quanto era nas semanas que se seguiram à morte da Alex.

— É sua culpa — repete ela. — Por isso não vou me desculpar.

E com isso sinto a pele se partir: aquelas camadas gastas, de muitos anos, cedem, e tudo emerge. O rancor, a raiva, a solidão, a ansiedade, o medo irrompem como a lava de um vulcão. Nesse momento, tenho certeza de que não posso continuar assim. Chega.

Eu me encosto na porta, exausto. E, quando sai, minha voz está estranhamente neutra, como se eu estivesse lendo as previsões meteorológicas para navegação.

— Não — digo, equilibrado. (*Golfo da Biscaia: bom.*) — Você não vai me culpar, não, mãe. Não sou responsável pelas suas atitudes. Não sou responsável por como você se sente nem como pelo que pensa. Isso é tudo coisa sua, não minha. Você escolheu ler minhas cartas. Escolheu atormentar a Sarah. Escolheu transformar o que aconteceu comigo nos últimos meses, que, aliás, foram um inferno, numa espécie de grande traição. Você fez isso tudo. Eu não fiz nada.

Ela começa a chorar de verdade, embora ainda pareça furiosa.

— Não sou responsável por sua doença, mãe. Nem a Sarah. Fiz tudo que pude por você, tudo, enquanto você invadia o único cantinho de privacidade que eu achei que tinha.

Ela sacode a cabeça.

— Sim, eu conheci a Sarah e, sim, me apaixonei. Mas abri mão dela no instante, no segundo, em que descobri quem ela era. E tudo que fiz a partir de então foi por você. Não por mim. Por *você*. E ainda assim você me culpa?

Observo-a considerar suas opções. Ela está começando a entrar em pânico. Não porque tenha ouvido o que eu disse, nem porque se deu conta de que eu talvez tenha razão, mas porque está acostumada a já me ter feito ceder a essa altura do campeonato e agora começa a perceber que não vou ceder.

Por isso ela faz o que eu sabia que acabaria fazendo: reassume o papel de vítima.

— Tudo bem — responde, as lágrimas escorrendo pelo rosto. — Tudo bem, Eddie, é minha culpa. É minha culpa ter essa vida miserável, ficar presa em casa, tomando aqueles remédios horríveis.

Ela avalia meu rosto, mas não movo um músculo.

— Pense o que quiser, Eddie, mas você não faz ideia de como minha vida é difícil.

Como cuido dela há dezenove anos, acho isso um pouco injusto.

Ficamos feito dois peões se confrontando num tabuleiro de xadrez. Minha mãe desvia os olhos primeiro, sem dúvida para me fazer parecer o agressor. Fita em desalento a bancada, as lágrimas caindo.

— Não me abandone, Eddie — pede, afinal, como eu sabia que pediria. — Perdão por eu ter feito o que fiz. Fiquei arrasada de saber sobre você e... ela. Isso me destruiu.

Fecho os olhos.

— Não me abandone, Eddie — repete ela.

Contorno a bancada e a abraço. Um pedacinho de gente, tão frágil. Eu a abraço, firme, pensando na minha ex-namorada Gemma. Era isso que ela nunca conseguia entender. Que, mesmo depois de minha mãe passar de qualquer limite possível comigo, continuava sendo *minha* função confortá-la. Essa rendição não fazia sentido para a Gemma. Mas acho que, assim como a maioria das pessoas, ela nunca teve a experiência de ser responsável pelo bem-estar mental de alguém. Nunca perdeu a irmã e, em seguida, quase perdeu a mãe.

Dessa vez, no entanto, é diferente. Estou abraçando minha mãe porque devo, mas por dentro a paisagem mudou.

Chove quando a conduzo ao Land Rover para levá-la em casa. O céu está cheio de nuvens cinzentas, que se agitam como pensamentos nervosos. Em silêncio, peço desculpas à Sarah. Onde quer que ela esteja. *Não desejo sua morte. Te desejo apenas felicidade.*

Na casa da minha mãe, aumento a temperatura do aquecimento e faço uma torrada antes de ela ir para a cama. Dou seu remédio de dormir e seguro sua mão até ela pegar no sono. Nunca tive a experiência de ver um filho adormecer, mas imagino que seja uma sensação parecida. De algum modo, ela parece ao mesmo tempo perdida e tranquila deitada ali, agarrada à minha mão como a um ursinho de pelúcia, às vezes se mexendo, a respiração baixa.

Quando saio, telefono para o Derek e deixo um recado dizendo, muito casualmente, que cheguei ao limite e preciso de sua ajuda.

Em casa, assisto a três episódios de uma série da Netflix e — exausto, mas sem conseguir dormir — passo a maior parte do resto da noite no banco do jardim, enrolado na manta, conversando com o esquilo Steve.

CAPÍTULO QUARENTA E CINCO

Dezembro: três meses depois

Oi,

Ho, ho, ho! Finalmente, chegou o Natal.

Não vejo a hora de esse ano acabar.

Essa é minha primeira carta para você em mais de três meses. Acho que tive muito em que pensar. Também ando ocupado tentando mudar em relação à mamãe sem que ela perceba. Esse é o plano do Derek: me libertar sorrateiramente. Ele tem sido incrível, claro.

Marcou para mim um encontro com a vigária Frances, que me explicou que existem pessoas que se dispõem de bom grado a visitar os paroquianos. A ideia do Derek era estabelecer um laço de amizade entre a mamãe e um voluntário — por mais que isso fosse demorar —, de modo que ela acabasse confiando no voluntário o suficiente para querer que ele a acompanhasse ao mercado ou às consultas médicas. Alguém para quem ela poderia ligar, além de mim, alguém que abrisse o mundo dela um pouquinho.

Portanto, um senhor chamado Felix vem visitando a mãe, com a Frances, uma vez por semana. Felix é veterano da Guerra do Golfo, onde perdeu o braço. Depois a esposa o abandonou, porque não conseguiu lidar com a situação. E ele perdeu o filho no Iraque, em 2006. Então sabe exatamente o que é dor e perda. E, quer saber do que mais, Ouriço? Ele é um sujeito muito alegre! Só o encontrei duas vezes, mas ele me parece ser um cara superotimista. Ouvir a conversa dele com a mamãe é impressionante: a reação dela a tudo é negativa, e ele é sempre animado. Às vezes, quando ele está falando, consigo vê-la pensar: *Será que esse cara é completamente louco?*

"Dê a ela mais algumas semanas", sugeriu o Derek, outro dia. "Acho que não falta muito para ela se sentir à vontade para sair de casa com ele."

O Derek até a convenceu a passar o Natal com a irmã, para me dar um descanso.

Então... Aos poucos, estou tendo mais espaço. Conseguindo respirar. Às vezes, tenho uns lampejos: consigo ver como eu era antes disso tudo. Como fui durante aquela semana com a Sarah. E me sinto bem.

Enfim, estou aqui, no dia de Natal, no quarto de hóspedes da casa nova do Alan, em Bisley. São 5h45, e a Lily já acordou, batendo na porta do quarto dos pais. Acabei aloprando e comprei para ela vários presentes. O Alan diz que sou um desgraçado que o deixou em maus lençóis.

Agora estou contemplando pela janela, ainda sem cortina, o céu cor de chumbo, pensando em você. Minha querida e preciosa Alex.

Não sei se você está aí em cima. Se me acompanhou aqui do lado, durante todos esses anos, lendo as palavras que escrevo para você, ou se não passa da leve vibração de uma energia dissipada. Mas, o que quer que você seja, espero que saiba o quanto foi amada, o quanto sentimos sua falta.

Sem você, ou essas cartas, acho que eu não teria conseguido. Na morte, você foi como na vida: generosa, radiante, luminosa, uma amiga. Eu sentia você, por intermédio desses papéis roxos. Sua vitalidade e sua leveza, sua curiosidade, sua bondade, sua inocência, sua doçura. Você me impulsionava. Me ajudou a respirar quando a vida me sufocava.

Mas chegou a hora de eu seguir sozinho, como diz a Jeanne. De caminhar com meus próprios pés. E assim, Ouriço, esta deve ser a nossa última carta.

Vou ficar bem. A Jeanne tem certeza disso e, na verdade, eu também. Preciso ter. Todos os dias vejo em nossa mãe a imagem do que seria a alternativa para isso.

Vou até ceder à insistência do Alan de que preciso namorar. Não quero, mas reconheço que tenho de pelo menos me dar a chance de amar outra pessoa.

Porque o negócio é o seguinte: a mamãe não pode mudar, mas eu posso. E vou conseguir. Vou atravessar esse inverno, terminar as encomendas de trabalho e pegar outras. Vou começar a dar cursos de verão para jovens. Vou entrar nessa bobagem do Tinder. Também vou malhar, me aprimorar na cantaria e ser um padrinho maravilhoso para a Lily. Vou fazer tudo isso com um sorriso no rosto, porque essa é a pessoa que eu acho que sou, a pessoa que quero voltar a ser.

Essa é minha promessa, Ouriço. A você e a mim mesmo.

Jamais esquecerei você, Alex Hayley Wallace. Nem por um dia. Amarei você até o fim da vida. Sempre sentirei saudade e sempre serei seu irmão.

Obrigado por estar presente. Na vida e na morte.

Obrigado e adeus, meu Ouriço.

Beijos,
Eu

CAPÍTULO QUARENTA E SEIS

Começo de março: três meses depois

No dia em que minha vida muda para sempre, estou me preparando psicologicamente para o meu primeiro encontro proporcionado pelo Tinder. Sinto-me meio idiota, por estar nervoso. (E não ajuda em nada o fato de o Alan me mandar mensagens toda hora para se certificar de que não desisti.) Ela se chama Heather, tem o cabelo lindo e parece ser inteligente e divertida. Mas, mesmo assim, não quero ir. Cheguei a imaginar se poderia martelar um prego na mão, para ter a desculpa de passar o resto do dia no hospital.

Não admiti isso ao Alan.

Também é o aniversário de sessenta e sete anos da minha mãe, por isso eu a levo para almoçar em Stroud. Estamos no Withy's Yard, que sempre foi um lugar seguro para ela, provavelmente porque fica escondido num antigo beco de pedra, longe dos olhos de todo mundo. E hoje ela está falante. Felix a levou ao mercado ontem e aparentemente faz isso muito melhor do que eu. A única desvantagem é ele não poder carregar muitos sacos de compras, porque só tem um braço.

Para ser sincero, não estou prestando muita atenção, porque não paro de imaginar os silêncios constrangedores e as risadas sem graça que terei de enfrentar à noite, por isso demoro um pouco a me dar conta de que minha mãe parou de falar.

Ergo os olhos. Ela está imóvel, olhando para a direita, a colher de sopa pairando a poucos centímetros do prato. Acompanho seu olhar.

No começo, não os identifico. É apenas um casal de meia-idade, comendo salada. Ela está com uma blusa xadrez e fala ao celular. Ele está com um blazer de veludo cotelê e presta atenção ao que ela diz. Assim como minha mãe, ambos parecem ter interrompido a refeição. Tenho a ligeira impressão de que já vi aquele homem antes, ao observar seu perfil, mas não sei onde.

Porém, quando volto os olhos para minha mãe, sei exatamente quem eles são. As únicas pessoas que poderiam exercer esse tipo de efeito sobre ela. A colher agora está mergulhada na sopa, o cabo desaparecendo lentamente como o mastro de um navio naufragado.

Olho novamente para os pais de Sarah Harrington. Eu os reconheço. Claro que sim: eles sempre buscavam a Alex para brincar, ou deixavam a Hannah para passar a tarde conosco. Lembro que eram simpáticos. Tanto que às vezes eu também sentia vontade de ir brincar em Frampton Mansell. Eles pareciam unidos, uma família de verdade, ao passo que a minha era formada por um pai que morava a centenas de quilômetros de distância, com um filho novo a caminho, e uma mãe atormentada pela amargura e pela depressão.

Tenho dois pensamentos distintos.

Primeiro: O que vou fazer com minha mãe? Ela não pode ficar aqui, a duas mesas de Michael e Patsy Harrington. Segundo: se não foi nem Michael nem Patsy Harrington que morreu no ano passado, quem foi?

Ouço nitidamente a mulher dizer:

— Já estamos a caminho.

Então ambos se levantam e se vão, sem parar nem mesmo para endireitar as cadeiras ou se desculpar com a garçonete. A mãe da Sarah veste o casaco ao avançar pelo beco, em direção à High Street. Minha mãe e eu ficamos parados por alguns instantes, calados em meio ao burburinho do restaurante. Só quando o vaporizador de leite começa a chiar conseguimos nos entreolhar.

Acaba que vamos à loja de produtos da fazenda na Cirencester Road, onde compramos sopa para tomar na casa da minha mãe: depois que os Harrington se foram, ela disse que o almoço de aniversário estava arruinado e que não conseguiria mais comer.

Até agora, nossa conversa sobre eles se resumiu ao seguinte:
Eu:
"Você está bem?"
Minha mãe:
"Não quero falar sobre isso."
Não insisti. Mas não consigo pensar em mais nada. *Os pais da Sarah*. As pessoas que a fizeram. Aonde estavam indo? O que tinha acontecido? Aquele telefonema não parecia trazer boas notícias.

A Sarah se parece com a mãe. Embora, na verdade, também se pareça com o pai. Eu poderia ter passado horas olhando para eles, procurando detalhes dela.

Voltamos à casa da minha mãe e aqueço a sopa, ponho no forno o pão de fermentação natural, que libera um aroma delicioso, mas sei que ela não vai comer. Parece estar com raiva de mim, embora eu não saiba por quê. Será que eu deveria ter esmurrado os pais da Sarah por terem criado a filha? Estou inquieto na cozinha da minha mãe, novamente imaginando quem terá morrido em agosto. No fim do jardim, debaixo da ameixeira, há um ponto onde alguns quelidônios vingam bravamente entre o mato. Eu me lembro das flores do campo sobre o caixão e sou obrigado a me advertir sobre o rumo que esses pensamentos estão tomando.

Como já era de imaginar, minha mãe não come.

— Eles acabaram com o meu dia — declara. — Perdi completamente o apetite.

— Tudo bem — respondo. — Vou tomar a minha sopa. Você pode comer depois, se quiser.

— Eu teria uma intoxicação alimentar. Não dá para aquecer duas vezes.

Estou prestes a dizer "Mãe, é sopa de tomate!", mas desisto. Não adianta.

Por isso tomo sozinho a sopa, mergulhando nela grandes pedaços de pão. Quando termino, lavo a louça, dou à minha mãe seu presente, que ela diz que abrirá mais tarde, e pego o casaco.

— Posso ficar mais para conversarmos, se você quiser — sugiro.

Minha mãe está enroscada no canto do sofá, como um gato.

— Estou bem — responde. — Obrigada por ter vindo.

Dou um beijo nela.

— Tchau, mãe. Feliz aniversário. — Detenho-me à porta. — Amo você.

Já estou saindo quando ela me chama:

— Eddie?

— Oi?

Volto, e este é o momento que mudará tudo, embora eu ainda não saiba.

— Tem uma coisa que você precisa saber — anuncia ela, sem olhar para mim.

Eu me sento na poltrona, de frente para minha mãe. Atrás dela, há um retrato da Alex num balanço, tirado pouco tempo depois que ela entrou no ensino fundamental. Ela grita de felicidade, voando na direção do fotógrafo, em êxtase absoluto. Com o passar dos anos, cheguei a me perguntar se minha mãe teria engravidado de propósito, para tentar impedir que meu pai nos abandonasse — parece que o caso com Victoria Cara de Cu era antigo —, mas sempre que olho esse retrato penso que isso não importa. A Alex só trouxe alegria para nossas vidas, com ou sem meu pai.

— Ver Michael e Patsy Harrington acabou com meu dia — repete minha mãe, depois de uma pausa.

Ela rói uma unha.

— Eu sei — respondo, cansado. — Você já disse.

Ela corre os olhos ao redor, passa a mão na mesinha de canto, conferindo se há poeira.

— Não sei como eles podem perdoar a filha...

Eu me levanto, mais uma vez pronto para ir embora, mas algo na expressão facial dela me faz sentar de novo, no braço da poltrona. Ela sabe alguma coisa.

— Mãe, o que você queria me dizer?

— Pelo menos a Hannah é uma boa pessoa — observa ela, ignorando a pergunta. — A Hannah ainda me visita, sabia? Ainda se importa, mesmo que os pais não se importem. — Ela se detém, abrindo e fechando as mãos. — Mas, na verdade, não nos vemos desde o Natal. Tivemos uma discussãozinha.

— Sobre o quê?

Minha mãe continua olhando para tudo, menos para mim.

— Sobre a bruxa da irmã dela.

— A Sarah? — Inclino-me para a frente, encarando-a. — O que ela disse sobre a Sarah?

Minha mãe encolhe os ombros, o rosto tenso, e fico imediatamente apavorado com o que estará escondendo.

— Mãe...? — Sinto o coração bater forte. Isso tem alguma coisa a ver com o fato de os pais da Sarah terem saído apressados do restaurante. — Mãe, por favor, me diga.

Minha mãe suspira. Descruza as pernas, de modo que agora está sentada de um jeito todo formal, como se estivesse numa entrevista, as mãos entrelaçadas no colo.

— A Hannah veio aqui pouco antes do Natal. Disse que tinha uma notícia que poderia me chatear. Nisso tinha razão.

Ela se detém, sem conseguir encontrar as palavras, e começo a me sentir enjoado. O que aconteceu com a Sarah? *Ai, meu Deus, o que aconteceu com a Sarah?* Minhas mãos se crispam feito aranhas, embora eu não saiba o que querem agarrar.

— O que ela disse? — pergunto.

Minha mãe não responde.

— Mãe, é importante você me dizer.

Ela contrai o maxilar, e as têmporas pulsam. Não me lembro de um momento em que eu tenha ficado tão ansioso. Por fim, ela diz:

— A Sarah voltou para a Inglaterra. Em agosto do ano passado.

Sinto o sangue subir ao rosto e me recosto na cadeira. Estava achando que ela ia me contar que... Estava achando que ela ia dizer...

Muitas vezes, imaginei de quem era aquele funeral. A vida de quem estava sendo homenageada com aquelas lindas flores do campo. Fiz o que pude para me convencer a deixar de lado as teorias paranoicas, mas aquelas perguntas insidiosas nunca desapareciam. *E se ela morreu? E se era a Sarah no caixão?*

A Sarah está viva, está bem. E está na Inglaterra.

Levo um tempo para assimilar essa informação.

— Peraí — murmuro, inclinando-me para a frente. — Mãe, você disse que ela voltou para cá? Para a Inglaterra?

Minha mãe se levanta do sofá com uma energia que raramente vejo. Ela se posta na minha frente, o corpo rígido de raiva.

— Como você pode ficar tão contente? — resmunga. — Olha a sua cara, Eddie. Qual é seu problema? Ela...

— Onde ela está? — interrompo-a. — Onde a Sarah está morando?

Minha mãe sacode a cabeça e se dirige à janela.

— Pelo que entendi, com os pais — sussurra.

Depois de alguns instantes, ela retorna ao sofá, fitando o retrato da Alex. Desconfio que faz isso por minha causa. *Olhe a coitada da sua irmã.*

— Morando com os pais, como uma parasita. Sem dinheiro e... parece que... grávida. — Ela leva a mão à boca, como se não pretendesse dizer isso. Depois de uma pausa, volta a se sentar e fecha os olhos. Está trêmula. — Se, nessa idade, a pessoa ainda não tomou jeito, que esperança há?

Eu a encaro.

— *Grávida?* A Sarah está grávida?

Sinto uma dor tão aguda que é como se ela tivesse enfiado uma faca no meu peito.

Minha mãe não responde.

— Mãe!

Ela assente, com nítida aversão.

— Grávida — confirma.

— Não! — exclamo, embora a palavra quase não saia da boca. Não. Não, não, não.

A Sarah não pode estar grávida de outro homem. Meus olhos perdem o foco, a cabeça explode de aflição, vários matizes de aflição, espocando em todas as direções. Mas então a montanha-russa desce novamente, e surge outro sentimento: esperança. A velocidade com que sinto todas essas coisas é estonteante. Mas a esperança permanece. Dois segundos, três, quatro, cinco... Ela não vai embora. *Pode ser meu*, penso. *Pode ser meu.*

— Ela voltou porque o avô morreu — explica minha mãe, ríspida.

— Aquele cortejo fúnebre que vimos provavelmente era dele.

Experimento um alívio difuso por ter sido o avô dela, mas estou chocado demais para me sentir culpado. A Sarah está grávida, e o filho pode ser meu.

— O que mais você sabe, mãe? Por favor, me diga.

Minha mãe pega o prato ainda cheio de sopa e o leva para a cozinha. Eu a acompanho como um cachorro fiel.

— Mãe.

— Foi a Hannah que ligou para a irmã, para dar a notícia — responde ela, por fim. — Parece que a surpresa de ouvir a voz da Hannah quase a matou. Ela atravessou uma rua, quase foi atropelada por um caminhão, a idiota. Mas... — Minha mãe deixa o prato de sopa na bancada e corre os olhos pela cozinha imaculada. — Para o bem ou para o mal, o caminhão desviou, e ela continuou inteira.

Minha mãe para de falar. Está ficando agitada, a respiração ofegante. Não consegue ficar parada. Nem eu. A Sarah está na Inglaterra e está grávida. Acompanho minha mãe de volta à sala, onde sua dificuldade para respirar parece aumentar.

Começo a ajudá-la mecanicamente a fazer um dos exercícios de respiração do Derek. Peço que ela inspire devagar, que expire devagar, me perguntando por que ela resolveu contar isso agora, depois de manter segredo por tantos meses. Não é do interesse dela me dizer que a Sarah voltou, muito menos que está grávida. Minha mãe abomina a ideia de eu pensar em Sarah Harrington.

Tem alguma coisa a ver com os pais da Sarah, penso. Tem alguma coisa a ver com a saída apressada deles do restaurante. Olho em desespero para minha mãe, que já consegue controlar a respiração. *Me diga!*, quero gritar. *Me conte tudo!* Mas me limito a perguntar:

— E você sabe de mais alguma coisa? Sabe como ela está? O que anda acontecendo?

— Parece que ela estava meio deprimida — responde minha mãe, depois de alguns instantes. — Não queria contar para ninguém quem é o pai da criança.

A esperança começa a crescer.

— O enterro foi a primeira vez que ela viu a Hannah em quase vinte anos. A Hannah disse que elas... decidiram... chegaram à conclusão de que já bastava de sofrimento. Decidiram fazer as pazes.

Minha mãe manifesta aversão às palavras que saem de sua boca, e entendo agora por que brigou com a Hannah. Durante muitos anos, minha mãe conseguiu manter Hannah do seu lado. Deve ter parecido uma traição e tanto para ela.

— Então a Sarah está morando em Frampton Mansell esse tempo todo? Há seis meses?

Minha mãe assente, olhando para mim.

— Imagino que você não a tenha visto, então.

Acho que está claro, pela minha fisionomia, que não.

— Tem certeza de que ela está grávida, mãe? — pergunto, as palavras se prendendo numa parte seca da garganta.

Minha mãe me encara, e seu rosto se enche de decepção. Ela sabe o que isso significa para mim.

— Tenho certeza.

— Para quando é? O bebê?

— Não sei.

Minha mãe torce as mãos. Vejo que está mentindo.

O que quer que a tenha levado a me contar tudo isso está provocando uma batalha terrível dentro da sua cabeça. Ela se põe a fazer o exercício de respiração novamente.

— Você realmente não sabe para quando é? — insisto. Não aguento. — Não tem nem ideia? Vou descobrir de qualquer maneira — acrescento. — Então pode ir me dizendo.

Minha mãe fecha os olhos.

— Era para 27 de fevereiro. Seis dias atrás — responde, por fim. — O que significa que a criança foi concebida em junho do ano passado.

Ela estremece quando as palavras saem de sua boca.

Faz-se silêncio absoluto.

— E ninguém sabe quem é o pai?

— Imagino que seja um desconhecido — murmura ela, mas é mentira: ela sabe muito bem o que essas datas querem dizer.

Estou trêmulo quando me agacho diante dela, mas minhas pernas não estão funcionando, de modo que acabo me sentando no chão, como uma criança para ouvir histórias.

— Você está dizendo isso porque acha que é meu, mãe? É o que você acha?

Ela abre os olhos, cheios de lágrimas.

— Sarah Harrington não pode ser mãe de um neto meu. — Sua lamúria sai num fio de voz. — Eddie, não consigo aceitar isso... Mas... — A voz treme. — Mas também não consigo parar de pensar que a criança já pode ter nascido e pode ser...

Fico olhando para ela, mas não a vejo mais. Sarah. Meu filho. Tudo gira.

Tento organizar os pensamentos.

— Por que você acha que os pais dela saíram do restaurante tão apressados? Acha que aconteceu alguma coisa?

Preciso me apoiar no braço direito para me manter ereto.

Da névoa que se formou diante de mim, ouço a voz da minha mãe:

— Não sei. Mas desde então estou muito preocupada. Foi por isso que decidi contar para você.

Ela se põe a fazer o exercício de respiração pela terceira vez.

Boto a mão trêmula em seu joelho, enquanto ela se concentra em inspirar lentamente. Preciso encontrar a Sarah.

— Mãe — murmuro. — Me ajuda.

Depois de uma pausa interminável, minha mãe respira fundo pela última vez e aponta para o telefone, que fica na mesinha de apoio.

— O número deles ainda deve estar lá. Na agenda telefônica.

Eu me levanto e atravesso a sala, sabendo como é significativo esse gesto, sabendo o que deve estar custando a ela. Minha mãe ainda é uma boa pessoa. Ainda é capaz de amar, por mais triste que sua vida tenha se tornado.

Faz muitos anos que não me sinto assim com relação a ela.

O número continua ali. Depois de "Nigel Harlyn", um contador amigo do meu pai, e "Harris (encanador de Cirencester)". Escrito pela dona de casa atarefada de outra vida. *Patsy Harrington (mãe da Hannah) — 01285...*

Começo a digitar o número no celular, mas meu celular evidentemente já sabe. Sarah me deu o número em junho, quando o bebê não devia passar de algumas poucas células.

— Mãe — digo, com tato. — Preciso ir. Está bem? Preciso descobrir o que aconteceu. Se você precisar de alguém, tem o número de emergência, o número do Derek e o número do Felix. Mas você vai ficar bem, mãe. Vai ficar tudo bem. Eu preciso ir. Preciso...

Minha voz se perde. Beijo a cabeça da minha mãe e sigo para o carro, com as pernas trêmulas.

E minha mãe não diz nada. Sabe que pode ser seu neto, e isso é maior que tudo. Não pode dizer — preferiria morrer a admitir —, mas na verdade quer que eu vá e descubra.

— É melhor você não estar me ligando para dizer que desistiu — resmunga Alan, ao atender o telefone. — Fala sério, Ed...

— A Sarah teve um filho — eu o interrompo. — Ou vai ter. E tenho certeza de que é meu. Tentei ligar para os pais dela, mas ninguém atende. Preciso do celular da Hannah. Você tem?

Faz-se uma longa pausa.

— O quê? — pergunta Alan. Ele está comendo alguma coisa, para variar. Alan trabalha num escritório de arquitetura. Seus colegas não conseguem acreditar na quantidade de alimentos que ele mantém na mesa, "para o caso de uma emergência". — Você está falando sério?

— Estou.

— Uau! — exclama ele, depois de alguma consideração.

— Preciso do número da Hannah.

— Puxa, cara, você sabe que não posso passar os dados dos clientes.

Há pouco tempo, Alan projetou a área de serviço da casa da Hannah, em Bisley. Combinamos, quando ele me contou do trabalho, que não falaríamos sobre isso, mas o acordo agora estava suspenso.

— A Gia e a Hannah costumavam tomar café juntas depois da ioga — respondo, imediatamente. (Isso faz cerca de sete anos.) — A Gia tem o número do telefone dela. Você só está me poupando tempo pegando o número no computador que está bem na sua frente, em vez de ligar para sua mulher. Alan, sério, me diz.

Alan começa a sussurrar, como se isso fosse chamar menos atenção numa sala silenciosa.

— Tudo bem. Mas será que você também pode mandar uma mensagem para a Gia, pedindo o número, para, caso me perguntem, eu possa dizer "Não, ele pegou o número com a minha mulher"?

Estou quase gritando.

— Me dá a porra do número, Alan!

Ele obedece.

— Então imagino que você não vá se encontrar com a menina do Tinder, né?

O celular da Hannah está desligado. A voz dela se parece muito com a voz da Sarah na caixa postal, só que mais enérgica, mais prática.

Provavelmente como a Sarah deve ser quando está numa conferência, ou na televisão.

Um filho. Meu filho. Minha cabeça se agita. O céu está cinzento. As mãos ainda tremem.

Consulto o relógio: 15h45. De repente me ocorre que os filhos da Hannah devem ter terminado o dia de aula. E que, com sorte, ela ou o marido os pegaram na escola. As sensações se embaralham antes que eu consiga identificá-las. Só sei que preciso encontrá-la.

Ligo o carro e sigo para Bisley. Tento não pensar na minha mãe, em casa, sozinha, enfrentando o que deve parecer um pesadelo. Mas então penso: *Faz três meses que ela sabe. Três meses!*

No fim, ela acabou me contando, lembro a mim mesmo, porque preciso. Odiar a Sarah impediu que minha mãe entrasse em contato com sua dor mais profunda — a dor mais insuportável — por muito tempo. Foi seu melhor remédio. O momento em que ela apontou para o telefone, essa relutante bênção dela, é um gesto que não posso subestimar.

A paisagem de inverno passa rápido pela janela. Imagino Hannah se encontrando com a irmã, depois de tantos anos ouvindo minha mãe derramando seu fel. Imagino Sarah, ao mesmo tempo apavorada e esperançosa. Desesperada para dizer as coisas certas. Para reconquistar a irmã.

Não é de admirar que ela não tenha contado a ninguém quem é o pai. Seria como jogar uma granada no meio da família, que só agora está se recuperando.

15h51.

— Por favor, meu Deus, que a Hannah não tenha babá — murmuro, quando chego a Bisley. — Que a Hannah atenda à porta. Ou então o marido.

Estou dirigindo rápido demais e, para minha surpresa, não me importo. Os últimos meses de estoicismo, de Fazer a Coisa Certa, agora se revelam a loucura, o masoquismo cego, que sempre foram. Faz menos de quinze minutos que sei que Sarah está grávida do meu filho e já me esqueci completamente de tudo que vinha dizendo a mim mesmo para me manter longe dela. Só quero vê-la.

Um filho. A Sarah está grávida do meu filho.

Assim que abre a porta, reconheço o marido da Hannah, daquela noite em que esmurrei a mesa do pub.

— Fedido! — grita ele, quando um labrador preto avança em minha direção, com uma manta esfarrapada na boca. O cachorro pula em mim, abanando o rabo. — Fedido! — grita o homem, novamente. — Pare!

Ele segura a coleira do cachorro e faz o que pode para afastá-lo.

— Fedido? — pergunto.

É o mais perto que chego de rir em muitas horas.

— Cometemos o erro de deixar que as crianças escolhessem o nome dele. — O homem abre um sorriso. — Posso ajudá-lo?

Fedido pula novamente em mim, e passo a mão nele enquanto tento explicar o impossível para esse completo desconhecido.

— Desculpe. Pode, sim. Meu nome é Eddie Wallace. Conheço a Hannah há muito tempo. Ela...

— Ah, sim — responde o homem. — Sei quem você é. Você é o irmão mais velho da amiga de infância da Hannah...

Ele para de falar, constrangido, embora eu não saiba se é porque esqueceu o nome da Alex ou porque não quer falar da minha irmã morta.

— A Alex — digo, porque não tenho tempo para pausas constrangidas.

Ele assente. Dentro da casa, há um baque e o grito de uma criança. Ele volta os olhos aflitos para trás, mas se tranquiliza quando ouvimos uma voz infantil gritar ameaças de morte por espada.

Ele se vira novamente para mim, que já estou meio louco de desespero. Preciso saber, agora.

Fedido cheira minha virilha.

— Então, isso pode parecer estranho, mas... acho que a irmã da Hannah acabou de ter um filho, ou está prestes a ter. Talvez até esteja tendo...

O homem sorri.

— Isso mesmo. A Hannah está no hospital com ela. Faz dois dias que a Sarah está em trabalho de parto, coitada. Você é amigo dela?

Ele se detém, tentando juntar o fato de que sou Eddie Wallace à ideia de que eu poderia ser amigo da Sarah. A confusão vira alarme quando ele se dá conta de que talvez tenha me dito algo que não posso saber.

Por um instante, não consigo falar, por isso apenas fico alisando o Fedido. O cachorro sorri para mim e, involuntariamente, retribuo o sorriso. Sou sincero com o marido da Hannah. Não tenho tempo para inventar uma desculpa que ele jamais engoliria.

— Amigo, não. Sou mais... o pai da criança.

Silêncio.

O homem se limita a me encarar.

— O quê?

— Só fiquei sabendo há meia hora... — O homem franze a testa. É inconcebível para ele que eu seja pai do filho da Sarah. Engulo em seco. — É uma longa história, mas eu não teria vindo aqui se não tivesse certeza.

Silêncio.

— Olha, eu sou só um cara que acabou de descobrir que é pai, ou quase pai, e não vou me impor à Sarah nem nada do tipo, mas... — Paro de falar, porque, para meu desespero, minha voz está embargando. — Só quero estar lá à disposição dela. Se eu puder.

— Entendi — responde o homem, depois de alguns instantes.

Fedido se senta a meus pés, me encarando: sou uma grande decepção.

— Sem querer dificultar seu lado, estou enlouquecendo de vontade de estar com ela, ajudar, se puder, ou mandar um beijo ou... Sei lá. Aí imaginei que você poderia me dizer se ela está dando à luz em Stroud ou em Gloucester. Ou em algum outro lugar.

O homem cruza os braços.

— Vou precisar falar com a Hannah antes — responde, afinal. — Espero que você entenda.

Claro que entendo. Também quero dar um soco nele.

Respiro fundo.

— Entendo. Mas o celular da Hannah está desligado. Já tentei.

O homem assente.

— Pois é, é provável que esteja.

Mas ele faz questão de telefonar de qualquer jeito, afastando-se para eu não ouvir quando disser: "Você não vai *acreditar* nisso..."

Alguns instantes depois, ele está de volta.

— Desligado — murmura, girando o aparelho na mão, sem saber o que fazer.

Ele entende: como pai, vejo que quer me ajudar. Mas não é uma situação comum.

Começo a entrar em pânico. Talvez ele não me diga.

— Posso simplesmente aparecer na maternidade de Stroud, ou Gloucester, eu acho... Mas será que você pode me dizer pelo menos como está o trabalho de parto? — peço.

A essa altura, estou aceitando qualquer coisa. Qualquer migalha que ele queira me dar. Fedido suspira, encostando a cabeçorra quadrada na minha coxa.

O homem me encara.

— Só sei que já faz dois dias. E que transferiram a Sarah da ala das parteiras para a ala supervisionada pelos médicos.

— O que isso quer dizer?

— Quando aconteceu conosco, com a Elsa, a situação não estava muito boa — admite ele. — Mas pode ser qualquer coisa. Ela provavelmente só estava cansada e quis ser anestesiada. Eu não me preocuparia muito.

— Por favor, me diga onde a Sarah está. — Minha voz sai alta demais, mas acho que provavelmente só pareço desesperado, não ameaçador, nem maluco. — Sou um cara normal. Não sou psicopata. Só quero estar lá.

Ele suspira, vencido.

— Tudo bem... Tudo bem. Elas estão no Gloucester Royal. Acho que o nome da maternidade é Women's Center. Mas fique sabendo que só vão deixar você entrar com autorização da Sarah. Vou mandar uma mensagem para a Hannah, explicando tudo. Não deveria fazer isso, mas... É aquela história: se eu estivesse no seu lugar...

Passo a mão na cabeça preta do Fedido. A cabeça é dura, quente e — sim — um pouco fedida.

— Obrigado — murmuro. — Muito obrigado.

— Pai? — Atrás do homem, vejo uma cabecinha surgir, do andar de cima, o cabelo pendendo em nossa direção. — Quem é esse homem?

— Boa sorte — deseja ele, ignorando a filha. A sobrinha da Sarah, Elsa, que ela achou que jamais conheceria. Ele aperta minha mão. — Meu nome é Hamish.

— Eddie — digo, embora tenha certeza de já ter falado meu nome antes. — Não sei como agradecer.

Então me retiro.

CAPÍTULO QUARENTA E SETE

O trajeto é uma das meias horas mais longas da minha vida. Quando chego à A417, estou alucinado.

A Alex adoraria ter um sobrinho, penso, aguardando no cruzamento. (E: *Esse sinal não vai abrir nunca?*) Minha irmã adoraria sobretudo ter um sobrinho parente da Hannah.

E eu? Claro que quero ter um filho. Sei disso há muitos anos, mas não era algo que eu achasse possível, até conhecer a Sarah. Aí deixou de ser uma fantasia remota para se tornar um desejo óbvio.

Eu a amo, penso, acelerando o carro. *Ela fez tudo parecer possível.*

Durante todos esses meses, Sarah Harrington estava trazendo no corpo meu filho. Além de seu sofrimento, da tristeza, do luto pelo avô. Ela se mudou para o outro lado do mundo, para onde achava que jamais retornaria, e de algum modo remendou a ferida que rasgava o cerne de sua família. Tudo isso sozinha. Sabendo que eu não queria nem sua amizade.

Eu me lembro da tristeza terrível em seus olhos quando ela falava da Hannah e dos sobrinhos e mais uma vez imagino como foi para essas mulheres tentar reconstruir sua relação em circunstâncias tão difíceis. Espero que isso tenha deixado a Sarah feliz. Espero que o fato de a Hannah estar com ela na maternidade signifique que as duas ficaram tão próximas quanto merecem. Próximas como devem ser duas irmãs.

HOSPITAL 1 KM, indica a placa. Um quilômetro longe demais. Passo debaixo da ponte ferroviária e subo a ladeira, xingando o trânsito. Avanço devagar, passando por uma lanchonete. Há um homem parado do lado de fora com um saco plástico pendurado no pulso. Ele conversa ao telefone, rindo, totalmente alheio ao homem desesperado que está preso no trânsito lento, num Land Rover.

Um minuto e meio depois, há uma placa indicando que o hospital está a meio quilômetro de distância, mas ainda não basta. Outro sinal fica vermelho. Não consigo parar de xingar.

O carro está silencioso, salvo pelo barulho antiquado da seta. Imagino Sarah, minha bela Sarah, exausta num leito de hospital. Penso em todos os partos que já vi em filmes: gritos horríveis, enfermeiras desesperadas, médicos aos berros, sinais de emergência disparando. É como se alguém tivesse pego uma colher de sorvete e feito um buraco em mim. Estou louco de medo. *E se algo der errado?*

Dobro à esquerda, tentando lembrar que partos tranquilos acontecem o dia inteiro, todos os dias — precisam acontecer: do contrário, a espécie humana não teria sobrevivido —, e o prédio marrom do Gloucester Royal finalmente surge adiante.

O hospital está movimentado. Doença, imagino, é um negócio de tempo integral. Várias pessoas atravessam a rua, à minha frente. O primeiro estacionamento está cheio, e sinto vontade de gritar. Quero entrar no primeiro vão, abandonar o carro ali.

E entendo, afinal, o que Sarah sentiu no dia em que acelerou desesperada atrás do namorado e da irmã. Entendo o horror que tomou conta dela, o instinto que a fez sair da pista para impedir o acidente do qual Hannah jamais sobreviveria. Entendo que ela não jogou o carro para a esquerda porque não se importava com a Alex. Foi amor e medo que a fizeram girar o volante. O mesmo amor e o mesmo medo que sinto agora por ela. Eu faria qualquer coisa para protegê-la. Obstruiria o estacionamento de um hospital. Desobedeceria o limite de velocidade. E, naquela mesma situação em que Sarah se encontrava, em 1997, eu também teria jogado o carro para a esquerda, se isso significasse salvar a pessoa que amo.

CAPÍTULO QUARENTA E OITO

Hamish tem razão: não me deixam entrar. A moça do outro lado do interfone fica até mesmo surpresa por eu tentar.

— Existe algum lugar onde eu possa esperar? — pergunto. — Já avisei à pessoa que está fazendo companhia à Sarah que estou aqui... Hum, e na verdade sou o pai, se isso for de alguma ajuda... Ou pelo menos acho que sou...

A esse ponto a mulher para de responder. Fico imaginando se está chamando o segurança.

Encontro uma pequena área de espera na entrada do Women's Center e me sento debaixo da escada rolante, de frente para os elevadores que, se eu tentasse usar, provavelmente seria preso por isso. E aqui, na realidade nua e crua do corredor do hospital — com famílias e casais por toda parte —, a estupidez dessa iniciativa fica de repente tão óbvia que quase começo a rir.

O que eu estava esperando? Que a Hannah interrompesse o que está fazendo para verificar suas mensagens, talvez dar uma olhada nos e-mails? Que lesse a mensagem do Hamish e pensasse *Ah, que bom! O pai é Eddie Wallace! E ele veio, que maravilha!* e saísse para me convidar a entrar?

Afundo a cabeça nas mãos, imaginando se Hamish estará fazendo o mesmo em Bisley.

Se tenho uma chance de recuperar a Sarah, vai ser preciso mais que uma incursão ao Gloucester Royal. Faz seis meses que Sarah mora há menos de um quilômetro de mim. Ela teve seis meses para entrar em contato, para me dizer que eu seria pai, mas não me procurou.

Mas, muito embora eu saiba que praticamente não faz sentido ficar, eu fico. Não posso ir embora. Não posso abandoná-la de novo.

O elevador se abre, e fico paralisado, mas evidentemente não é a Sarah trazendo um bebê. É um homem de aspecto cansado com um crachá pendurado no pescoço e um maço de cigarros na mão.

Temos escolha, eu disse a ela, no dia em que nos conhecemos. Não somos vítimas de nossas vidas. Podemos escolher ser felizes. E no entanto optei por não ser feliz, apesar do que eu disse. Virei as costas para Sarah Harrington e para essa coisa única que existia entre nós e escolhi a obrigação. Uma vida pela metade.

Uma hora se passa, duas horas, três. Pessoas vêm e vão, trazendo um sopro de ar gelado que logo fica rançoso. Uma lâmpada começa a falhar, mas um homem surge para consertá-la antes que eu chegue a cogitar avisar alguém. Faço preces silenciosas para o sistema público de saúde. Para a Sarah. Para minha mãe, cujos sentimentos sobre essa situação não consigo nem de longe imaginar. Talvez o Felix tenha aparecido na casa dela. O Felix, com seu bom humor e sua determinação de se manter otimista, independentemente do que a vida lhe traz.

Em algum momento, depois que a noite já caiu sobre o Women's Center, uma família aparece na pequena área de espera: mãe, pai e filho. O menino tem o cabelo louro encaracolado e um rosto levado e travesso. Corre os olhos pela sala, declara que está entediado e pergunta à mãe o que ela vai fazer em relação a isso. Ela está mexendo no celular, preocupada. Diz algo ao marido sobre as horas de visita.

Então o menino pergunta, o que faz meu coração parar:

— Por que o filho da Sarah não tem pai, mãe? Por que a irmã da Sarah está com ela, e não o pai da criança?

Fixo os olhos no colo, sentindo o rosto arder. A mãe responde:

— Você não pode falar com a Sarah sobre isso, meu amor. Se a gente conseguir ver a Sarah, você pode perguntar sobre qualquer coisa menos sobre o pai. Rudi, você está me ouvindo?

— Estou, mas...

— Se me prometer isso, amanhã levo você à sorveteria que te falei, que fica perto de Stroud.

Meu coração bate acelerado. Arrisco olhar o menino, mas ele não está nem um pouco interessado em mim.

— É o homem que fez ela sofrer porque não ligava pra ela?

E sinto vontade de arrancar minha pele.

A mulher — amiga da Sarah, Jo — recebe um telefonema. Afasta-se em direção aos elevadores para atender, e Rudi se põe a brincar com o pai. Só que não pode ser o pai porque, depois de vencê-lo cinco vezes seguidas no jogo pedra, papel e tesoura, ele o chama de Tommy.

Tommy! O amigo de infância da Sarah! Embora isso não se encaixe muito bem no que ela me contou, na história de sua vida. Lembro daquelas mensagens de cor: ela nunca disse que Tommy e Jo eram um casal. Será que li errado? Quero saber mais sobre a vida da Sarah. Quero saber o que ela tomou no café da manhã do dia em que entrou em trabalho de parto, como foi a gravidez, como é reatar uma relação com a irmã depois de todos esses anos. Quero saber se ela está bem.

Quando volta, Jo começa a juntar suas coisas. Por cima da cabecinha loura do Rudi, olha para Tommy e sacode a cabeça.

— Mãe? Por que estamos indo embora? Mãe! Quero ver a Sarah!

— Vamos dormir na casa dos pais da Sarah — responde ela. — Eles acabaram de ligar para nos convidar. Está ficando tarde, você precisa dormir, e a Sarah não pode receber visitas hoje. Talvez não possa nos ver nem amanhã.

— Então quando vamos vê-la?

— Não sei — admite ela. A expressão facial da Jo é indecifrável.

Segue-se uma situação complicada: Rudi evidentemente adora a Sarah e não quer ir embora. Mas acaba se deixando vestir o casaco.

E estão todos indo embora quando Tommy olha para mim, desvia o rosto e volta a olhar. Ele segue andando, mas logo para, e sei que está me observando. Depois de alguns instantes, ergo a cabeça, porque estou desesperado. Se uma conversa difícil com o melhor amigo da Sarah puder ajudar, estou dentro.

— Desculpe — pede ele, quando nossos olhos se encontram. — Perdão, achei que você fosse outra pessoa... — Mais uma vez, ele se vira. Mais uma vez, para. — Não, você... Você é o Eddie?

Jo, que está perto da escada rolante, se vira. Me encara. Ambos me encaram. Rudi olha vagamente na minha direção, mas está ocupado demais ruminando sua irritação para notar qualquer coisa. Vejo Jo balbuciar algumas palavras, embora eu não saiba se as palavras brotam de raiva ou surpresa. E ela conduz afinal o filho pela porta automática.

Eu me levanto estendendo a mão para o Tommy, que a aperta, embora demore um pouco.

— Como você soube? — pergunta ele. — A Sarah entrou em contato com você?

Ele está enrubescendo, embora eu não saiba por quê. Sou eu que deveria sentir vergonha.

— Só descobri hoje à tarde. É uma longa história. Mas a Hannah sabe que estou aqui, acho.

Antes que ele consiga pensar no que responder, pergunto:

— Como ela está? Ela está bem? A criança nasceu? A Sarah está bem? Foi mal, sei que devo parecer maluco, sei que fiz a Sarah sofrer o pão que o diabo amassou no verão passado, mas... não estou aguentando. Só quero saber se ela está bem.

Tommy enrubesce ainda mais. As sobrancelhas ganham vida própria, como se ele estivesse formulando um discurso ou resolvendo um quebra-cabeça.

— Sinceramente, não sei — responde, afinal. — A Jo acabou de conversar com a mãe da Sarah pelo telefone. Acho que não quis falar nada na frente do Rudi.

— Droga — murmuro. — Isso quer dizer que é má notícia?
Tommy me fita, em desalento.
— Não sei — repete. — Espero que não. Os pais dela estiveram aqui mais cedo e foram para casa, então provavelmente não é nada... Preciso ir. Eu... — Ele se afasta, em direção à porta. — Desculpe, cara — diz, antes de sair.

É madrugada. Estou andando de um lado para o outro, como as pessoas fazem nos filmes. Agora entendo. Ficar sentado seria como permanecer quieto enquanto alguém te aferroa com metal quente.
Estou dividindo a área de espera com um senhor de pijama, mas não nos falamos. Ele parece estar tão ansioso quanto eu. Avô, talvez. Assim como eu, não pode fazer nada além de bocejar, balançar a perna e ficar olhando avidamente para a porta que conduz às salas de parto.
Cheguei à conclusão de que o purgatório deve ser assim. Um adiamento perpétuo. Espera recheada de medo. Nada se mexendo, além dos vagarosos ponteiros do relógio.
Alan tenta me tranquilizar: fica mandando artigos sobre parto. A Gia me pediu para dizer que o parto não precisa ser aquele desespero que a gente vê na televisão, escreveu. As mulheres dão à luz o dia inteiro, no mundo todo. Ela disse que você deveria esquecer toda aquela encenação superproduzida e visualizar a Sarah respirando devagar. Trazendo a criança ao mundo em lentas expirações.
Ou alguma coisa assim. Eu deveria levar a sério, mas estou alucinado demais.
Em desespero, começo a ler as mensagens que Sarah me mandou no verão passado. Leio tudo, desde o dia em que nos despedimos na minha casa até o dia anterior ao nosso encontro na praia de Santa Monica. Leio duas vezes, três vezes, tentando encontrar algo que sei que as mensagens não podem me dizer.

A porta que conduz às salas de parto se abre, e meu coração acelera. Mas é apenas uma enfermeira bocejando, as mãos enfiadas nos bolsos do jaleco. Ela passa por nós mal nos olhando, evidentemente cansada.

Não aguento mais.

Volto à primeira mensagem que a Sarah mandou, vinte minutos depois que nos despedimos.

Cheguei em casa, diz. Foi maravilhoso. Obrigada por tudo. Bjs!

Também achei maravilhoso, respondo agora. Aliás, foi a melhor semana da minha vida. Ainda nem consigo acreditar.

Estou indo para Leicester, pensando em você, escreveu ela, algumas horas depois.

Eu também estava pensando em você, respondo. E, embora admita que àquela essa altura meus pensamentos não eram tão enlevados quanto os seus, quero que você saiba que por baixo de tudo eu estava perdidamente apaixonado. Foi isso que deixou tudo muito mais doloroso: eu estava completamente fascinado por você. Não conseguia acreditar que você existia. Ainda não consigo.

Aí as mensagens dela começavam a se mostrar preocupadas. Ei, tudo bem? Chegou direitinho ao Gatwick?

Engulo em seco. É difícil ver o desespero dela crescendo, sabendo que eu poderia ter acabado com ele.

Leio mais algumas mensagens, mas logo paro, porque me sinto culpado demais.

Você é a pessoa mais maravilhosa que já conheci, escrevo. E eu soube disso naquele primeiro dia que passamos juntos. Quando você adormeceu, pensei: Quero me casar com essa mulher.

Eu te amo, Sarah, escrevo.

Acho que estou chorando.

Gostaria de estar com você agora, te dando força. Só quero que você e o bebê fiquem bem.

> Sinto muito por não estar do seu lado. Gostaria de estar.
> Gostaria que tivéssemos passado por isso juntos. Eu deveria
> ter sido mais forte. Deveria ter acreditado que conseguiria
> resolver a situação com a minha mãe. Não deveria ter deixado
> nada me deter.

Estou sem dúvida chorando. Uma lágrima cai sobre a tela do celular. Tento enxugá-la com a manga do casaco, embaçando tudo. Então outra lágrima cai. Eu me levanto e me ponho a andar de novo. Saio para o estacionamento, onde o ar está gelado como um mar ártico, mas ele interrompe as lágrimas, de modo que fico por lá. O estacionamento agora está vazio. Luz acobreada, árvores nuas balançando ao vento.

> Estou mandando para você toda a minha força, embora saiba
> que você não precisa. Você é uma mulher extraordinária,
> Sarah Harrington. A mulher mais incrível que já conheci.

Meus dedos tremem. O frio entra pela frente aberta do casaco, mas parei de me importar comigo.

> Por favor, quando você estiver pronta, podemos tentar de novo?
> Podemos deixar tudo para trás, mesmo aquilo que achei que
> eu jamais conseguiria? Podemos voltar ao começo? Nada
> me deixaria mais feliz do que ficar com você. Eu, você, essa
> criança. Uma família.

> Eu te amo, Sarah Harrington.

A sirene de uma ambulância ecoa, uma rajada de vento paralisante atinge meu rosto.

> Eu te amo. Perdão.

CAPÍTULO QUARENTA E NOVE

Sarah

Estou girando, pairando acima da minha vida. Há hexágonos e octógonos, talvez azulejos de teto, ou quem sabe são só detalhes da poltrona onde eu estava apoiando o braço mais cedo...
Houve muitos detalhes de mobília durante esse tempo paralelo, coisas que fiquei olhando com tanta intensidade que elas cresceram e ganharam padrões, dançaram: um caleidoscópio no paraíso.

Momentos felizes. Imagens positivas. Coisas que estimulem a oxitocina. É nisso que devo pensar. Repasso momentos felizes na tela da minha mente. Tem aquele pônei roliço que pertencia à vizinha do Tommy...

Dor. Uma cascata de dor. Mas: *Confio no meu corpo*, repito, porque foi o que me pediram para fazer. *Confio no meu corpo. Ele vai me dar meu filho.*

Tem o Hugo, o gato do Tommy que não bebia muita água no verão.

A parteira está novamente fazendo alguma coisa na minha barriga. Amarrando faixas. Desde que me transferiram para esse quarto, estão monitorando o coração do meu filho com um aparelho que parece um experimento laboratorial.

— Um sensor para suas contrações, outro para o bebê — lembra a parteira, ao ver minha expressão.

Assinto, tentando retornar às lembranças felizes.

Tem uma menina chamada Hannah. Ela tem doze anos. Usa uma tipoia. O olho está inchado, a pele cheia de cortes e hematomas. Sua melhor amiga morreu, e ela me odeia.

Não, isso não é feliz. Em meio à dor e à exaustão, procuro algo melhor. Inspiro no quatro, expiro no seis. Ou é no oito? Confie no seu corpo, diziam nas aulas. Confie no processo do trabalho de parto.

Mas entrei num túnel, e ele é tão comprido que não sei onde estou. Acho que me deram remédio. Isso: aplicaram uma injeção na minha coxa, e tem um negócio perto da minha boca. Agarro-o e tento me lembrar de histórias felizes ao subir mais uma montanha. O negócio voa: alguém está tentando levá-lo, por isso agarro-o com mais força.

Tem um quarto com equipamentos médicos e essa mesma menina, Hannah, só que agora está diferente: é de novo minha irmã, mas é uma mulher com profissão e família. É minha acompanhante. Faz terapia porque não gosta de si mesma. Diz que foi péssima comigo.

Mas não foi péssima. Jamais foi péssima. Hannah está no grupo de boas lembranças que me ajuda a atravessar esse túnel. Inspiro o deslumbramento da primeira vez que a vi, quando ela apareceu na casa dos meus pais, na manhã do enterro do meu avô. Ela parada à minha frente, depois se encolhendo, a alegria que senti quando abracei minha irmã pela primeira vez em quase duas décadas.

Mais formas e padrões: um álbum de recortes em movimento. Tenho alguma consciência das pessoas que estão no quarto, das coisas que fazem em meu corpo, das instruções delicadas.

Eu me lembro de um café em Stroud, Hannah e eu no nosso primeiro encontro depois de adultas. Os silêncios, o riso nervoso. As desculpas, de ambas, e meu pai chorando quando lhe contei que Hannah havia me convidado para conhecer sua família.

Mas... meu filho. Onde está meu filho?

O oceano mergulha em si mesmo, repetidamente, e um cuco canta suas duas notas num bosque escuro. Eddie sorri. Estão me examinando de novo. Gente, muita gente olhando uma tela onde aparecem linhas tremidas...

Onde está meu filho? Meu filho. O filho que fiz com o Eddie.

Eddie. Eu o amo muito.

Eddie. É o nome que a Hannah está me dizendo. Ela está falando do Eddie. Está dizendo que ele está lá fora. Ela está surpresa, perplexa, mas agora preciso ouvir a médica, que tira um tubo de mim e se põe a falar muito devagar.

— Lamento, mas não podemos mais esperar — explica. — Precisamos tirar o bebê: você ainda não está com dilatação total... A amostra sanguínea fetal indica... oxigênio... frequência cardíaca... Sarah, você está entendendo?

— O Eddie? — pergunto. — Está lá fora?

Mas a equipe médica continua falando, então a cama começa a se deslocar. É levada do quarto.

O túnel está desaparecendo. Há azulejos no teto. A voz da Hannah está próxima ao meu ouvido.

— Você concordou em fazer a cesariana — ela me informa. — O bebê está com dificuldade para sair. Mas não se preocupe, Sarah, isso acontece muito. Você vai se submeter à cirurgia, e daqui a pouco o bebê estará conosco. Vai ficar tudo bem...

Pergunto sobre o Eddie, porque pode ter sido mais uma história do túnel e seu caleidoscópio. Estou cansada.

Não há oxigênio suficiente?

Mas é fato, não é apenas algo do túnel: o Eddie está esperando por mim. Lá fora. Mandou mensagens, diz que me ama.

— E não para de se desculpar — observa Hannah. Ela está pasma. — Eddie Wallace — murmura, quando alguém segura seu cotovelo, explicando que ela precisa vestir a bata cirúrgica. — Pai do seu filho. Como assim?

O Eddie diz que me ama. Meu filho corre perigo.

Os médicos se amontoam à minha volta, falando, e preciso ouvir.

CAPÍTULO CINQUENTA

Eddie

Endireito o corpo: a porta que conduz às salas de parto está se abrindo. Percebo que devo ter dormido. Sinto-me péssimo. E estou morrendo de frio, tremendo. Por que não peguei o gorro ou um par de luvas? Por que não planejei isso direito? Por que só meti os pés pelas mãos, desde o instante em que a Sarah saiu da minha casa, em junho?

— Tem algum Eddie Wallace aqui? — pergunta a mulher, no vão da porta.

Ela usa jaleco.

— Tem! Eu!

Ela indica os elevadores, onde poderemos conversar sem que meu companheiro de espera ouça. Ele também havia adormecido, mas agora me observa com olhos invejosos.

O medo circula pelo meu corpo como nos vídeos científicos que nos mostravam na escola, e avanço excessivamente devagar. A mulher de jaleco me aguarda, os braços cruzados, e me dou conta de que olha para o chão.

Me dou conta de que não gosto disso.

Me dou conta de que, se ela trouxer uma notícia ruim, minha vida jamais será a mesma.

E, portanto, durante os primeiros segundos, não ouço o que ela diz, porque estou surdo de medo.

— É menino — repete ela, quando percebe que não registrei nada. Ela abre um sorriso. — A Sarah teve um menininho lindo, há mais ou menos uma hora. Agora estamos fazendo alguns testes, na mãe e no filho, mas a Sarah me pediu que dissesse a você que é menino e que está tudo bem.

Fito a mulher, desorientado.

— Menino? Menino? A Sarah está bem? Ela teve um menino?

A mulher sorri de novo.

— Ela está muito cansada, mas está ótima. Correu tudo bem.

— E ela queria que você me dissesse? Sabe que estou aqui?

A mulher assente.

— Ficou sabendo quando a levamos para fazer a cesariana. A irmã contou. E seu filho é lindo, Eddie. Uma coisinha encantadora.

Dobro o corpo para a frente, e um soluço de espanto, de alegria, de alívio, de assombro, de um milhão de coisas que eu não saberia nomear, me escapa. Parece uma risada. Poderia ser uma risada. Cubro o rosto com as mãos e choro.

A mulher alisa minhas costas.

— Parabéns — diz, com um sorriso que não vejo mas ouço. — Parabéns, Eddie.

Ela se vira em direção à porta. É inacreditável que esteja indo trazer mais vidas. Que esse milagre seja algo trivial para ela.

Menino! Meu filho!

— A Sarah está se recuperando, vai precisar passar alguns dias na maternidade. Acho que você não deve poder vê-la hoje, mas as visitas começam às duas da tarde — informa. — Embora, evidentemente, isso dependa da Sarah.

Assinto, abobado, cheio de felicidade.

— Obrigado — sussurro, quando ela se afasta. — Muito obrigado. Diga a ela que ela é o amor da minha vida. Que estou orgulhoso dela. Que...

Não choro assim desde o dia em que me disseram que minha irmã estava morta. Mas aquele foi o pior dia da minha vida, e este é o melhor.

Depois de algum tempo, saio para o estacionamento, onde o vento diminuiu, e uma camada cinza começa a se infiltrar no céu noturno. Faz silêncio, salvo pelo ruído das minhas lágrimas e fungadas: apenas eu e uma notícia majestosa, desconcertante.

— Eu sou pai — murmuro para o vazio da alvorada. — Tenho um filho.

E repito isso várias vezes, porque não tenho outras palavras. Eu me encosto na parede fria do Women's Center e tento recalibrar minha visão de mundo, para incluir esse milagre, mas é impossível. Não consigo. Não assimilo. Não acredito.

Um carro entra no estacionamento, dirigindo-se a uma vaga para deficientes físicos. A vida continua. O mundo está despertando. O mundo contém meu filho. Isso é tudo dele. Esse ar, esse amanhecer, esse homem chorando que um dia ele talvez chame de pai.

Meu celular vibra, vejo o nome da Sarah, com a palavra "Mensagem", e começo a chorar de novo, descontroladamente, antes mesmo de ler.

Ele é lindo, ela escreveu. É a coisa mais incrível que já vi.

Ofegante, observo surgir outra mensagem:

Ele se parece com você. Venha conhecer seu filho amanhã.

E a última:

Também te amo.

CAPÍTULO CINQUENTA E UM

Sarah

É dia 2 de junho. Mais um dia 2 de junho na Broad Ride: meu vigésimo, me dou conta, enquanto tento prender o cabelo. Há um vento forte hoje, empurrando nuvens pelo céu, acumulando-as em espirais compactas. O vento agita meu cabelo.

Penso no ano em que a chuva era tão intensa que achatou as urtigas, e no ano em que o vento arrancou meu chapéu. Penso no ano passado, quando estava tão quente que o ar à minha volta parecia comprimido e até os pássaros estavam calados nas árvores. Foi o ano em que conheci o Eddie, e isso começou. Eddie. Meu Eddie. Embora eu esteja exausta, depois de noites e mais noites sem dormir direito, abro um sorriso. Um sorriso involuntário. E sinto um frio na barriga.

Isso ainda acontece, um ano inteirinho depois de termos nos conhecido. Ele diz que acontece com ele também, e sei que está dizendo a verdade porque vejo em seu rosto. Às vezes, fico me perguntando se é consequência da batalha que travamos até ficar juntos. Mas, na maior parte do tempo, acho que é porque é o que se deve sentir mesmo.

Como se notasse o coração da mãe se encher de ternura, o Alex suspira, aninhado ao meu peito. Ainda está dormindo, apesar das muitas pessoas que mexeram com ele, admirando-o, na última hora. Abraço meu filho, preso no canguru, e beijo sua cabecinha quente. Tê-lo comigo — mesmo quando estou tão cansada que dormiria facilmente numa vasilha de comida de cachorro — é como acender uma luz. Eu não sabia que era possível amar tanto alguma coisa, ou alguém.

No dia seguinte ao nascimento do Alex, quando o Eddie entrou no quarto trazendo um esquilo de pelúcia, as mãos trêmulas, o rosto lívido de medo, compreendi que ficaríamos juntos. Estendi para ele o filho, e ele me olhou atônito, chorou desbragadamente e chamou o Alex de "Campeão". Depois, quando a enfermeira levou nosso filho, Eddie me encarou por alguns instantes e disse que me amava. Acontecesse o que acontecesse, seria meu, se eu o aceitasse.

Por isso ele veio para a casa dos meus pais comigo, quando recebi alta. Algumas semanas depois nós nos mudamos para o celeiro. (Ele fez um berço. Um berço! Pendurou a Ratinha no alto.) E, embora a mãe dele se recusasse a falar comigo, embora ela passasse o dia ligando para ele, embora meu dinheiro tivesse acabado e tivesse surgido uma goteira no telhado, embora eu tivesse mastite e fosse horrível, nunca na vida fui mais feliz. Não saímos da cama naquela primeira manhã. Ficamos ali, com nosso filho, dando de mamar, dormindo e acordando, beijando, trocando fralda, sorrindo.

No começo, Eddie atendia a dois ou três telefonemas da mãe por dia, embora logo passasse a atender a apenas um. Foi difícil para ele.

"Muito difícil", explicou, ao acordar uma manhã com três chamadas perdidas. "As ligações noturnas são as piores."

Suas mãos tremiam quando ele telefonou afinal para ela, sentando-se na cama, enquanto eu amamentava o Alex na sala, para onde ele foi logo depois. Ela estava "bem", ele disse.

"Foi só uma noite ruim. Mas ela tem noites ruins pelo menos uma vez por mês há duas décadas e sempre sobreviveu. Preciso acreditar que vai dar tudo certo."

Mesmo depois de anos imaginando o sofrimento da família Wallace, a extensão das responsabilidades do Eddie para com a mãe ainda me surpreendeu. Mas, quando ele se desculpou pelo número de telefonemas, pelo número de visitas que ainda fazia a ela, respondi que não precisava. De todas as mulheres do mundo, eu era sem dúvida a que estava em melhor posição de entender.

E também entendo que algo maior do que a doença da mãe aconteceu com o Eddie: a paternidade, com todos os seus instintos e emoções indescritíveis. O Alex surgiu na vida do Eddie, pequenino, quentinho, parecendo resolver os mistérios do mundo, e, sem dizer nada para o pai, sem levantar um dedo, mudou o panorama das responsabilidades do Eddie para sempre.

Quando a mãe telefona agora, ele apenas ignora a chamada e depois manda mensagem, a atenção sempre voltada para o Alex. E para mim.

"Só rezo para que minha mãe fique bem", observou, um dia. "Rezo para que o que ofereço a ela seja suficiente. Porque não posso oferecer mais, Sarah. Não posso. Esse rapazinho precisa de mim. É dele que preciso cuidar agora."

Ainda assim, sei que é difícil para ele o fato de sua mãe não ter aparecido hoje. Eu sabia que ela não apareceria, ele sabia que ela não apareceria: ela só viu o Alex seis vezes em três meses, sempre fazendo questão de que apenas o Eddie estivesse presente. Mas o desânimo dele quando tivemos de começar sem ela me partiu o coração.

Quando Jenni e Javier anunciaram o plano de passar o mês de junho na Inglaterra, Eddie e eu decidimos fazer uma festa de boas-vindas para o Alex. Com pai e mãe ateus, era pouco provável que ele fosse batizado, por isso planejamos uma cerimoniazinha. Apenas alguns amigos dizendo algumas palavras, antes de partirmos para o que importa: comer e beber.

Os últimos dez meses foram muito difíceis para a Jenni. Conversávamos pelo menos duas vezes por semana, e houve alguns momentos de fundo de poço, mas acho que o pior já passou. Ela parece feliz desde que chegou, ontem de manhã. Disse que agora ela e Javier já se sentem prontos para imaginar como será a vida sem filhos: talvez viajar, e ela está considerando fazer mestrado em "alguma coisa incrível". O coitado do Reuben vai ficar louco se perdê-la também.

Foi ideia do Eddie dar a festa aqui, na Broad Ride, no dia 2 de junho. Onde Alex e Hannah tinham seu esconderijo. Achei perfeito.

Mas, como tudo em nosso relacionamento, não foi simples. Fedido, o cachorro da minha irmã, comeu quase toda a comida durante a cerimônia — inclusive um bolo grande de chocolate —, por isso Hamish está agora com ele na clínica veterinária, e os filhos da Hannah não param de chorar porque estão com medo de ele finalmente ter comido até morrer. Alan, o melhor amigo do Eddie, ficou nervoso antes de fazer seu discurso e bebeu tanta cerveja que estava dormindo na hora. Gia, a esposa, não está falando com ele. Depois encontramos o Rudi beijando a filha mais velha de uma amiga minha do curso de ioga para mães e bebês, numa caverna secreta, embora ele ainda tenha oito anos e devesse passar pelo menos mais quatro achando menina um troço irritante, e embora minha amiga do curso de ioga estivesse me dizendo na semana passada que ficava muito feliz com o fato de a filha não ser sexualizada como a maioria das crianças de hoje.

Jo não conseguia parar de rir, o que só piorou a situação.

Mas, à exceção do Hamish e, evidentemente, da mãe do Eddie, estão todos aqui: Jenni e Javier; minha irmã com os filhos; Alan e Gia, que tão bem me acolheram; e Tommy e Jo, que estão enredados em sua própria história de amor. Os dois nunca estiveram tão felizes, embora as coisas com Shawn andem complicadas, desde que Jo contou a ele sobre o Tommy. Mas ela agora tem algo que nunca teve: uma parceria de verdade. Vai tirar de letra.

E é claro que meus pais também estão aqui, observando com deleite qualquer interação entre as filhas. Os dois ainda não conseguem acreditar que voltei, que Hannah e eu conseguimos ser amigas de novo, que podemos ficar juntos em família. E nem preciso dizer que são loucos pelo Alex. Meu pai compôs uma música para ele no violoncelo. Tenho o mau pressentimento de que tocará hoje.

Pego mais uma fatia de quiche, enquanto ainda posso: o Alex vai acordar a qualquer instante. E procuro o Eddie.

Ali. Ele vem em nossa direção, com as mãos nos bolsos, sorrindo. Acho que nunca vou me cansar de seu sorriso.

— Oi — diz ele, me beijando, e depois me beijando uma segunda vez. Volta os olhos para nosso filhinho. — Oi, Campeão — sussurra.

Como eu já esperava, o Alex está começando a despertar. Entreabre um olho, vira o rosto e deita a cabeça no meu peito, adormecendo de novo. O pai beija sua testa, que tem o cheiro mais delicioso do mundo, e aproveita para dar uma mordida na minha quiche.

Alex acorda novamente, só que dessa vez parece que vai ficar conosco. Fita o pai, cujo rosto é como uma ridícula abóbora reluzente surgindo em seu campo de visão e — depois de refletir por alguns instantes — abre um sorriso. E o Eddie se desmancha, como sempre.

Ele resolve tirar o filho do canguru, e nos vejo de súbito como no dia em que nos conhecemos, por causa de um carneiro desgarrado. As lufadas de esperança e expectativa, o irrefreável desenrolar de um passado do qual nem sequer sabíamos. Muita coisa mudou desde então. E há mais por vir. Mas já não existe nada que me detenha. Nenhum canto escuro, nenhuma avalanche iminente. Apenas a vida.

E quem poderia imaginar que Eddie Wallace seria a solução? Que justamente o Eddie seria a pessoa que me faria parar de fugir? Que me possibilitaria permanecer, respirar, gostar de mim mesma? Quem poderia imaginar que seria Eddie Wallace, de quem eu havia me escondido durante tantos anos, que me faria querer tão desesperadamente voltar para casa? Que me permitiria estender minhas raízes e pertencer afinal a um lugar?

Quando ergo os olhos, vejo Carole Wallace.

Ela observa a festa, de braço dado com um homem cuja outra manga da camisa pende vazia. Deve ser o Felix. Meu corpo paralisa, o coração acelera. Não sei se estou pronta para isso. Egoísta, não sei nem mesmo se quero. Não suportaria uma cena no dia do Alex.

Mas ela está aqui e já avança pela festa, em minha direção.

Está vindo falar com o Eddie, digo a mim mesma. *Não vai nem olhar para mim*. Eddie está erguendo o Alex acima da cabeça, rindo da expressão extasiada do filho. Vejo Carole e minha mãe se olharem ao mesmo tempo. Minha mãe põe a mão no braço dela, diz alguma coisa, sorri. Carole parece apenas perplexa. Pisca os olhos, o corpo rígido, mas consegue responder afinal. Talvez haja um sorriso, mas, se há, é breve. Minha mãe diz alguma outra coisa, indica a mesa de piquenique, e Felix lhe agradece. Quando ele volta os olhos para Carole, ela já está virada para nós, avançando novamente.

— Eddie — murmuro. — Eddie. Sua mãe está aqui.

Ele se vira, e sinto seu corpo se contrair, em estado de alerta. Há uma pausa durante a qual ele decide o que fazer. Por um instante, começa a se afastar, para interceder antes que ela se aproxime de mim, mas então se detém e segura minha mão. Com a outra, segura o Alex, o polegar se mexendo sobre o algodão macio do macacãozinho.

Olho para ele. A têmpora pulsa. O pescoço está rígido, e sei que ele quer se adiantar, se interpor entre nós. Mas permanece. Segura minha mão mais apertado do que nunca. *Somos um casal*, está dizendo a ela, e eu o amo por isso. *Já não sou apenas eu. Sou "nós"*.

Carole olha para o filho. Quando ela se aproxima, o homem, Felix, fica para trás. Ele sorri, mas isso não basta para me fazer acreditar que vai ficar tudo bem. Meus pais, Jo e Alan nos observam. Na verdade, todos nos observam, embora a maioria finja não observar.

— Oi, Eddie, meu amor — cumprimenta ela. Parece que apenas nesse instante ela se dá conta de que Felix não está a seu lado. Olha para trás, nervosa, mas ele não se mexe, e ela parece decidir continuar. — Pensei em vir ver o Alex nesse dia especial.

Eddie aperta minha mão com mais força. Está começando a doer.

— Oi, mãe — responde.

Alegre, tranquilo, como se estivesse tudo bem. E penso: Você é tão bom! Faz isso há anos. Sempre protegeu sua mãe, apesar do que acontecia dentro de você. É um homem extraordinário.

— Alex! — sussurra ele. — Alex, sua avó chegou!

Alex está ficando com fome: não para de buscar o peito do Eddie, embora não vá encontrar leite ali.

— Quer segurá-lo? — Eddie pergunta à mãe. — Acho que ele vai querer comer daqui a pouco, mas você pode ter uns minutos de paz.

Carole não me olha, mas sorri e estende os braços. Com cuidado, com delicadeza, Eddie lhe entrega nosso filho, beijando a cabecinha dele antes de se afastar para segurar minha mão novamente. Carole abre um sorriso que jamais imaginei ver estampado em seu rosto, esse rosto que me assombrou durante tantos anos.

— Oi, meu amor — murmura. Seus olhos se enchem de lágrimas, e percebo que os lindos olhos da cor de oceanos remotos do Eddie vêm dela. — Oi, meu docinho. A vovó ama muito você, sabia? Muito, muito!

Eddie alisa o pezinho do Alex. Olha para mim, aperta minha mão.

— Mãe, quero que você conheça a Sarah. A mãe do meu filho.

Há uma longa pausa, durante a qual Carole Wallace sussurra para o Alex, enquanto ele busca seu seio. Eddie me abraça. Carole não ergue os olhos.

— Você é um menininho muito lindo — murmura para o Alex. — Muito, muito lindo.

— Mãe.

Devagar, hesitante, Carole Wallace olha para mim. Olha para mim, por cima do meu filho no colo, por cima de duas décadas de sofrimento que só agora, como mãe, consigo entender plenamente. E por um segundo — um átimo de segundo — sorri.

— Obrigada pelo meu neto — balbucia. — Obrigada, Sarah, por esse menininho.

Ela beija o Alex e se afasta de nós, retornando à segurança que o Felix lhe oferece, e o burburinho recomeça. O vento diminuiu, o sol esquentou. As pessoas tiram casacos e pulôveres. Um arbusto se agita quando uma criança o atravessa, e uma nuvem de borboletas sai voando pelo mato que nos contorna, arrancando-nos do passado, arrancando-nos das histórias que passamos tantos anos nos contando.

Enlaço a cintura do Eddie e sinto-o sorrir.

AGRADECIMENTOS

Em primeiro lugar, obrigada a George Pagliero e Emma Stonex, por aquele estranho dia quente em que todos chegamos à conclusão de que eu deveria começar a escrever este livro imediatamente. Por todo o apoio e entusiasmo que se seguiram.

Muito obrigada a Pam Dorman, minha editora, por sua enorme sabedoria editorial e pela profunda compreensão do livro. A Brian Tart, Kate Stark, Lindsay Prevette, Kate Griggs, Roseanne Serra, Jeramie Orton e ao resto da equipe da Pamela Dorman Books/Viking. É realmente uma honra fazer parte de um catálogo tão excepcional.

Sou infinitamente grata a Allison Hunter, minha incansável agente americana, que quase me matou numa aula de ginástica mas depois me compensou conseguindo o contrato dos meus sonhos. À minha agente inglesa, Lizzy Kremer, que orquestrou tudo de maneira tão impecável, sem a qual eu ficaria perdida. Obrigada também a Harriet Moore e Olivia Barber.

Obrigada a Sam Humphreys, da Mantle inglesa, por gostar tanto do livro desde o começo, e pela edição incisiva, atenciosa, que o tornou muito melhor do que ele poderia ter sido. Obrigada aos outros editores ao redor do mundo que também o adquiriram. Ainda não consigo acreditar! Obrigada a Alice Howe, da David Higham Associates, e seu departamento de direitos de tradução: Emma Jamison, Emily Randle, Camilla Dubini e Margaux Vialleron.

Obrigada aos Old Robsonians, um time de futebol de verdade do qual gosto profundamente. Eles fizeram uma doação muito generosa à instituição de caridade infantil CLIC Sargent pela menção neste livro.

Obrigada a Gemma Kicks e à maravilhosa Hearts & Minds, por sua ajuda generosa quando eu estava pesquisando organizações que usam a arte do palhaço nos hospitais. Fiquei abismada com a diferença que seus palhaços fazem na vida das crianças, diariamente. Obrigada também a Lynne Barlow, do Bristol Children's Hospital.

À enfermeira psiquiátrica Emma Williams, ao marceneiro James Gallagher e à jovem mãe Victoria Bodey. Obrigada aos muitos amigos que responderam a uma série infinita de perguntas (muitas vezes bastante pessoais) no Facebook.

A Emma Stonex, Sue Mongredien, Katy Regan, Kirsty Greenwood e Emma Holland, pelas sugestões inestimáveis nas muitas etapas de edição do texto. E sobretudo à minha querida parceira de escrita, Deborah O'Donoghue, sem a qual não sei se eu teria escrito este livro. Muitas ideias vieram de você, Deb. Obrigada! Mal posso esperar para ver seu livro nas prateleiras.

Obrigada à SWANS — South West Authors and Novelists — pelo apoio, por almoços maravilhosos e muito riso. Às mulheres do CAN pelo mesmo. Obrigada a Lindsey Kelk pela viagem de pesquisa a Los Angeles e pelas conversas que tanto fugiam ao universo da escrita. Obrigada a Rosie Mason e sua família, pelos dias incríveis naquele vale maravilhoso, e a Ellie Tinto, por manter vivo o espírito de Margery Kempe.

Obrigada a Lyn, Brian e Caroline Walsh, que sempre me incentivaram em tudo que faço e que ficaram tão orgulhosos quando me tornei escritora assinando com meu próprio nome, sem pseudônimo. E obrigada, sobretudo, ao meu querido George e ao nosso rapazinho perfeito, que mudou para sempre minha compreensão do amor.

Este livro foi composto na tipologia ITC Souvenir Std,
em corpo 11/16,1, e impresso em papel off-white,
no Sistema Digital Instant Duplex da
Divisão Gráfica da Distribuidora Record.